El Día de Mamá

Humberto Rossenfeld

© 2007, Humberto Rossenfeld.
ISBN 978-0-578-02549-0

Para los ojos más tristes y hermosos que he visto jamás. Y a ella, simplemente a ella.

Para los que estuvieron presentes en esta novela pero que ya no circulan entre nosotros. Y Cecilia, nuestra querida Nena.

Inspirada en una historia real

Prólogo

Cuando sembré la idea fija en mi cabeza de escribir una historia acerca de la dueña de los ojos azules más hermosos que he visto jamás, un montón de imágenes me persiguieron por mucho tiempo. Mi intención era sólo escribir sobre los últimos 14 años de esta mujer dormida en su silla, y buscar con esa historia quizá alguna reflexión en mi familia. Después pasó el tiempo y me convencí que era mucho más importante escribir sobre la belleza y fuerza de este ser, en vez de escribir sobre sus soledades y miedos. Comencé a investigar acerca de su vida, y descubrí algo que llamó mí atención: Las fechas de su nacimiento y muerte. Carmen vino al mundo en el año de 1910, apenas tres años más tarde, de la llegada al poder del que se consideró el último caudillo de la historia política venezolana y dueño de la más larga dictadura, el General Juan Vicente Gómez. Y muere en el año de 1998, pocos meses después de la entrada del actual presidente de Venezuela, el Coronel Hugo Chávez Frías. Desde ese momento la historia cobró un mayor sentido para mí. Carmen, vivió y sufrió todos los ajustes y desajustes de la democracia venezolana, pasando ella al mismo tiempo por una historia viva en amor, sacrificio, y esperanza. Al principio busqué enfocarme tan sólo en la historia de amor que caminara por los pasajes de la reorganización política del país pero se me hizo muy tentador investigar, descubrir, analizar, y compartir la avalancha de sueños, sacrificios, recovecos, manejos, y demás, por donde han pasado nuestros lideres políticos e idealistas románticos, o también por qué no decirlo, corruptos ego centristas, que han distorsionado en gran parte, el umbral de esperanzas por las que se creyó pasaría el pueblo venezolano. Mi historia llega hasta el año de 1998. Año en que muere Carmen. Y donde muere también la democracia liberal con Chávez, enrumbada ahora a una política muy complicada de entender y de vivir en la naturaleza del carácter del venezolano. No soy experto en política pero pienso que todos los seres humanos en algún sentido somos practicantes políticos, quizá por eso me arriesgo a plasmar ciertas convicciones que más que ofender buscan aclarar y en algunos casos, despertar. Necesitamos levantar nuestros ideales, educarnos, amar con convicción, rescatar valores, y encontrar la fe de la esperanza hacia la creencia que sí se puede encontrar un camino digno, y no necesariamente lleno de rencor, insultos, amenazas, o comprando almas. Debemos entender que es nuestra responsabilidad el ser mejores, y el actuar con integridad y con respeto ajeno. Existe un mundo maravilloso que es de todos y que espera por nosotros. Carmen murió creyendo en eso. Con esta historia busco estar más cerca de, el día de mamá.

Humberto Rossenfeld

EL DÍA DE MAMÁ

I

Las manos le temblaban mientras escribía su nombre, - Francisco González-. Historial de trabajo de los últimos tres años: vigilante del edificio asunción en la avenida principal Granada #4 desde el año 1996 hasta el 1998, limpiador de oficinas para la compañía de servicios H2-O desde el 1998 hasta finales del 2000, asistente de construcción desde el 2001 hasta Octubre del 2002. ¿Qué más puedo poner? Yo creo que ya. La cara le sudaba de vergüenza, yo lo conozco, por más que tratara de disimular, él no era así. No era fácil lo sé y sobre todo ese día, que fue uno de los más inesperados después de mucho tiempo. Su vergüenza crecía ante mí, ya que además sabía que todo ese historial de trabajo era inventado, nunca había hecho otra cosa en su vida que jugar con las inconstancias y adversidades del tiempo. También pensé y no lo niego, que para mí sería más fácil verlo en esas circunstancias pero no fue así. Francisco era un hombre relativamente joven todavía y con una gran virtud a su favor, unas inmensas ganas de vivir. Y ese día, mientras llenaba la planilla en busca de empleo sus ojos a pesar de la pena, reflejaban más que ganas por la vida, una extraña elevación en su ser. Cosa que él creía haber perdido desde hacía mucho y que era su mayor contradicción entre esas ganas por la vida y esa apatía al mismo tiempo al no encontrar sabor en nada. Resumiéndose así tan sólo que ha pequeños momentos los cuales vivía con su mayor interés. La historia que aquí quiero contar no se trata justamente de Francisco, ni de mí, sino más bien de un ser que alimentó muchas ilusiones en mi vida y que marcó la existencia de gran parte de lo que soy ahora. También fue el causante de esa pequeña y quizá indescriptible vergüenza que llegó a sentir Francisco ese día. Intenté olvidarme de sus ojos, intenté olvidarme de su inquietud mientras buscaba datos y mentía llenando esa planilla pero no he podido, a eso debo esta necesidad de contar esta historia que más allá del corazón me estruja las venas.

Todo nace a partir del 27 de Junio de 1910. Día de aparente normalidad pero que aún hoy sigue repercutiendo dentro de mí, como el nacimiento de un hecho histórico, como el cambio enigmático que se puede dar en una sociedad cuando encuentra su conciencia. Quizá suene exagerado pero me siento sociedad y Francisco me entiende, por eso suda.

Capatárida, pequeño pueblo ubicado en el Estado Falcón; distante a tan sólo una media hora caminando del mar Caribe, en la costa Sur-Occidental de la península de Paraguaná, en la hoy conocida República Bolivariana de Venezuela. Casi nadie la conoce, a pesar de ser nombrada patrimonio cultural del estado Falcón. Pueblo pequeño, lleno de muchas historias ocultas; lleno de gritos dormidos en la desolación y el desamparo, agonizando en una Venezuela que nacía y que se abría paso para subsistir como sociedad tercermundista manejada como una gran hacienda. Para ese entonces casi todos los pueblos y ciudades, vivían del trabajo agrícola, del café, del comercio, de pequeñas construcciones y de la improvisación. Venezuela todavía no era considera como una potencia mundial petrolera. Ni siquiera se pensaba que su economía giraría después en torno al tan famoso y finado material negro, dejando de alimentar y abandonando casi en forma exagerada la labor que alguna vez alimentó al país. Todavía sigue ahogada en el tercermundismo, pero esa es candela para otra historia. Dentro de esa sociedad desorganizada y sin una concentración exacta hacía sus fines se fundó Capatárida. Si intento reubicar los orígenes de su nombre, podría describirlo así; -Capat- de capitanía, de capacitación, de capaces y árida- de árido, seco, desolado y triste. Resumiendo el significado "Una capitanía triste" "Sola" "Capacidad para la aridez". Puedo hasta sentir su aire seco. Percibo hasta una arena que sufre de tanto calor. El sol la quema. Pareciera que el sol saliera de esa misma arena y ella grita. Quizá los gritos que se escuchan en sus noches provienen del lugar descrito, gritando su lamento, agradeciendo melancólicamente la salida de la luna y temblando a su vez porque sabe que el tiempo es corto y que el sol no tardará en aparecer.

No estuve presente en aquella época –1910-. Yo vivo en un mundo moderno, nuevo en apariencia y en una generación que pareciera que olvidó el pasado y que sólo vive para el hoy. Pero en ese espacio desolado nació un ser que me hizo entender tantas cosas; entender el tiempo, el miedo, la angustia, el amor, la paz y la risa. Entiendo la belleza del ayer, del hoy y del mañana, ¡Oh sí! De eso estoy seguro.

El mes de Junio por lo general en Venezuela es un mes de mucho calor y lluvia, y ya para el año 1910, era mayor la lluvia que había caído por los procesos de adaptación política después de la independencia Española que de la propia naturaleza. Para hacer un pequeño recuento histórico de lo que venía viviendo la Venezuela del 1910, es importante mencionar ciertos hechos que marcaron el devenir político y social de nuestros tiempos. Después de la desaparición física de Bolívar, tras su muerte el 17 de diciembre de 1830, el General Páez gobierna los primeros dieciséis años de la independencia Venezolana. Como es de recordar, Páez fue el primer caudillo de una larga sucesión de gobiernos caudillistas, responsables en parte del carácter del ciudadano Venezolano. La exportación del café durante ese periodo creció inesperadamente, y fue lo que se llamó "El Boom" económico de esos tiempos. Fue durante ese mismo mandato donde surgió el nacimiento de los dos partidos políticos oponentes, que serían en ese entonces los

Conservadores, bajo el mandato del propio Páez, y los Liberales. En 1846, Páez termina su gobierno y entrega la presidencia a su sucesor el General José Tadeo Monagas. Dos años después Monagas decide desviar el camino de los Conservadores y envía al propio Páez al exilio, comenzando una etapa dictatorial en Venezuela la cual comparte con su hermano José Gregorio. Epocas de reorganización y dureza marcaron el paso de estos dos hermanos por las tierras venezolanas. Si bien se podría nombrar algún punto resaltante durante este gobierno fue la abolición de la esclavitud en el año 1854; en el 1857 a través de una nueva constitución, buscan instalar el poder en el gobierno de una forma dinástica. Reacciones no tardaron en aparecer, y una guerra civil que ya llevaba años de presencia se hizo más intensa. Durante el 1858 y el 1863, el caos dominó todos los rincones de las sociedades. Finalmente, Los Liberales a favor del federalismo triunfaron y el General Juan C. Falcón fue nombrado presidente. El federalismo fue un desastre, y la falta de un carácter fuerte para liderar del presidente Falcón, trajo como consecuencia la restauración del centralismo en 1870, bajo el nuevo mandato de Antonio Guzmán Blanco, quien fuera ayudante en jefe del gobierno de Falcón, estableciendo una dura y larga dictadura que duró dieciocho años. El café seguía expandiendo su producción y préstamos internacionales ayudaron al gobierno de Guzmán Blanco a fortalecer relaciones y a crear un ambiente de relativo progreso por más de dos décadas. La educación avanzó notablemente, así como el desarrollo de nuevas infraestructuras para el transporte y la comunicación, esenciales para ayudar a expandir la exportación agrícola.

Sin embargo y como cosa muy extraña, todos los que llegaron a la presidencia, bien sea por medios legales o ilegales, y establecieron gobiernos más o menos constitucionales o dictatoriales (en su mayoría), terminaban siempre amasando grandes fortunas, y haciendo del poder una particularidad aparentemente perteneciente a ellos mismos, con la cual se creían los únicos capaces de poseer una inteligencia digna y meritoria de todos los beneficios existentes en esos tiempos, ya que por ellos y a través de ellos, el país respiraba. ¿Habrán cambiado realmente nuestros nuevos tiempos? ¿Existirá alguna diferencia con nuestros presidentes de hoy comparados con los del ayer? Bien, es necesario seguir mencionando ciertos recuentos de ese precedente histórico para poder adentrarnos un poco más, al espacio que hoy quiero compartir con ustedes, y para que entiendan, quien nació en 1910.

Nuestro vanagloriado Ilustre Americano Guzmán, como era mencionado por muchos, no fue la excepción, y dedicó parte de sus grandes proyectos a sí mismo; acumulando grandes fortunas y estableciendo grandes palacios en Caracas y en Paris, donde fue obligado a quedarse en 1888. Después de cuatro años de intentos fallidos por re-establecer un gobierno civil, el general Joaquín Crespo tomó el poder. Durante el año 1892 y 1898, el general Crespo luchó por mantener su gobierno pero finalmente en el mismo 1898, fue asesinado. El general Cipriano Castro, (el primero de los gobernantes provenientes del estado Táchira) considerado como "un loco bruto" y mencionado por muchos historiadores, quizá como uno de los dictadores más malos de todos los tiempos, asumió la presidencia vacante, y mantuvo su mandato por nueve años de despotismo y abuso de poder. Es importante destacar, que el gobierno de Castro provocó numerosos enfrentamientos con los países extranjeros como; Italia, Inglaterra, Alemania, y especialmente Estados Unidos. Como consecuencia, años más tardes de incitación y alteración del orden extranjero preestablecido, le fue destruida parte de la pequeña flota naviera venezolana. En 1908, otro tachirense toma el control del gobierno, habiendo sido éste amigo y militar en jefe del mismo gobierno de Castro: Juan Vicente Gómez.

Como siempre ocurre, las verdaderas consecuencias de todos los delirios de grandeza, de los derroches de poderes, de los excesos de traición, y de las malas administraciones de los gobiernos, la sufren sus ciudadanos. Los gobiernos escasamente constituidos después del yugo Español, sometieron a sus ciudadanos a un largo oscurantismo, llenándolos de represiones y sucumbiéndolos a un largo camino de ignorancia, donde a suerte se escapaban algunos de ellos, pero manteniendo a una gran mayoría en caos y en una falta de progreso por décadas.

Durante la época de Guzmán, Crespo, y Castro, creció Jesusita Olivares; mujer blanca, de unos enormes ojos pero de origen mestizo. Fue criada con toda la represión de los tiempos, y educada sólo para labores domésticas. Su carácter era un poco huraño e introvertido; una extraña amargura emanaba de sus ojos. Sus padres, preocupados más por salirle al paso al despelote social que se les avecinaba, despreocuparon totalmente la crianza de Jesusita, la cual se dice nada más habló ante la presencia de Antonio Navarrete, un joven alto, hijo de Españoles, de uno diez años mayor que ella. Antonio Navarrete, aprovechando la, inocencia de Jesusita y percibiendo parte de su ignorancia la enamoró sin preaviso. No le hicieron falta muchas maniobras de conducta, ni inventarse largos poemas para enamorarla; Jesusita se encontraba tan encerrada en su mundo, que una pequeña invitación a la vida exterior la hizo entregarse por completo. Fue de Antonio sin miedos; por primera vez no sentía miedo. Nadie pudo darse cuenta de todo lo que pasaba en la vida de Jesusita; total, nadie prestaba atención de ella desde hacía mucho tiempo. Después de mantener una larga—pero escasa en momentos- relación con Antonio, descubre que está embarazada, y al mismo tiempo descubre también, que

Antonio era un hombre casado. La traición no dejaba ninguna cicatriz en su piel, al fin y al cabo, había crecido en un ambiente que no era funcional, lleno de gobiernos mentirosos, traicioneros, intolerantes, y sangrientos; y con unos padres que la habían sometido a esa lucha de inconstantes logros para poder subsistir dentro de la ahogada supervivencia que les había tocado. Antonio Navarrete abandonó a Jesusita a sus suertes. Y en 1910, después de largos enfrentamientos sociales y explicativos con sus padres para que la ayudaran, nació su hija Carmen, y con ella, mi historia.

Carmencita, llamada así por la mayoría de la gente y considerada por muchos como la niña más linda nacida en Capatárida jamás. Sus hermosos ojos azules heredados del padre, y su piel blanca luna, marcaron en ella una perfección seguida de autoridad y liderazgo que no llegó a perder en ningún momento de su vida, ni siquiera en su lecho de muerte. Nacía una nueva autoridad en la casa; esa pequeña niña marcaría fronteras históricas en la familia y en todo aquel que se le acercara. El olor del viento se hizo diferente, y un aire de confianza reinó durante años en aquella desolada familia. Al mismo tiempo, Venezuela afianzaba el curso de su momentánea estabilidad política bajo el mando del General Juan Vicente Gómez a solo dos años en el poder. Coincidentemente, para aquella época, dos luces llegaron para la familia Olivares, primero, el nacimiento de Carmencita, y segundo, la creencia de paz que en los primeros años del gobierno de Gómez entró en Venezuela. Pero como una constante sin cambio de rumbo, desgraciadamente en casi todos los gobiernos venezolanos, al final terminan al descubierto un sin fin de entretelones que marcan inmensos mares de corrupción y desenfrenos de poder. Es como si al final del camino la "indiosincracia" terminara gobernando (sin subestimar a los Indios), además estoy seguro que los Indios sabrían medir sus limites de poder y conciencia mejores que los gobernantes de la sociedad moderna, que no dan por enterado que desde hace mucho tiempo, el pueblo venezolano dejó de ser una tribu, y ahora los ciudadanos anhelan vivir con el progreso, la armonía, y la paz que reclaman los nuevos tiempos. El General Gómez basó su gobierno en las fuerzas armadas, y lo utilizó para eliminar o destruir a todo oponente. Evidentemente las fuerzas armadas fueron provistas de las más modernas armas, y grandes salarios con generosos beneficios fueron asignados a los militares que mayor contribuían con el régimen. El General Gómez, creó una fuerza de policía secreta, que trabajó incansablemente para torturar, eliminar de la faz de la tierra, o llevar a prisión a todo oponente, y así ayudar a consolidar su gobierno. Muchos lograron escapar y mantenerse en el exilio por años. Sin embargo, durante la primera etapa evidentes pormenores políticos fueron ignorados o pasaron inadvertidos ante una sociedad que se hacía ciega ya de tanto pelear. También dentro de esa buscada calma pasaron los primeros años de Carmencita, la cual crecía tocada de una gran hermosura difícil de creer en esas tierras. Seis años pasados desde su nacimiento y ocho del gobierno de Gómez, nace su hermana, a la que llamaron Maria. Jesusita, sintiéndose sola nuevamente por el abandono de Antonio, se cerró a cualquier otra posibilidad, buscando refugio en su trabajo. Pero sin poder caminar al compás de las suertes, se tropezó con otro viajante que supo cómo ilusionarla, y supo cómo marcarla para el resto de su vida, dejando en su vientre al ser que acompañaría a Carmencita en una larga historia de caminos altos y bajos, estrechos y anchos, en el devenir de su existencia. Por su lado Gómez se complacía, gracias al periodo favorable que cruzaba Venezuela en ese entonces. Fue el boom de la exportación del café, boom también en el precio y en el volumen. Sin embargo, lo más importante aún estaba por venir: el comienzo de las explotaciones de las reservas petroleras. La Venezuela de ese entonces giraba por cambios muy marcados, desde el gran desajuste político alcanzado por las infatigables luchas independentistas, hasta la desadaptación socio cultural de esos tiempos. Surge así la necesidad de crear el tan prestigioso e importante "Circulo de Bellas Artes," buscando acrecentar raíces culturales autóctonas y a su vez crear una sede que alimentara y sirviera de enlace con la cultural y las artes generales. Como cosa extraordinaria y más que todo para el pequeño pueblo de Capatárida, Carmencita era también considerada como una nueva existencia del nuevo renacer venezolano; su imponente aura y su cristalina mirada, eran un bello presagio para esas tierras. Se podría decir que existía una marcada conexión mística entre Venezuela y Carmencita. Para el 28 de agosto de 1912 fue publicado por primera vez el programa del circulo de bellas artes, entre los figurantes artistas resaltados de dicho circulo, se encontraban nada mas y nada menos que Rómulo Gallegos, (futuro presidente de Venezuela) famoso escritor de cuentos y novelas entre la que resalta con gran prestigio internacional "Doña Bárbara," Andrés Eloy Blanco, y Armando Reverón entre otros; nacientes todos en su genero como la naciente Carmencita, y la Venezuela cultural y progresista. Como toda niña, Carmencita creció creyendo en la bondad del mundo, del pueblo, de los cuentos de hadas, y lejos de toda información dañina que maltratara su espacio infantil. Jesusita (su madre) a pesar de la ignorancia de su tiempo no dejó de estimularla a vivir. Quizá si lo observáramos con los ojos de hoy en día, sería fácil criticar esas antiguas formas de crianza pero estoy seguro que para aquel entonces, era lo correcto. Jesusita trabajó en lo que pudo con tal de sacar a sus niñas adelante. El padre de Carmencita sin ningún peso en el corazón las abandonó a sus destinos, y sólo el tiempo después de mucha lluvia, le hizo ver las marcadas cicatrices de su corazón. Para la suerte de Carmencita su madre, por equivocación o placer le logró dejar (aunque fuera después de seis años) a Maria.

Ya para ese entonces y a pesar de tan corta edad, Carmencita sabia de la responsabilidad que tenía entre manos; sabía que existían otras formas de dar cariño a la que ella no había sido educada, ni jamás tratada pero que en su eco interior así le hablaba. Maria inmediatamente se convirtió en el todo de Carmencita.

Durante esos primeros años en la existencia de las dos, El General Gómez (como buen dictador) tenía controlada todas las esquinas del país. Desde su gran hacienda como despacho presidencial, movía todos los peones como grandes fichas de ajedrez. La diferencia con el ajedrez, es que allí sólo existe una reina, y a la muerte de ésta para el rey por sí solo, le es casi imposible ganar la batalla, en cambio que para Gómez, mientras más reinas había, más satisfacciones y poder él sentía. Dice la historia que el General Gómez era un hombre inculto, que no sabía leer ni escribir pero que poseía el don del carácter, de la intuición para andar por los caminos peligrosos, y también de la mano dura para eliminar a quien tuviera que eliminar en el camino. Carmencita no creció así pero los que le recuerdan (y entre esos yo) podemos afirmar que sus manos eran fuertes y duras, cansadas de tanto trabajar, limpiar, hacer comida, y de sufrir los advenimientos de una vida llena de circunstancias adversas, muchas veces marcadas de dolor. Por más que Maria ayudara, y por más que creciera su carácter, nunca se escuchó otra voz y nunca con la misma fuerza que no fuera la de Carmencita. Como era de esperarse para esa época, el mundo entero se encontraba envuelto en uno de los mayores conflictos bélicos de todos los tiempos: la primera guerra mundial. El viejo continente, y dentro de él, España, pasaba por días grises y aún hasta hoy, tristes de recordar. Pero por suerte Carmencita era muy niña y no sufría las tan amargas consecuencias. Para ella, la vida comenzaba a ser un poco menos conservadora. La guerra terminó por completo, y con ella los lujos de la farándula y todo lo concerniente a la moda que imponían las grandes casas de alta costura y diseño francesa e inglesa. Por consecuencia, importaba menos el estilo, y la realidad tocaba más los corazones que la plasticidad. De esta manera nadie criticaba que Carmencita anduviera en la calle jugando como si fuera un varoncito. ¡Qué vengas ya! Gritaba Jesusita desde la puerta de su humilde casa, mientras Carmencita buscaba esconderse entre los arbustos de la entrada pensando que no sería descubierta. Cuando Jesusita la encontraba, Carmencita reía y reía, repitiendo la escena mil veces más, hasta que Jesusita, ya cansada, la tomaba por un brazo a las fuerzas y la hacía entrar. No siempre Carmencita pudo reír como esas veces; no siempre logró desprenderse de su realidad y entregarse al mundo de la euforia y placer, para simplemente reír. Jesusita no pudiendo controlar por si sola las responsabilidades de un hogar, decide viajar a casa de su abuelo al occidente del país y llevarse a sus dos hijas, buscando darles un mejor porvenir. El viaje fue largo y quejumbroso; el destino (a pesar de conocer al abuelo) sabía que era incierto. Dos niñas comenzando a vivir la acompañaban. Una, prometía ser especial, despierta, fuerte, con un magnetismo hasta ese entonces no encontrado; y otra, todavía con muy pocas señas que dejaran ver lo que iba a ser pero que ya se manifestaba como la pareja incondicional de la primera, aún sin saber el destino que les esperaba. ¡Por fin llegaron! El lugar previsto se presentaba frente a ellas: La casa del abuelo. Don Jesús Olivares, criador de chivos, gallinas, y cochinos, y también sembrador de mangos, nísperos, hicacos, chirimoyas, limones, uvas, y algunos que otros árboles más. Era a su vez el dueño de un gran reparto tierras que sobrepasaban cientos de hectáreas las cuales más tarde llegaron a formar una de las zonas más importantes de la ciudad. Pero en ese entonces, esas hectáreas eran desiertas, solamente pobladas de árboles y animales. Era considerada zona rural. ¡Quién iba a pensar que años más tarde, esa misma zona se vería llena de enormes casas, edificios, avenidas, y luces, sobre todo luces, en ese espacio del mundo donde el único ser viviente posible de apreciar por las noches eran las luciérnagas! Parecía una constelación de estrellas pero en la tierra, donde las miradas no tenían que levantarse, solamente había que abrir los ojos; Era imposible no verlas. La sensación de Jesusita fue de una extrañeza un tanto particular, sintió la vida, el cambio, lo nuevo y desconocido pero al mismo tiempo sintió la muerte; como un latigazo penetrando en sus oídos llamándola por su nombre. Hasta los pelos se le pusieron de punta por el escalofrío, los poros se le erizaron hasta en el cuello, pero nunca dijo nada. Don Jesús Olivares se encontraba más acostumbrado al cuido de los animales que al cuido de sus hijos, sin embargo dentro de sus capacidades de entendimiento, buscó ser lo más útil con su nieta. La mano dura era señal de amor, ya que sólo se cuidaba lo que se quería, y por supuesto que una mano dura era la forma más común de expresar el amor. ¡Cuidado con no aprender a comportarse con decencia! ¡Cuidado con faltarle el respeto a las personas mayores! Y ¡Cuidado con perderse dentro de los matorrales y fuera del alcance de la vista! ¡Nada! ¡Nada! Que inspirase a un mal pensamiento. La nieta o bisnietas de Don Jesús Olivares tenían que ser gente del bien. ¿Qué más amor se le podía pedir a ese viejo criador de animales? Su nieta Jesusita, a pesar de haber olvidado un poco ese trato, agradeció esa mano dura ahora para con sus hijas, ya que el sentirse abandonada por sus dos hombres, la había llevado a la conclusión de que quizá si le hubiese hecho más caso a esa mano dura al principio de su vida, no estuviese pasando por tanto trabajo y desprecio, al ser una madre soltera de dos niñas de diferentes padres. Don Jesús en sus bueno tiempos, intentó ser un hombre de ideales. Para el nacimiento de Jesusita, todo se encontraba en caos. Don Jesús buscó otros horizontes dejando a Jesusita con sus padres mientras él abría pasos por el occidente, lugar donde ahora se encontraban. Visitó a su nieta muy poco pero siempre la tuvo presente. Es cierto que la mayor parte del tiempo la invirtió en resolver las necesidades básicas económicas, pero es de recordar que en ese entonces los cambios políticos mantenían en un constante vigilo a la mayoría de la población clase media venezolana. A Jesusita le costó mucho aprender y entender todo aquello por lo cual su familia pasaba; ella llegó a sentirse abandonada y sola; se encargó de cumplir las normas establecidas por sus padres, pero por debajo del habito logró explotar sus fueros, dejando arrastrar su cabeza por el primer hombre que supo hacerle llegar sus palabras. Lo demás se hizo evidente; dos niñas que nacieron dentro de su rebeldía, afectadas por la ignorancia de sus padres, y marcadas por la desmoralización familiar. A Don Jesús le costó entender todo aquello aún más, y su carácter cerrado como todo hombre de campo, lo hizo mantener un mundo paralelo. Pero al encuentro con su nieta, Don Jesús, después de muchos años de lejanía y dolor, trajo una luz de entendimiento y un goce necesario para las dos niñas inocentes de cualquier realidad. Quizá por eso Don Jesús, no escatimó en buscar la forma constante de hacerse presente, aunque fuera a través de su mano dura, pero allí estaría él, y a su sangre no la maltrataría nadie más, no al menos mientras él existiera.

Jesusita vivió feliz dentro de ese marco, ya que a falta de dos hombres que la abandonaron, ella encontró a su abuelo que valía mucho más que ellos dos, y que tenía el valor suficiente de entregarse a cuidar lo que ella más quería: Sus hijas. Sin embargo, la historia no habla muy bien de esa mujer de carácter cerrado que marcó las vidas de Carmencita y María. Jesusita con el tiempo, llegó a cultivar un genio impenetrable, medio huraño, y hasta en algunas ocasiones clasista. En muchos casos se ha visto que algunos seres humanos por determinadas razones, al llegar a su vejez, viven en abstracción el mundo que alguna vez idealizaron para ellos, y también al parecer, la vejez agudiza los complejos; de allí la importancia de poder enfrentar esos complejos en la edad del razonamiento para llegar así a una vejez sana y libre de angustias. Quizá algo similar vivió en los últimos años de su vida Jesusita. Perderse en el laberinto emocional del recuerdo, mantiene lejos al monstruo que la vejez construye, y por supuesto, pone en espera la incertidumbre de la cercanía al cierre de la aventura en la tierra y el paso hacía lo desconocido. Por lo general siempre se recuerda lo más cercano, los últimos pasos dados, las últimas acciones, los últimos rostros; Casi nunca nos acordamos como eran algunas de las personas que nos rodean años atrás, como era su piel, su cuerpo, su estatura, y al morir la persona recordada se nos viene su última imagen, y para poder recordar lo especial o bella que fue, muchas veces es necesaria su fotografía, hasta que esta también pierde su vigencia y todo se borra en el olvido del tiempo; Así terminó Jesusita para muchos, sin un recuerdo claro de lo que fue, llenando su imagen por sus últimas acciones, cargadas de ese ser que los años fueron formando, debilitando los hechos que alguna vez la hicieron brillar, dejándola ver a través del tiempo de una manera cerrada y oscura. Muchas veces hasta la describieron como una persona sin compasión. ¡Cuanta compasión hubo de tener para sacar sus hijas adelante! Pero así es la vida y su historia. Las comodidades en casa de Don Jesús no necesariamente eran las más apropiadas sobre todo para la formación de mujeres pero era lo mejor de ambas realidades. Don Jesús a pesar de haberse marchado mucho tiempo atrás hacia el occidente del país para buscar mejor fortuna, no logró romper su antigua realidad de pobreza; claro está que el carácter se había fortalecido, la confianza para salir de las vicisitudes era ya una constante pero la economía no fue fácil hacerla florecer. La pequeña casa se encontraba ubicada en medio de un gran terreno sin luz ni agua, había que ingeniarse como magos para resolver

18

ciertas necesidades básicas. Pero la rutina llevó la confianza al hogar y poco a poco, así como el resto de los animales, fueron acostumbrándose a su hábitat y terminaron encontrando una gran armonía en ese nuevo hogar. Eran muy pocos lo que en esa Venezuela de antaño podían hacer fortuna; durante muchos años se acostumbraron a ser dominados, se acostumbraron a recibir ordenes desde España, ordenes de dictadores, existía un miedo con lo que era o no permitido, y las posibilidades de surgir para una familia de escasos recursos no eran fáciles. Quizá el extranjero en su condición de inmigrante entendía más rápido su proceso para hacer dinero. La mayoría de ellos venía de una Europa golpeada por cambios ideológicos y políticos pero con una gran historia de riquezas y fracasos. La mayoría del extranjero mantenía algo en su mente muy en claro: Dinero. ¡Y lo lograban! Pero en la Venezuela de esos tiempos luchando por una identidad democrática, por un entendimiento con sus derechos y libertades, por una adaptación a su nueva apertura económica mundial, no le quedaba nada fácil a cualquiera de sus ocupantes, tener una visión clara y estable de lo que pudiese ser o servir como progreso económico. Don Jesús tenía carácter de sobra pero el pobre no lo supo usar para un mejor porvenir; ahora tenía nuevas responsabilidades en su mundo a parte de ser un viejo, sintiéndose muchas veces cansado de inventar y ordenar. Don Jesús era padre de tres, entre los que se encontraba Manuel Olivares, el padre de Jesusita, muerto ya como militante en medio de una de las tantas guerras civiles llevadas a cabo en Venezuela en busca de un ordenamiento político militar, después de los desastres dejados en el país por la insurrección contra los españoles, donde se alcanzó la independencia de la misma. De los otros dos hijos muy poco se sabe; se cree que uno de ellos había abandonado el país en busca de aventuras y nunca más regreso, y el otro, Alfredo Olivares, vivía muy lejos, y al parecer no le

19

interesó mantener una comunicación con su padre hasta que pasó al olvido. De la madre de Jesusita se entiende que murió después de una larga enfermedad que la mantuvo postrada por casi dos años en la cama, en medio de una angustiosa crisis económica y una inmensa soledad después de la muerte de Manuel. Fue una despedida triste y larga que llenó de mucho dolor la vida de Jesusita y que la llevó a buscar una última vía de escape en medio de su agitada vida: El re-encuentro con su abuelo Don Jesús.

Maria, la más pequeña, muy poco pudo sufrir lo que pasaban, ella era feliz con la protección que Carmencita le brindaba, y desde muy temprano supo asumir lo que ella consideraba parte de su existencia: Ser el alma inseparable de su hermana. Esta relación entre las dos hermanas fue fortaleciéndose al pasar de los años, y no tan sólo por el crecimiento de ambas y el encuentro con la madurez, sino también por el desprendimiento que Jesusita fue llevando hacia todo lo que la rodeaba que ayudó a las dos a unirse más intensamente. El mundo de Jesusita era más estrecho cada día. Verse rodeada tan sólo de animales y aferrada a su vez al recuerdo de abandono, la hizo cambiar. Comenzó a ser agresiva, intolerante, caprichosa, y solitaria. Ya para ese entonces los alrededores de la casa de Don Jesús comenzaron a verse invadidos de nuevos visitantes, muchos de ellos en busca de los mismos sueños que algún día tuvo Don Jesús, y otros convencidos de que con el tiempo esos terrenos serían una parte importante de la nación debido a su cercanía al lago: Lugar de importancia vital para la posible creación de un puerto comercial. Los más hábiles buscaban apoderarse por adelantado de esta visión ambiciosa así tuvieran que soportar el abandono por el cual pasaban esas tierras, ignoradas en su momento por el desajuste político nacional. Don Jesús trató de sumarse a la creencia del valor que tomarían los terrenos que lo rodeaban, y pensó cautelosamente su plan para el futuro, "Al menos estos terrenos lograrían justificar el abandono a

mi familia durante tantos años" "Mejor protejo estos
terrenos y algún día darán el fruto de mis sacrificios." Don
Jesús se sintió dueño de la mayoría de la tierra que le
rodeaba debido al tiempo que llevaba en sus cuidos, para
sus suertes dentro de todo aquel país naciente, las reglas
eran casi inexistentes, y hasta las propias delimitaciones
fronterizas de la nación eran casi marcadas de una forma
rural, poniendo un palo con otro y uniendo estos con
alambre de púas, haciendo una medición casi al calculo, y
luego registrando dichas mediciones en una pequeña
oficina jurisdiccional perteneciente al estado, tomando
como testigo la propia palabra del registrante. Don Jesús,
alcanzó a registrar una gran cantidad de hectáreas, lo justo
para su nieta y sus dos marcadas estrellas. Después de
hacerlo, se sintió listo para descansar en paz. Y sin alargar
más sus deseos de vida, al poco tiempo de haber
consolidado Don Jesús el dominio de un grupo cuantioso
de tierras, expiró. Carmencita sufrió profundamente esa
perdida ya que la relación de esta con su bis-abuelo fue
muy intensa. Durante casi todo el tiempo que alcanzaron a
vivir juntos, su madre Jesusita vivió en una eterna soledad,
y María se encontraba muy pequeña, así que Don Jesús la
adoptó como su gran compañerita y amiga. Carmencita a
través de los ojos de Don Jesús aprendió a llevar la
autoridad y el control de las cosas; aprendió a dominar y
saber tomar decisiones: aprendió a ser una mujer de
carácter. Después de la muerte de Don Jesús,
simbólicamente todas las cosas pasaron al dominio de
Jesusita, ella era la responsable de cuidar todo el legado, y
por supuesto, de alimentar y fortalecer las tierras
anteriormente registradas. Todo este proceso en vez de
distraerla y llenarla de una nueva estrategia de vida, la
terminó de amargar. Carmencita dejó de ser Carmencita, y
desde allí en adelante fue Carmen a secas. María, aún
pequeña, se acostumbró a llamarla así: Carmen. De ahora
en adelante ese será el nombre que verán en esta historia,

Carmen. La Venezuela de Carmen crecía en una aparente normalidad. Durante muchos años fueron muy pocas las voces de protestas que se escucharon, pero Carmen las escuchaba día a día entre Jesusita y María. Jesusita se quejaba y protestaba constantemente por no alcanzar, a pesar de su aparente poder dentro del entorno en el cual vivía, una fortaleza económica que la dejara descansar, y que le permitiera vivir alguna de sus realidades soñadas, y María se quejaba constantemente de su madre por el trato que de ella recibía. Carmen, llegó a convertirse para María como una verdadera madre, al menos fue lo que María, con el pasar de los años llegó a sentir. Carmen seguía creciendo muy hermosa, hermosura que en ninguna etapa de su vida llegó a perder; María fue otra cosa, crecía hermosa también pero nada comparado con Carmen, con esos enormes ojos azules, con esa piel rosada, con esa altura y voluptuosidad que la supo acompañar muy bien. Jesusita con el crecimiento de Carmen dejó caer desde sus adentros una pequeña manifestación de celos. Sí, celos por ver que Carmen tenía una fuerza de dominio como ella no tenía; tenía un carácter noble a su vez, que despertaba los corazones de todo aquel que se le acercaba. Era impresionante percibir el cambio en los rostros de las personas que la rodeaban, como por arte de magia le abrían su corazón en busca de respuestas claras, que según todos, Carmen era la única que las podía dar. Nadie se detenía por la edad de Carmen, a pesar de ser una niña con cuerpo de mujer, por la madures y la claridad de las respuestas que brindaba, siempre llenó de paz y tranquilidad a todo aquel que la escuchó. Quizá ese era el motivo o parte de los celos que Jesusita manifestaba, o quizá como también se dijo, que Jesusita limitó la posibilidad de rehacer su vida sentimental por miedo a que el hombre que se le acercara se fijara en Carmen. Jesusita reconocía lo que tenía delante de sus ojos, y además sentía al tenerla cerca, eso que todos decían por el cual se llenaban de paz, y que no dejó de tocarla a ella, pero nunca se lo reconoció. María, perspicazmente llegó a darse cuenta de la fuerza que podía ejercer Carmen en su madre, así que buscó siempre cobijarse en su sombra para poder así salir victoriosa de los ataques de su madre, bien sean por sus celos, amargura, soledad, o cualquier otra frustración.

Así por su parte como Don Jesús marcaba el límite fronterizo de sus tierras, así lo hacía también el Generalísimo Presidente Gómez con su Venezuela, cerrando sus zonas limítrofes y entorpeciendo la apertura con comunidades vecinas o internacionales. Limitaba a Venezuela a un trato de intereses estrictamente comerciales, donde la distribución del desarrollo de las ciencias y la economía eran supervisadas por su sequito, bajo el imperio de sus reglas, y con los ojos puestos en el machete o el cañón. Algo similar ocurría en la vida de Carmen, si bien ella poseía todo un potencial humano para ayudar y entregar lo mejor de sí misma a los demás, este era totalmente controlado por su madre que no la dejaba tranquila ni un solo instante, y que le prohibía constantemente el derecho a relacionarse con los que la rodeaban, como si viviera en una orbita sobrenatural. Muchos decían que ese exceso de protección era basado en el amor de perderla o cuidándola de que alguien pudiera enamorarla y hacerle perder la cabeza como le ocurrió a ella, y otros decían que todo era producto de los celos, y que al controlarla podía dejar bien en claro quien mandaba. Me atrevo a apegarme a la corriente de los primeros, y juzgar sus hechos más bien por el miedo de lo que le ocurrió, que la llevó a experimentar pasajes amargos por el resto de su vida. Quizá Jesusita tenía una razón más o menos justa a la hora de actuar así pero en el caso de Gómez su justificación era muy distinta, ya que era gobernada por la misma razón que siempre ha gobernado a todos los gobernantes de la nación: El exceso desmesurado de poder, la ambición ante tanta riqueza y el miedo de perderlo todo. No está oculto en la historia cómo influyó en el General Gómez El Cesarismo, esa tendencia de sentirse el Gran Cesar, y "al Cesar lo que es del Cesar," para él: "Todo." Gómez, desde su hacienda logró poseer un dominio extremo de las cosas, el poder que llegó a tener difícilmente fue alcanzado por otros gobernantes, no los anteriores, no los que lo siguieron. La Venezuela que Gómez tomó era muy distinta a la Venezuela que conocemos hoy, y por supuesto que los tiempos y la modernidad han ayudado a marcar su diferencia. El General Gómez supo aprovecharse de eso, y el terreno lo controló a su antojo.

Carmen y María crecían al compás de Venezuela. Carmen expandía su cuerpo y un renacer de voluptuosidades comenzaban a manifestarse, como si fueran ríos apresurados por encontrar sus causales, locos por llegar al bocal abierto para descargar sus furias. María también lo hacía pero en silencio. María desde muy pequeña dejo notar la enorme capacidad en su pecho de ser una promesa portadora de fertilidad, ya a sus primeros diez años, la espalda sufría el leve peso de esas pequeñas manifestaciones que su naturaleza de mujer prometía. Venezuela al ritmo comercial también expendía sus horizontes; si bien Gómez se sentía más cómodo controlando su gran hacienda Venezuela a su antojo, el desarrollo por la explotación petrolera comenzó a traerle líneas de crédito internacionales, permitiéndole a Venezuela gozar de una plusvalía mayor que le serviría para ampliar los recursos militares, los cuales darían una mejor vigilancia fronteriza y a su vez contribuiría al aislamiento planteado por el Gomecismo. No cabe duda que Venezuela era hermosa, y que sus tierras parecían casi in-explorables aun. Por supuesto con un desarrollo económico apenas en ascenso mantenía al país en un lento crecimiento urbano. Las construcciones de carreteras que le permitirían a la mayoría de los venezolanos conocer el suelo que se encontraban pisando, apenas comenzaban su gran desarrollo.

En 1925 Carmen entraba ya a sus 15 años, y un par de acaudalados por los alrededores de las tierras ahora de Jesusita, se acercaron a ésta a pedir la mano de Carmen para sus hijos herederos. Jesusita aspiraba algo mejor para su hija predilecta, la del carácter fuerte, la de la magia encantadora, la de enormes ojos azules, la que la llenaba quizá de un leve celo pero que en el fondo sabía que era un celo de amor. Con el primer pretendiente Jesusita fue discreta y hasta un poco inocente al momento de reaccionar, de verdad no se esperaba tan pronto tener que enfrentar esa situación ignorada por ella aun, ya que a pesar de ver a una Carmen convertida en mujer, para ella todavía era una niña. Carmen se encontraba con María leyendo en el cuarto cuando sintió la presencia de aquel joven que la pretendía. No supo que hacer, ella tampoco estaba preparada pero por la cara que pudo observar en su madre, supo que algo extraño estaba pasando y que ella estaba envuelta en ello. Carmen, había notado en una oportunidad la mirada de ese joven, el cual le causaba mucha gracia y cierta simpatía pero jamás llegó a pensar algo más fuerte sobre él. Mientras observaba desde lejos pretendía estar estudiando con María sin salir de su asombro por los gestos de Jesusita y la formalidad del padre del joven. Carmen como una maquina programada le explicaba a su hermana el poder de la multiplicación, para que algún día ella pudiera enfrentarse al mundo con un conocimiento que le brindara seguridad y credibilidad con lo que la vida le enfrentara. Carmen le daba a María todo lo que ella poseía. Don Jesús, mientras pudo pagó al único profesor del pueblo para que instruyera a Carmen y le enseñara a protegerse de los vivos. Carmen aprendió leyes básicas de matemáticas, a escribir sin errores ortográficos, a la importancia de un punto y una coma, y lo más importante: Aprendió a leer. Con la muerte de Don Jesús, esas clases privadas terminaron. Los motivos eran varios: Primero, las clases por el hecho de ser privadas estaban bajo la supervisión constante de los ojos de Jesusita, y ahora ella no podía hacerlo ya que necesitaba supervisar el trabajo de las tierras; segundo, para Jesusita ya Carmen sabía suficiente, con leer y escribir bastaba, total ella nunca iría a una Universidad o algo por el estilo, ella estaría destinada al cuidado del hogar y los quehaceres del mismo, lo demás era considerado una provocación del pecado. Y por último Jesusita veía con morbo la mirada del profesor, sentía que el verdadero interés de ese hombre no era la educación de Carmen sino sus senos, los cuales ya no podían pasar desapercibidos. Carmen nunca sintió el tal insinuado morbo que Jesusita decía pero calladamente complació la orden de su madre, por suerte ya sabía leer y escribir, ahora ella podía enseñarle a María. Jesusita negó como era de esperarse la mano de Carmen al joven, y muy cortésmente le prohibió al joven acercarse a su hija, a tal punto de amenazarlo con matarlo si desobedecía sus ordenes. El otro joven corrió con menos suertes ya que no alcanzó siquiera a recibir alguna cortesía y fue sacado de la casa a escopetazos con la sentencia de muerte si lo volvía a ver, así que el joven optó por perderse del pueblo. Después de estos dos acontecimientos Jesusita fue mucho más ruda con Carmen, sintió que ya era la hora de tratarla como una mujer y la llenó de responsabilidades separándola del mundo de juventud al cual correspondía, adentrándola a una nueva realidad a la cual todavía no estaba preparada. Por consecuencia hubo mucho enfrentamiento entre las dos y por supuesto, María alcanzó a ver parte de este maltrato injustificado que la llevó a acercarse más a Carmen, convirtiéndose para ésta en su alivio y su consuelo. Jesusita sufría en silencio pero pensaba que esa era la mejor y única manera de educar unas niñas de bien, con mano dura y carácter. Para ella la vida estaba basada en eso, carácter, las manifestaciones de amor eran debilidades majaderas que atrasaban el desarrollo de las responsabilidades. Al fin y al cabo los hombres eran porquerías y las mujeres debían aprender a ser fuertes con carácter para no sufrir las desventuras y seguir hacía adelante.

Ese carácter también era el motor precursor del General Gómez robándole a Venezuela la juventud por la cual transitaba para llevarla a enfrentar una madurez sin una preparación anticipada. Era de esperarse un sufrimiento adelantado. De hecho ya para finales de 1926 un grupo de jóvenes estudiantes de la Universidad Central de Venezuela, en busca de alcanzar un mejor desarrollo con los cambios políticos y económicos que enfrentaba el país, tomaron la iniciativa de reconstruir los centros de estudiantes de las facultades de Medicina, Derecho e Ingeniería, y luego promovieron el reestablecimiento de la Federación de estudiantes de Venezuela. Hasta ese entonces, después de ajustes y desajustes en el quehacer venezolano, una cara nueva, no basada en estructuras militares, ni necesariamente a través del uso de la fuerza o la opresión, comenzaba por promover una visión desarrollada para el manejo de un país que poseía todos los recursos naturales de poder convertirse en una potencia mundial. Ahora había que transformar los recursos humanos. Los estudiantes marcaron una etapa de transición en Venezuela y a ellos se deben los cimientos de las bases democráticas de las nuevas constituciones.

Carmen no se veía a sí misma como una mujer capaz de despertar alguna inquietud a alguien pero la constante guerra protectora de Jesusita la llevó a pensar en el asunto y despertaron sus propias inquietudes. Por más que tenía prohibido el uso de alguna vestimenta insinuadora, le encantaba la posibilidad de llevar puesto alguna falda con una talla ajustada que le dejara insinuar el dulce rostro de sus caderas. Algunas veces se atrevía al visitar el pueblo a levantar en público la mirada un poco más de lo acostumbrada, simplemente para ver reacciones diferentes. Sabía que inmediatos comentarios suscitarían al pasar. – ¡Qué ojos más bellos!- ¡Qué bonita se puso la niña doña!- ¡Si así es el infierno, que me lleve el diablo! Entre las cosas que en silencio Carmen escuchaba y disfrutaba. Una vez María que también los escuchaba comentó: A mi me gusta cuando los hombres le dicen a mi hermana lo bella que está mamá. Jesusita con todo el rostro compungido la miró fulminante y le comentó a Carmen con rabia: ¡Prepárate porque te mando otra vez a Capatárida! ¿Dónde está eso mamá? Preguntó María que hacía tanto tiempo que no escuchaba hablar de aquel pueblo que hasta lo había olvidado. A mi me da igual donde me mande mamá, respondió Carmen, pero no se le olvide que en ese pueblo usted tampoco se salvó porque sino no hubiéramos nacido ni mi hermana ni yo. Carmen sólo sintió el peso de una mano caliente en su rostro pero más que ardor en la cara lo sintió en el alma, y con una mirada tan fuerte como era su dolor, enfrentó los ojos de Jesusita, la cual más nunca pudo volver a levantarle la mano. María se echó a llorar y abrazó muy fuerte a su hermana, mientras caminaban de regreso a casa para preparar el viaje que las llevaría a Capatárida.

Jesusita durante mucho tiempo había amenazado a Carmen con llevarla a Capatárida sin cumplir su promesa pero esta vez quedaba más que claro que sí lo haría. Jesusita tenía una prima llamada Victoria, la cual trabajaba limpiando la casa del único millonario del pueblo. El trabajo que desempeñaba en esa casa era arduo, ya que la casi mansión, se encontraba ubicada a tan sólo un par de kilómetros del mar, y a su vez servía de deposito de un millar de peces muertos, ya que parte de la fortuna acumulada por el millonario provenía de la pesca. Victoria era la encargada de que la casa oliera bien y en esas condiciones no era tan fácil hacer el trabajo pero con el pasar del tiempo logró emplear una formula para alejar los malos olores, que la mayoría de las personas que la veían limpiar pensaban que lo hacía a través de brujería, ya que era casi imposible alejar ese olor a mar muerto como ella lo hacía. Su fama de sabia llegó a resonar en todo el pueblo, y se pensaba que así como alejaba los malos olores, haría lo mismo con los malos espíritus y los muertos. Fue tanto lo que se dijo que la misma Victoria lo llegó a creer, y hasta en algunas ocasiones de extrema necesidad, se atrevía hasta a cobrar por algún trabajo de despojo. Jesusita llegó a enterarse del poder de su prima en el pueblo, y tomó como una gran excusa el mandar a Carmen y María junto con ella por un tiempo, y así pudiese despojar a Carmen de la rebeldía que en ella se estaba incorporando. Jesusita hasta llegó a pensar que el espíritu de Don Jesús se manifestaba a través de Carmen, como resultado del amor que él sentía por ella. Jesusita estuvo cerca de dejar a Carmen sola en el pueblo pero María se aferró a Carmen de una forma casi indescriptible, que no pudo separarla; sabía la amargura que hubiese provocado esa separación. Victoria por su parte, mantenía una casita cerca del mar, cerca también de la casa que limpiaba en donde algunas noches decidía dormir allí y otras noches no: las noches donde menguaba la soledad. La carta recibida por parte de su prima Jesusita pidiéndole la acogida de Carmen y María, le produjo una sensación totalmente desconocida en ella, de paz, nobleza, servicio, y amor. Victoria había sido utilizada muchas veces por hombres de paso, como era de esperar con casi todas las jóvenes de ese pueblo, donde los hombres de visión se acercaban sólo para buscar fortuna y vivir aventuras que alimentaran las páginas del ciclo terrenal. Victoria no tuvo hijos y por mucho tiempo los hijos del pueblo fueron suyos, pero nunca de una manera real. Ahora vendrían dos sobrinas de su sangre, por primera vez podría buscar en alguien un pequeño rastro de ella misma, un gesto que le hiciera sentir que su sangre continuaría a pesar de las soledades, la sal, y el abandono de su piel. Sin pensarlo dos veces, asedió a la petición de su prima

Jesusita, y tan solo en tres días más, una nueva realidad colmaría los espacios de esa pequeña casita en un rincón de Capatárida. La buena energía entre Victoria y Carmen fue inmediata; para Victoria, Carmen fue la hija que no tuvo, y para Carmen, Victoria fue ese ángel que la ayudó a entender un poquito su realidad. La ayudó en ese paso tan importante de dejar de ser niña para convertirse en mujer. María al principio llegó hasta sentir un poco de celos pero con el tiempo comprobó a su corta edad, que era lo mejor que les había podido pasar. Victoria en sus tiempos libres las llevaba al pueblo y las lucía con un orgullo de madre recién premiada, que nadie que las veía juntas por primera vez podía dudar que fueran sus hijas. Los fines de semana Victoria las llevaba al mar y las dejaba correr a sus antojos; se perdían dentro del agua como delfines graciosos en la espera de su público para saltar y así lucir su belleza. Victoria nunca dejó de supervisarlas y de reclamar su presencia, pero esa sensación de libertad que les hacía sentir, le devolvió sobre todo a Carmen, la felicidad de su niñez perdida. Carmen, actuaba muchas veces como si presintiera sus dificultades en la vida, cómo si supiera la dura carga que le esperaba, y los sacrificios que tendría que pasar en silencio, por eso disfrutaba de lo poco con aquella intensidad desconocida por muchos seres en la tierra. Carmen vivió junto con María y Victoria, unos de los mejores años de su vida. Por suerte para Carmen, su madre la visitaba tan sólo un par de veces al año, y por razones laborales nunca podía quedarse más allá del tiempo previsto, que por lo general era muy poco. Carmen, durante su estadía en el pueblo de Capatárida, a pesar de no dialogar con mucha gente, y a pesar de llevar una rutina solitaria y sin muchos altos y bajos, se las arreglo para cultivar su espíritu. María también crecía al ritmo de la luz pero su voz apenas si llegaba a escucharse. Nunca se supo que era lo que le gustaba o dejaba de gustar, aparentemente siempre estuvo de acuerdo con los gustos de Carmen pero en el fondo de su corazón se sabe que a veces le hubiese gustado opinar lo contrario pero no encontró fuerzas para cambiar el matiz de su realidad. Carmen trataba por todos los medios posibles de no dejar sola en ningún instante a María pero había veces en que buscaba su soledad para poder crecer en otros niveles, sobre todo porque Maria al ser tan niña, no le era posible entender el mundo que Carmen se encontraba viviendo. Una noche en la cual Victoria se había quedado en la casa del jefe, y María se encontraba durmiendo, Carmen decidió salir a caminar en la oscuridad de aquellas tierras rodeadas de mitos y leyendas, acompañadas solamente del sonido del mar. Carmen sentía el oleaje arribar a sus pies, y por el golpeteo que provocaba se le antojaba como una canción, pero era una canción que le hablaba a ella, donde las letras eran mensajes de entendimiento entre su amor y el mundo. Carmen lloraba de emoción de tan sólo respirar esas frases ideadas en su mente. Sentía por primera vez esa comunicación con la naturaleza. Su cuerpo al mismo tiempo también se abría a su mundo natural, y como una flor en el comienzo del estiramiento de sus pétalos, se abría Carmen. Indescriptiblemente hermosa, fiel a su piel, a sus ojos, al rosado de su boca, y al ondulado de sus cabellos. Las olas le regalaban caricias en aquel pueblo seco y apartado del mundo. Esa noche mientras caminaba, la luna hizo énfasis de su esplendor, y una luz impetuosa penetro en sus ojos provocándole destellos luminosos que perduraron con ella hasta su muerte. Después de aquella noche, mucha gente en el pueblo llegó a pensar que Victoria la había conjurado en contra de maleficios y que esa nueva mirada luminosa era capaz de fulminar a cualquier persona que se le acercara con mala intención. Esa creencia aumentó el poder de respeto que Carmen ejercía ya en muchos, y con el tiempo hasta la propia María llegó a pensar que era verdad, ya que a Carmen nada ni nadie la podía vencer; ella siempre fue la que mantuvo la

31

calma en las adversidades, y la que dio respuestas de aliento a todos los dolidos. Carmen sin prestarle atención a las leyendas del camino, ignoró esos comentarios del pueblo pero sí recordaba (y nunca pudo olvidar jamás) la sensación de miedo que sintió aquella noche. Llevaba rato caminando, y poco a poco se fue alejando de la pequeña casita de Victoria, olvidándose incluso de la pobre María, que dormía sola en aquel rincón del mundo. Carmen después de escuchar la voz del mar y deleitarse con aquellos versos provocados por el roce de las olas en su piel, sintió miedo. En sus adentros estaba más que segura que alguien la observaba, sentía dos ojos clavados a su espalda, y los sentía acercarse más y más al mismo tiempo en que avanzaba, pero a pesar del miedo que sentía sabía que era necesario voltear y enfrentarse a esos ojos, los cuales al mismo tiempo sentía que no estaban allí para asaltarla sino más bien para cuidarla: Así lo hizo. Lo más extraño fue que al voltear no encontró a nadie, entonces un verdadero miedo se apoderó de sus piernas, y por segundos no se pudo mover, hasta llegó a sentir como una mano se posaba en su hombro, como queriéndola sacar del letargo donde se encontraba. Carmen sólo corrió y corrió hasta que llegó a la casita, y allí se acostó al lado de su hermana que dormía como un ángel. Victoria le dijo que la mirada que sentía era la de su bisabuelo que la cuidaba. Carmen sonrió y se extrañó de imaginarse cómo pudo haber llegado la presencia de su bisabuelo a Capatárida. ¿Será que había venido con ella y dormía en la casita junto a su hermana también? O ¿quizá lo trajo el mar? Para ese entonces a Carmen se le hacía difícil precisar ese mundo de los espíritus y sus distintas formas de manifestarse, pero en medio de su enredo, agradeció eternamente la presencia de su bisabuelo en caso de ser verdad lo que decía Victoria, y a partir de ese momento de descubrimiento, durmió más tranquila.

Con una lejana pero constante presencia Jesusita se hacía sentir. A través de cartas que llegaban con marcados retrasos, o cierto dinerito que se mantenía entre la distancia, o también con alguna que otra visita durante los dos años de estancia que tuvieron sus hijas en Capatárida. Carmen y María no se alejaban de una u otra forma del rostro de su madre. Ya bien entrado el año 1928, y Carmen con una provocadora figura seguida de María, que también comenzaba a marcar su extraña belleza, Jesusita tomó la decisión de llevar a sus hijas de nuevo a casa. La soledad al parecer o la vejez comenzaron a hacerse presentes, y a pesar del carácter fuerte y huraño, extrañaba a sus hijas. ¿Pero en que clase de madre se había convertido? Todo para apartarla del mal pero en el fondo sabía que el mal estaba en todas partes. Además, ¿Y María? La pobre crecía sin orden, y lo hacía de la mano de otra niña, ya que era obvio que Victoria pasaba la mayor parte del tiempo fuera de casa trabajando. También ciertos rumores llegaron a sus oídos, se decía que Victoria se acostaba con su jefe. Comentario que no tendría nada de equivocado, dado a las necesidades del pueblo por saciar los calores provocados por ese sol incesante y por la sal. Victoria siempre llevo una vida tranquila, de su casa para el trabajo, que era como su segunda casa, y siempre fiel a sus servicios. El jefe era un hombre casado y no inspiró la desconfianza de nadie en el pueblo, pero justamente quedó viudo para el año del 1928, dos años después de la llegada de las niñas al pueblo. Se regó en todos los rincones de aquel apartado lugar que poco a poco Victoria había embrujado a la esposa de Don Manuel, el jefe de Victoria. La razón del pensamiento del pueblo fue basada en un par de coincidencias; primero que la muerta quedó con los ojos abiertos, y fue imposible cerrárselos aún dentro del ataúd, de hecho el mismo hubo que cerrarlo en vista de que algunas personas salían gritando del lugar, afirmando que la muerta los seguía con la mirada, y que expresaba una angustia como si quisiera decir algo y estuviera gritando por dentro. La otra razón era que Don Manuel, se ponía más bonito cada día, como si un embrujo actuó a su favor y lo acercaba más a la vida eterna que a su vejez final. Don Manuel florecía cada día más, su piel comenzó a hidratarse, la sal se alejó de sus manos, y una hermosa cabellera amenazaba en renacer. El pueblo imaginó que todo esto era debido al maleficio provocado por Victoria, el cual había causado la muerte de la señora esposa de Don Manuel. La realidad fue que durante muchos años Don Manuel en silencio, se había encargado de cuidar a su esposa que sufría de una angustiosa y extraña enfermedad, la cual le causó dolores tan fuertes, que sus gritos jamás se irán del recuerdo de Don Manuel y Victoria. De hecho, ellos dos creen que la mujer nunca cerró los ojos después de morir a causa del último suspiro lleno de dolor. Pero toda esta realidad fue tan sólo amparada por ellos, ya que el resto del pueblo, incluyendo a Jesusita pensó todo lo contrario: Una complicidad en ese amor pecaminoso. Tan fuerte fueron los comentarios que Jesusita no sólo fue en busca de sus hijas, sino que lo hizo dispuesta a no hablarle a Victoria nunca más e incluso ni siquiera a dar las gracias por todos los años de cuidado con las niñas. Jesusita hasta se atrevió a pensar que si algo deshonroso le llegaba a pasar a alguna de sus hijas, era simplemente por el mal ejemplo de la prima Victoria, y no por el abandono que ésta tuvo con sus hijas. Era necesario encontrar siempre a un culpable, y ella no era, de eso estaba completamente segura. Lo importante para carmen, fue que en su estancia en Capatárida aprendió a sentirse sola y a no tener miedo de su soledad; ya no le importaba si regresaba con su madre o si se quedaba en Capatárida: había aprendido a ser feliz donde estuviera. La seguridad que obtuvo a partir del día, en que al parecer de Victoria y ahora para su conveniencia, sintió la mano del bisabuelo que la cuidaba, la llenó de una eterna tranquilidad. También descubrió, en aquella noche, donde el sonar de las olas del mar en sus pies la llevaron cerca de sentir por primera vez, lo que sería su primer poema de amor, su primer encuentro con la naturaleza, su primer sensación nostálgica de amor aun sin tener por quien sentir esa nostalgia, pero ese descubrimiento la hizo sentir libre; era un paso agigantado a un crecimiento de nuevas fronteras en su vida, de indescifrables vías de felicidad.

Era impresionante ver como al mismo tiempo, ocurría lo mismo con Venezuela. Un poema, que se le antojaba a Carmen con el simple sonido de las olas, era un poema que marcaba una gran transición en el país. Era 1928, donde se decide organizar en el carnaval la semana del estudiante, y para la coronación de la reina, un estudiante antiguo exiliado político, Pío Tamayo, quien al mismo tiempo era uno de los instructores del marxismo en Venezuela, lee un poema juzgado como subversivo por el gobierno de Gómez. Y debido a un par de actos considerados por los gomecistas como irrespetuosos, deciden acabar con la celebración y encarcelar al lector del poema junto con los demás jóvenes estudiantes, entre los que se encontraban Rómulo Betancourt y Jóvito Villalba, ambos precursores de la futura y primera democracia en Venezuela, ambos lideres en la etapa del proceso de libertades políticas, sociales, y fronterizas que no muy lejos tocaría los espacios venezolanos. La mayoría de los estudiantes presentes consideraron el encarcelamiento de estos jóvenes estudiantes como injusto, así que decidieron entregarse todos voluntariamente ante las autoridades competentes, reacción nunca antes vista por los cuerpos oficiales, llenándolos de un gran desconcierto y enfado. 214 estudiantes estuvieron encerrados durante 12 días. Hubo manifestaciones en casi todas las Universidades del país, y finalmente fueron liberados. Parece simple lo que ocurrió, y hoy en día se podría decir que esa clase de actos subversivos ocurren diariamente, y hasta se han convertido en casi un medio típico de protestas pero en ese entonces, y por aquellos días, nunca había ocurrido algo así. La dictadura del gobierno de Gómez no conocía los enfrentamientos callejeros, y por primera vez se enfrentaron a un enemigo distinto: El pueblo. Seguido de la liberación de los estudiantes, el país quedó ansioso al cambio; continuaron manifestaciones, se crearon planes (que fueron develados) para derrocar al dictador, encerraron a muchos que se encontraban en contra del gobierno, exilaron a otros, y el caos acompañado de las necesidades de un cambio comenzó a hacerse presente en cada minuto, en cada hora. Pero al final de toda esta crisis comenzaron los núcleos futuros de lo que sería el primer partido democrático (Acción Democrática, AD) y (El primer partido comunista de Venezuela, PCV).

Se podría decir que un poema, fue una de las principales causas que comenzaron a marcar el cambio, porque ya después de ese momento nada quedaría en paz. Ya a partir de ese entonces, todas las batallas políticas se desarrollarían en la calle: Huelgas generales, paros cívicos, boicots. También es necesario decir que esos estudiantes románticos, llenos de entusiasmo, fuerza y juventud, repartieron un mundo de ideologías nuevas entre las que destacan el socialismo, marxismo, y la democracia, y en las cuales ya la vieja generación gomecista no puede adaptarse. Si hoy se analizara el impacto de aquel poema, fácilmente se podría decir que fue uno de los primeros elementos de cambio que le permitió a Venezuela romper con el siglo XIX y adentrarse en el siglo XX.

Carmen, también se adentraba a la salida de su adolescencia y a la entrada de su juventud. Lo hacía llena de nostalgia, confiada de sentirse protegida, segura de una fuerza misteriosa que se la daba un poema, una canción, o un simple golpeteo de olas después de aquella noche impetuosa que cambió su vida. Sabía que podía estar tranquila con su madre o sin ella, en aquellas tierras lejanas, inciertas, y solitarias, o en la simple Capatárida con Victoria y María, por supuesto, siempre con María.

María entraba ya en sus doce años pero desde los once se había desarrollado, y para tener tan sólo doce su cuerpo lucía como una señorita muy bien formada, y para decir verdad, sus senos eran demasiado grandes para su cuerpo y edad. La mayoría de las mujeres que tenían la oportunidad de verle sus pechos no salían de su asombro y siempre comentaban, "Dios, pero que niña," "La verdad que la naturaleza brinda atributos a unos y en cambio a otros..." Y así se pasaban la vida asechando a la pobre María, que seguía sin entender. Carmen se dio cuenta que algo incomodaba a María cada vez que se hacía esa clase de comentarios, así que de allí en adelante para solucionar todo aquel alboroto con los senos de María, decidió vestirla con ropas muy anchas que no dejaban ver la figura que guardaba. Al principio Maria no entendía lo ocurrido hasta que se acostumbró a vestirse así, incluso en las épocas de intenso verano. Con el pasar del tiempo María dejó de ser atractiva para casi todo aquel que la rodeaba, y nunca un hombre puso sus ojos ante ella a primera vista, y los que lo hicieron fue por la simple curiosidad de saber que se podía ocultar debajo de esas ropas que encerraban tanto misterio. María no tenía unos ojos tan resaltantes como Carmen, tampoco poseía ese encanto mágico y misterioso cultivado por su hermana mayor, y con esas ropas terminaba por romper cualquier clase de encanto, sin embargo, era bella y poseía una enorme seguridad en su mirada; arma que aprendió a usar en el transcurso de sus años venideros. Las dos representaban un enorme contraste, eran bien diferentes tanto físicamente como en personalidad, en la forma de vestir y en la manera de andar, pero las dos eran un complemento poderoso y sabían que juntas podían lograr salir adelante, que no importaba lo fuerte o peligroso de las circunstancias o adversidades, nada las apartaría y nada las encaminaría lejos de sus responsabilidades de hermanas y familias.

¡Espero que todo este tiempo con Victoria me las haya ayudado a madurar y aquí se me comporten como dios manda! Exclamó Jesusita una vez colocadas las maletas al regreso en la casa. ¡Claro que sí! Protestó Carmen, no sabe todo lo que nos ayudó a pensar, ¿Verdad María? Y la niña que asiente con la cabeza sin comprender necesariamente a que se refería su hermana. Carmen al presentir su confusión la tomó por el brazo y le susurró a María al oído, "No te preocupes que nada va a cambiar, vas a estar conmigo y no dejare que mamá te regañe pero pórtate bien y me haces caso." María mostrando una sonrisa de complicidad sintió lo importante de aquellas palabras, y una vez mas supo cuan grande era el amor por su hermana, llegando a experimentar al mismo tiempo una extraña sensación de miedo y tristeza, de tan sólo pensar en la posibilidad de que su hermana faltase. Carmen sintió esa horrible sensación en los ojos de María y la abrazó con fuerza. María correspondió al abrazo y colocando su cara contra el pecho de Carmen, soltó una lágrima que nadie percibió pero que la ayudó a sentirse más aliviada, ya que la garganta estaba a punto de reventar por las ganas de llorar, lo cual hubiese sido un escándalo inmenso el que hubiera montado. ¡Menos mal que la lágrima llegó a tiempo! Pensó. Carmen comenzaba a recoger los frutos de su personalidad ante la presencia de su madre. Esta nunca más le gritó ni le faltó el respeto. Jesusita vio en su hija a una mujer fuerte, capaz de valerse por sí misma, y también de darse a respetar. Carmen, supo llevar lo distinto de sus personalidades en paz, no contradijo en nada a su madre, no la enfrentó con retos cerrados o caprichosos, y comprendió que las grandes diferencias que existían entre ellas era producto de la distancia generacional, de los traumas de su madre, o por que no decirlo, quizá de la soledad que experimentaba después del abandono de los hombres que marcaron su vida.

Orgullosa Jesusita buscaba resucitar la presencia de sus hijas en el pueblo, y numerosos "Dandys" hacían alardes de sus atributos para deslumbrar a la recién aparecida Carmen. Dandys, era el nombre en referencia inglesa que se les daba a los hombres de esa generación, ya que sus comportamientos, costumbres, y modas, resultaban influenciadas con las mismas del mundo ingles. Los hombres, mantenían una pulcritud no encontrada casi en nuestra época; hacían uso del traje formal para casi todas las ocasiones, vistiendo trajes de tres botones, cruzados, por lo general blancos con corbata negra para el uso del día, y colores más oscuros para la noche. El cabello siempre engominado o enceitado, delineado siempre por el partido en el medio o de lado. Las barbas y los bigotes debían estar formalmente recortados, y era muy mal visto un hombre que saliera a la luz del día sin rasurarse adecuadamente. Y por supuesto, el uso del sombrero, el exceso de colonia, y la forma galante del uso del verbo no podían faltar. Carmen nunca había tenido la oportunidad de observar tantos atributos como hasta entonces, pero la edad de la curiosidad buscaba hacerse presente y ante la belleza de Carmen, más de un hombre o Dandy quedó boquiabierto, dejando ver todos los encantamientos usados por la época para enamorar a una mujer. Normalmente ya para la edad de Carmen era muy usual pedir su mano. Los hombres buscaban mujeres de su casa, con poco recorrido, poca madurez, y llenas de una virginidad angelical, ya que ellas serían las madres de sus hijos, y vendrían siendo como una continuidad sucesora de sus propias madres, para la cual la malicia no estaba permitida. Una de las virtudes de esa generación, era que para mantener y poder encontrar esa virgen pura y casta, era necesario ofrecerles un mundo de fantasías, un mundo de dulzura, encantos, sueños, confianza y porvenir. La mayoría de los hombres de la época dominaban o por lo menos trataban de entenderse con la poesía, sabían de mano que era la manera más segura de convencer a una mujer a que cayera en la red de sus sueños. La poesía tomó un vivo valor, y el que mejor la usara mayores posibilidades de conquista tenía. El mundo del romanticismo crecía sin límites. Valía la pena soñar, valía la pena entregarse al amor, llorar por amor, y ver el rostro del ser amado en todas las estrellas. ¡Qué bonito! Poder compartir una fantasía tan maravillosa en este mundo lleno de violencias y soledades. Quién diría que las historias de aquel pueblo tan fantástico podrían cambiar tanto. Nunca se pensó que el crecer transformara de tal manera la realidad de un destino.

¡Venezuela también buscaba abrirse al mundo! A pesar de ser controlada y administrada como una enorme hacienda, las riquezas petroleras comenzaban a abrirle el apetito a las naciones más industrializadas y una influencia extranjera se hacía presente. Así como Carmen, los atractivos estaban al alcance de todos, y así como los Dandys esbozaban sonrisas, y pronunciaban enormes cantos y alabanzas cuando veían a Carmen pasar, así el mundo extranjero se pronunciaba ante la Venezuela saliente. No era fácil para el gobierno del General Gómez cerrarse al paso que se avecinaba. Historias fantásticas también se crecían en Venezuela, la población comentaba a gritos los cambios que se acercaban al sentir la presencia extranjera con mayor influencia. Nadie imaginaba los cambios que traía el viento, nadie pensaba que la cerca de la hacienda se rompería, y que mundos completos de corrupción e incompetencia saldrían a la luz en poco tiempo. Nadie imaginaba que la Venezuela fantástica produciría historias horrendas, sórdidas, y llenas de tanta dificultad; historias que no se pensarían volverían a pasar después de la estabilidad que había alcanzado Venezuela por algunos años. La gente tiende a olvidar muy rápido, y desechan los registros de la historia pensando que así más nunca ocurrirán. Pero el tiempo gira y de vez en cuando se vuelve a estacionar en la misma parada de años atrás.

Carmen se adaptaba con facilidad a las nuevas reglas impuestas por su madre, para ella ya todo era más sencillo desde que logró sentirse protegida después de aquella noche en las playas de Capatárida. El descubrir que poseía el don de no perderse en la soledad, de confrontar el miedo, de poseer la virtud de la paciencia, y un alma positiva de naturaleza simple, la hizo sentirse muy segura. Jesusita lo notó tan pronto la tuvo de regreso, de hecho su carácter y arrogancia disminuyó un gran por ciento debido a la presencia de esos enormes ojos azules en su casa. Jesusita intentó por todos los medios en los últimos años de su vida por mejorar su relación con Carmen; buscaba ser un poco cariñosa, a veces hasta trataba de ser amiga o confidente pero era tanta su frialdad que casi nadie notaba ese esfuerzo. Jesusita intentó también no repetir la misma historia con María, pero a su vez le daba miedo causarle más daño a Carmen del que le había causado ya durante todos esos años por culpa de su carácter. Era demasiada ironía presenciar ahora a una Jesusita renovada y purificada, lista para dar cariño, cuando fue casi lo último que Carmen llegó a conocer de su parte. Sin embargo, (y aquí me meto un poco en la historia) estoy seguro que Carmen hubiera agradecido más que nadie conocer una dosis de cariño por parte de su madre, así la viera y viviera únicamente a través de los ojos de María: Hubiera sido suficiente. Carmen desde muy pequeña ya inspiraba respeto, todo el mundo la quería pero nadie se atrevía a decírselo sólo María. Quizá por eso era una mujer un poco cerrada, con mucha pena de expresar sus sentimientos, probablemente porque nadie le enseñó como hacerlo. Pasó toda una vida dando amor y entregando su corazón infinito pero nunca nadie supo como darle el corazón a ella. Sin embargo, el legado más grande que pudo dejar, fue su sonrisa. María admiraba la sonrisa de su hermana, y quedaba encantada cuando descubría los efectos que esa sonrisa causaba a las personas e incluso a ella misma.

II

1930 fue para Carmen un año de bastante calma, donde pudo con facilidad adaptarse a las normas de su nueva vida y a las miradas de todos los hombres del pueblo. Contaba ya con 20 hermosos años, y distaba de una hermosura contraria a las que se imponían en las altas esferas del mundo Occidental. Carmen nunca precisó lo bella que era o al menos no lo dejó saber; nunca pudo usar algún vestido tallado al cuerpo que dejara denotar su figura y quizá la hiciera descubrirse un poco. Afuera la moda que imponía Hollywood era al estilo Gretta Garbo. La seda se hacía escasa y el lino comenzó a hacerse presente. Las mujeres comenzaron a descubrir ese punto de sensualidad que hasta el día de hoy se mantiene: los cuellos altos, los brazos delgados, los talles ajustados, comenzaron a marcarse cada vez más en la mujer de los treintas. Pero en aquel pueblo, que distaba mucho de ser la ciudad que es hoy en día, se desconocía totalmente de la influencia extranjera o moda, y si alguien se atrevía a imponerla era juzgado tan fuerte, que la hoguera era nada en comparación a las lenguas viperinas del pueblo, quemando hasta causar la muerte. Jesusita a pesar de su mano dura, se regocijaba de ver lo bella de su hija y lo serio de su carácter. Ya por el pueblo las dos caminando, les tocó tropezarse con uno de los galanes más admirados de los alrededores, Víctor Jacinto Marcano, hijo de un hacendado de nombre, y dueño de casi todas las tierras fértiles de Maracaibo. Al ver a Carmen, Víctor quedó al desnudo e indefenso, sus palabras no coordinaban para terminar una simple frase de invitación y saludo. Carmen observó el gesto y ante la presencia de su madre, los colores le subieron al rostro, sintiendo el mundo de dificultades que se le presentaban si Jesusita se daba cuenta de lo ocurrido. -Perdone señora, está usted muy complaciente, perdone muy sonriente, y me imagino, si es que puedo imaginar, que en parte se debe a la compañía de su hija hermosa, perdón, de su hija amada. –Tiene usted razón. Envíele mis saludos a su padre. –Señora, si usted es tan amable, me gustaría invitar a su hija, a las dos, a ver una película que se estará presentando por primera vez aquí. ¡Tiene sonido! ¡Es lo último en tecnología, y se puede ver como es la vida de afuera señora, como se vive en los Estados Unidos! - ¡Me importa nada saber como se vive en los Estados Unidos! ! Si a duras penas sabemos vivir aquí, crees que me pueda importar algo más! –Bueno señora quizá a usted no pero a su hija, y con todo mi respeto, no veo porque no pueda importarle. Carmen congraciada con Víctor, no se atrevía ni a mover los ojos para no ser descubierta ante la madre, aunque su corazón estaba rebelde de alegría, y loco de esperanza porque su mama aceptara. – ¡Pues no! Ni Carmen ni yo estamos interesadas en conocer mundos extraños, que bastantes preocupaciones tenemos con conocer el nuestro. Así que ni se moleste por nosotras. –Señora. -Hasta luego jovencito. –Se llama Carmen. Que bueno saberlo, pensó Víctor. –No me gusta como te miraba ese muchacho Carmen, así que procura evitarlo. No quiero que vengas sola a este lugar, no se, trae a tu hermana o vengo yo contigo, no quiero que la gente piense nada malo y comiencen a hablar boberías. –No se preocupe mama, no voy a dejar que eso pase. Carmen sintió un dolor profundo por primera vez; era un dolor desconocido por ella, muy distinto a los otros dolores que alguna vez había sentido, era un dolor nostálgico, que la llenaba de alegría y a su vez la hacía sufrir. No lo había visto antes pero ya lo extrañaba, no sabía quien era pero nunca olvidaría su voz, su rostro. No imaginaba alguna remota posibilidad de poder estar juntos y sin embargo comenzaba a idealizar caminos de unión, pero siempre en silencio, nadie supo jamás los pensamientos de Carmen. Aprendió a hablarse a sí misma como si le hablase a una mejor amiga. María era muy niña todavía para entender los caminos por los cuales se encontraba cruzando, como para poder compartir sus tempestades con ella. Era el amor, o por lo menos lo que creía que era el amor. Con el tiempo y en su inmensa soledad, Carmen recordó ese encuentro con todo su corazón, con toda la inocencia que se tiene siempre ante lo desconocido. Con el pasar de los años Carmen cada vez que quería sentir el aire del placer de haber vivido el maravilloso estado de la inocencia del amor, recordaba aquel encuentro como uno de los más puros de su vida, de los más graciosos, de los más oportunos al descubrir el impacto que podía causar en otros. Se sintió con una frescura tan única, que durante toda su vida se valió de ese recuerdo para tomar fuerzas y regocijo cuando las cosas se ponían difíciles. Siempre hacía lo necesario usando la imaginación para recurrir a otras realidades mas vivas, que le pudieran decir que la vida también gozaba de maravillosos momentos, y que valía la pena aguardar por ellos. Carmen logró escucharle a Víctor el lugar y el motivo de la invitación, por supuesto, sabía que su madre lo había rechazado, pero no podía evitar la sensación de desafiar al destino, y volar al encuentro. ¿Cómo podría verlo una vez más? ¿Cómo podía comprobar todo lo que le dictaminaba su pecho y entender esos arranques de amor si no lograba verlo? Algo tenía que inventar pero estaba decidida a asistir a esa cita. Estuvo toda la noche sin dormir, maquinando, pensado en una idea clara que le permitiera llegar a verlo. ¿Cómo haría para que él supiera que ella si iría? ¡María! Ella sin duda era la clave. ¿Entendería María los motivos que ella sentía? ¿Podría confiar ciegamente en ella y exponerse ante tanta realidad? No había otra solución, y por primera vez Carmen dejó de utilizar el exceso de razón para dejarse llevar por la intuición, también era una buena oportunidad para probar la confianza y la madures de su hermanita. Después de ésta prueba nuevas puertas se abrirían o quizá se cerrarían para siempre. María, quizá por no ser tan llamativa como Carmen, o quien sabe de repente por el propio estilo que había adoptado al vestir, no llamaba la atención de ninguno en el pueblo, su madre por tal motivo, nunca le prestó mucha preocupación que se dijera, no la vigilaba tanto del asecho ajeno, y la mayor de las veces quien la cuidaba era Carmen, de eso no cabía ninguna duda. Carmen, haciendo prueba de autoridad, le entregó una pequeña nota a María para que la llevara a la hacienda de los Marcano y se la entregara a Víctor. María debía prometerle no leer la nota y tampoco pedir explicaciones. Carmen le juró que si hacía por esta primera vez caso omiso a sus peticiones, más nunca caminaría por la vida sin abrirle totalmente su corazón; sería para ella la prueba de que era de verdad una mujer, digna de su confianza, respeto, y amor eterno. María acepto el trato con la integridad que le correspondía, y una sensación muy agradable corrió desde sus pies a la cabeza, al saberse tan cerca de ganar la amistad eterna de su hermana, porque ella sabía que no le iba a fallar. Ese mismo día Víctor recibió la nota, y ese mismo día un pacto más allá de la sangre se firmó entre las dos hermanas, ahora dispuestas a mantenerse juntas por toda una eternidad, sin importar las vueltas del destino. Carmen esperó a que Jesusita durmiera, y le dijo a María su plan. Estaba dispuesta a llegar hasta la placita principal del pueblo sin que nadie la viera, Víctor la esperaría, y caminarían juntos hasta la sala de proyección, Carmen se sentaría lo más lejana posible y fuera del alcance de algunos ojos informantes, y se cubriría su rostro con un velo. Al día siguiente, María no debía comentar con su madre nada de lo ocurrido, de hecho, si por casualidad le llegaba a preguntar si había visto algo sospechoso en su hermana la noche anterior, su deber era responder que se había dormido muy temprano, y que no despertó sino a la siguiente mañana con Carmen a su lado. El plan estaba trazado, tan sólo había que esperar que se durmiera Jesusita para partir. Así lo hizo.

En total silencio Carmen se dispuso a salir de su casa. No lograba casi entender el desacuerdo rítmico entre su corazón y su cuerpo, eran tan fuertes los latidos, que por un momento llegó a pensar que Jesusita se despertaría de sólo escucharlos. Pero la suerte la acompañaba esa noche; hasta los perros se habían puesto de acuerdo para dormir temprano. A duras penas Rafly, el perro guardián de la noche, abrió sus ojos. Pensaría quizá que Carmen se disponía ir al retrete, raro pero era lo único que Carmen podría estar haciendo despierta a esas horas. Era costumbre dormir muy temprano en el pueblo, y mucho más cuando las casas no gozaban de electricidad, los ojos caían con el caer de la noche. Carmen aceleró su paso y no a muy pocos metros se encontraba Víctor esperándola. Era la primera vez que vivía una aventura de ese estilo, y era también la primera vez que hablaba a solas con un hombre desconocido. Víctor no sabía que decir, no podía mirar siquiera fijamente el rostro de Carmen. Sabía que le gustaba y hasta que la amaba pero no cruzaba su mirada en ella para no ser descubierto. Era tan tímido que no habló por casi media hora, y tuvo que ser Carmen la que le propuso la posibilidad de otro encuentro, al cual Víctor inmediatamente aceptó. Llegaron a la sala de proyección como era lo previsto, y Carmen con velo en rostro ocupó uno de los últimos asientos para evitar ser reconocida y alguien pudiera llevar los chismes a su madre: Sería el fin de sus días. Carmen por primera vez vio lo que era una sala de cine, vio lo que eran los adelantos tecnológicos de una película con proyección sonora y todo, y además versionada del Ingles al Español. ¡En que mundo estamos viviendo! Pensó. Jamás creyó vivir para ver a una mujer tan fina, y con los brazos al desnudo como lo vio en esa película. Hasta llegó a sonrojarse y apenarse con Víctor por lo que le había tocado ver. –Perdón Víctor, pero creo que me tengo que ir. –Pero todavía le falta algo a la película. – Si pero no me gusta, creo que no es para mí. –Te entiendo.

47

¿Entonces cuándo nos vemos? –No se Víctor, necesito ver primero que puedo hacer para encontrarme contigo, pero no me traigas a ver este tipo de películas, son un poquito liberales. –No es que sean liberales, es que así se vive en Estados Unidos. –Entonces estoy de acuerdo con mi madre, no me interesa ver como se vive allá. Carmen llegó a su casa muerta del miedo pero contenta de su aventura. Nunca pensó atreverse a hacer algo como lo que acababa de hacer. Su aventura más ardiente había sido el haber caminado mientras todos dormían por las playas de Capatárida, y de esa aventura quedó la confianza de sentirse segura ante la presencia de su bisabuelo. Se preguntaba ahora, ¿Qué quedara de esta? Con la sonrisa de oreja a oreja se fue quedando dormida, no sin antes pensar en que sería de su vida si hubiera nacido en el Norte, si pudiera usar ella también esos escotes tan exagerados y mostrar sus hombros y espalda de la manera que hacían esas actrices de la película. ¿Cómo sería la cara de su madre si algún día la viera vestida así? No pudo evitar una enorme sonrisa imaginándose esa cara. Esa noche se sintió viva. Por primera vez hacía algo distinto a la norma. Fue feliz, con mucho miedo pero fue feliz. Ahora había que pensar en si sería capaz de hacerlo una segunda vez.

Venezuela para los años treintas también se lanzaba a nuevas aventuras. Los estudiantes de la generación del 28, expuestos al destierro, organizaban estrategias para el regreso, y planteaban cambios radicales que acabaría con la anarquía de los tiempos. Ese grupo de estudiantes desterrados, llevaban en sí la consigna de crear el nuevo perfil democrático del país. Venezuela, a pesar de haber estado dominada por un solo hombre, llevaba ya un futuro democrático en devenir. Mientras tanto una apacible calma se sentía en todo el territorio. El General Gómez comenzaba a presentar los primeros síntomas que lo dejarían fuera del juego político y del poder en los años venideros. Venezuela no imaginaba lo que sería su acontecer después de Gómez pero sin embargo se preparaba para ello. En las calles se presenciaba una atmósfera de cambio. Algunos de los receptores lo tomaban con ánimo, otros con mucho miedo pensando en la crisis que se avecinaba. El General Gómez daba sus últimos retoques de poder, y cuando su conciencia lo dejaba visualizar lo que vendría, arremetía más duro su mano de firmeza y convencimiento de que lo que hacía falta en Venezuela, era no claudicar y mandar con tenacidad y dureza. Para él Venezuela era suelo de machos, y los machos pelean hasta la muerte. Ninguna ideología externa podía con su convencimiento y ninguna de las mismas ideologías cambiaría el estado de formación moral y de respeto a las leyes que él (su majestad) había impuesto y diseñado. Todo su pueblo (o títeres) obedecerían cabalmente las normas y reglamentos establecidos para el control y estabilidad del país, y quien se salga de lo reclamado por la ley, debe de estar conciente del delito y pagarlo con su propia vida si era necesario. Mientras más avanzaba encerrado en su enfermedad, más duro se volvía pensando que el país se vendría abajo cuando él faltase. Nadie más que él sabía lo que el pueblo quería, y nadie más que él sabía como complacerlo. Por eso en cada momento de luz que se arrimaba a su cabeza, alejándolo por segundos de los dolores de su enfermedad, se encontraba un Gómez cada vez más severo y cruel, y así fue hasta que por suerte perdió su lucidez por completo.

Carmen no pudo cumplir con una segunda cita. Jesusita enfermó, y era casi la única responsabilidad de Carmen el cuidar de su madre. Víctor se cansó de esperar en la placita y un día no fue más. Con su partida, partieron también parte de las ilusiones de Carmen, parte de su inocencia, de su soñar, de su niña dormida, la que una vez pudo atreverse a desafiar la noche con tal de verlo, con tal de encontrarse con la timidez de un hombre que lo hacía tan distinto, y le daba esa particularidad del hombre que alguna vez la hizo

49

amar, o al menos hasta ese momento era lo que pensaba. Lloró dos noches...varias noches...pero nadie lo supo. María sabía que Carmen estaba triste pero no dijo nada, confiaba en que cuando su hermana así lo quisiese se lo diría y ese momento no había llegado. Los días pasaban para Carmen sin ninguna notoriedad, se dedicaba duramente al trabajo y al control de la casa ya que su madre estaba enferma, y no presentaba fuerzas para tomar grandes decisiones. María comenzó a estudiar con bastante dedicación por órdenes estrictas de Carmen, y Jesusita, prácticamente se pasaba los días postrada en la cama, quejándose del inmenso calor que emergía de la tierra, presintiendo ya lo inevitable. Carmen le propone a su madre pasear unos días por su antiguo pueblo, Capatárida. –Le hace falta mamá. Así también podrá ver a su prima Victoria y hacer las pases con ella. -¿Qué estas queriendo insinuar Carmen, que me voy a morir? –No mamá pero me da temor que se le quiten por completo las ganas de salir, y de repente ya no quiera ir más nunca, este es un buen momento. -¿Por qué es un buen momento? –Porque el país esta en calma mamá, y generalmente después de la calma se avecinan tormentas y viceversa. –Bueno, esta bien, vamos. Carmen salió corriendo a avisarle a María la buena nueva. Desde la noche del cine, en la vida de Carmen no ocurría nada que exaltara su alma. Ella sabía la paz que encontraría en aquellas playas de encanto; en aquel lugar mágico que le hablaba a través de sus olas, que le regaba poesía a sus pies. El viaje fue un poco incomodo, pasaron por un largo trecho de carreteras muy malas, y el polvo que levantaba el horrendo y casi inservible vehículo que las llevaba, las hizo tragar de ese polvo por horas, provocándole a Jesusita una terrible tos durante casi todo el camino. Por momentos Carmen estaba toda arrepentida de haber sometido a su madre a tal angustia, y se arrepentía aún más cuando en el fondo sabía que la locura de ese viaje, era en parte para calmar un deseo de romper con la

50

rutina y de encontrarse otra vez con ella misma, apartando para siempre a Víctor de su corazón. María estuvo callada durante todo el recorrido, que duró casi una eternidad, y hoy en día se recorre en menos de tres horas. –Al regresar quiero que lo hagamos de noche hija. –No se preocupe mama, no dejare que vuelva a ocurrir algo como en este viaje. Carmen en el fondo de su corazón se alegro al sentir el optimismo de su madre por la vida, sabía que estaba bien enferma y sin embargo hacía planes futuros, no quería morir en Capatárida, alejada de lo que había sembrado en su nuevo pueblo, en las tierras de su abuelo. Una calma fue reinando el corazón de Carmen, y un extraño presentimiento se fue apoderando de sus capacidades. Nuevamente sentía el corazón en la boca, y una sed inmensa recorría todos los mares de su cuerpo, agotando sus aguas internas y dejándola seca, sin siquiera saliva que pudiera utilizar como recurso para no ahogarse. –Dame agua María, no importa que se acabe, ya pronto vamos a llegar. –Casi te has tomado toda el agua, jamás te había visto así. ¿Estarás enferma? –Es tanto polvo que he tragado que me deja seca. Algo iba a pasar que cambiaría su vida. Esas palpitaciones y esa sed inmensa no eran normales. –Ojalá no sea nada malo Dios mío. Pensó. Luego le pidió al bisabuelo que donde sea que estuviera, no la dejara sola y que la vigilara siempre.

El plan de Carmen no se hizo esperar, Jesusita llegó a hacer pases con Victoria, y hasta quedó convencida de quedarse a dormir en casa de su prima. La insistencia de Carmen no tuvo oposición, y su mejor argumento fue lo cercana que se encontraba la casa de la playa y eso le caería muy bien a todos. Tuvo que recordar lo que se decía siempre de la sal del mar, que era curativa y perfecta para endurecer los huesos. Carmen, no dejaba de pensar en la posibilidad de caminar por las noches y tratar de vivenciar un reencuentro con su bisabuelo, al cual extrañaba incansablemente. Al día siguiente, Victoria propone llevar a Jesusita a la placita del pueblo; la habían remodelado y parecía un encanto de plaza, como sacada de los cuentos de hadas, además todo el pueblo se reunía allí al caer la tarde, que era un espectáculo sin igual. Con el paso lento y confuso esa misma tarde fueron a la placita. La alegría reinaba en los corazones de todas, hasta en el de Jesusita, que sabía que quizá no volvería para verla otra vez. Sin protestar dejó que Victoria la vistiera, mientras Carmen y María, buscaban lucir los mejores vestidos que habían llevado, bueno en realidad los únicos vestidos buenos que poseían, y que cuidaban hasta más no poder para usarlo en cualquier ocasión importante venidera, y esa era una de ella. Esos vestidos eran como dos amuletos, siempre estaban cerca de ellos, y al usarlos era como de buen augurio, cargados de una energía de cuido y amor. Victoria tomó del brazo a su prima y caminaron por la placita, muy despacio, y muy cargadas de recuerdos. A pesar de las distancias que las dos habían propiciado, tenían muchas cosas en común, y eran las dos únicas primas que todavía vivían. Sabían que al morir las dos, se perderían las historias de sus pasados, y grandes generaciones de recuerdos quedarían bajo el amparo de la tierra. Victoria no tuvo hijos, y María era muy joven y muy apegada a Carmen, con muy poco conocimiento del pasado de la vida de su madre y Victoria, así que quizá algo del pasado de la familia se podría preservar con Carmen pero a quien le va a importar a la final. La nostalgia invadió un poco el andar de Jesusita pero Victoria la animó a seguir optimista hasta el final de sus días. Carmen y María llevaban un paso más avanzado, dejando por momento olvidadas a su madre y a Victoria detrás de ellas pero aprovechaban ese pequeño intervalo de tiempo de espera para ser más libres. De repente y sin siquiera sospecharlo una pequeña nota llega a las manos de Carmen, "Eres la negra más linda que he visto jamás." Carmen no sabía como reaccionar, ni siquiera sabía si era con ella, ya que no cabía más blancura en su piel, y sin embargo la llamaban negra linda.

A pesar de la distancia que había entre ella y su madre, no se atrevió a buscar la mirada del autor de la nota pensando que podría ser descubierta por Jesusita. Sentía que iba a desfallecer, por momentos perdió control del espacio, y por suerte María iba a su lado para sostenerla y evitar sospechas. Cuando Victoria y Jesusita se acercaron la nota recibida todavía permanecía abierta en las manos de Carmen, que le temblaban y sudaban sin cesar. Como pudo dobló la pequeña nota y al parecer Jesusita se hizo la desentendida, quizá por cansancio o quizá por respeto a no enfrentar a Carmen con alguna duda delante de Victoria, después de haber alcanzado un poco de paz a su regreso. Carmen al reponerse logró levantar la mirada para con disimulo, buscar al sospechoso creador de mal gusto de tan desatinada frase, sólo alcanzó ver a un grupo de jóvenes que se detenían al otro extremo de la plaza. Algunos fumaban y otros simplemente reían sin parar, en realidad Carmen sospechaba de todos, de todos menos de uno por lo serio que lucía y por lo feo que le pareció. Ese merecía la pena de ser descartado, era preferible no pensar en ese, ni siquiera para despertar un mal pensamiento. Jesusita tratando de disimular lo que presentía se cansó rápido y pidió volver a la casa apenas tuvo la oportunidad. Carmen cayó casi toda la noche, tan sólo se podía escuchar su risa nerviosa ante cualquier ocurrencia inoportuna de María. La pobre, parecía estar más nerviosa que Carmen, ella sí sabía que algo extraño marcaba el ambiente, y por esas cosas que sólo razona la inocencia, para ella el autor de esa nota tenía que ser el feo. Sólo alguien como él escribiría tal desatino, y sólo alguien como él podría estar tan desesperado como para enviar una nota a la primera muchacha que se acercara a la plaza, y sobre todo en esas circunstancias. –Me parece que descubrí al autor del papelito, comentó María - ¿Así? – Me da la sensación que fue el hombre de nariz grande. –No lo creo, no ese no. Además parece mayor, quizá es el papá de alguno de los otros. –Puede ser, pero ese señor te mira con mucha fuerza, como si quisiera hablarte. –Ya deja de mirar y camina que mamá se va a enojar. – ¿Nos vamos? Preguntó Jesusita de manera afirmativa. – ¡Nos vamos mamá! Saltó a responder Carmen, confirmándole a la madre lo incomoda que se sentía y buscando salirse al mismo tiempo de esa embarazosa situación. Mientras caminaba no se le apartó por un segundo el pensamiento del feo, lo recordaba con esa mirada tan extraña pero a su vez diáfana, donde le entregaba todo, el antes, el presente, y el después. ¿Sería él? No, no podría ser él.

Por las calles de Venezuela, y sin saber de dónde provenían las voces, se sentía el eco de una dictadura que comenzaba a marcar su fin. Muchos no podían manifestar sus dichas con grandes demostraciones o aspavientos pero una leve risa se levantaba en las calles venezolanas. ¿Quién podía reír o demostrar un acto de emoción por algo así? ¡El que se atreviera hubiese sido eliminado de la faz de la tierra en tan sólo segundos! Muchos lo fueron. Pero ¿De dónde provenía ese eco que mantenía a una población entera en velo? Nadie lo sabe claramente todavía. Se decía que provenía del sonido de los árboles, algunos culpaban a los pájaros, y fue más de uno el que llegó a protestar en contra de esa acusación, ya que se pensaba que de demostrarse que los pájaros eran culpables de ese rumor, podrían ser desaparecidos de los cielos del país, y por favor, los pájaros no eran culpables de cantar tan bonito. Claro, como siempre ocurre en todos los sistemas políticos del mundo, hay muchos que se benefician de todo el desavenir de los pueblos, y deben sus riquezas a la esclavitud de los mismos. El General Gómez mantuvo un poder absoluto en todos los rincones del país; muchas personas incluso en lo más oscuros de sus soledades, temían marchar en contra del sistema reinante. Quizá el eco de sus pensamientos podría confundirse con el de los pájaros y así también ser confundidos ellos hasta ser eliminados del pequeño rincón donde se esclarecían sus pensamientos. Era todo tan confuso, que hasta plantear la posible sustitución de Gómez dentro del mismo grupo de gobierno era casi un imposible. Los dirigentes del país luchaban en silencio por mantenerse en poder, y cada uno de ellos maquiavélicamente ofrecía grandes tributos de fidelidad hacía El General con tal de ganar terreno en el ejercicio de sus funciones, pero por dentro la urgencia y la envidia por salir airosos en los cambios que se avecinaban los mantenía en vilo, ansiosos en sus ambiciones. Nadie confiaba en nadie. Todos mentían y nadie abogaba por la sinceridad. Se podía ser hermano del diablo, y enemigo de Dios si era conveniente pero perder el poder, ¡Jamás! Gómez en su delirio sabía que sólo contaba con él mismo pero hasta su propia sombra llegó a desconfiar de él. Fueron muchos años de poder, muchos años donde nadie entendió lo que ocurría en el país, ni tampoco los excesos atribuidos que se extendieron pero creyeron por unos años ser felices. La mayoría del pueblo pensaba que esa creyente felicidad era gracias a la varita mágica del General Gómez, nunca imaginaron que dentro de esa varita, salían también balas asesinas y sentencias aniquiladoras de esperanza.

Cómo pasa casi siempre dentro de las elecciones que se hacen a través de la euforia y pasión, se pierde la virtud del razonamiento y se deja el resultado al azar. Algunas veces esa euforia desmembrada de razón consigue abrir pasos gigantes de aceptación y lógica, y brinda a su vez, esperanzas de bienestar aunque sean ideas que carezcan de una eficaz manera de ser ejecutadas. Desgraciadamente en una gran mayoría de los casos predominan las pasiones sobre los raciocinios útiles. Es cierto que las grandes pasiones algunas veces sirven para iluminar las necesidades de un cambio, pero ya una vez logrado, la razón debe ejecutar los últimos pasos que logren hacer persistente y eficaz el cambio logrado. Con el General Gómez la mayoría conservó durante muchos años la euforia y la pasión del cambio dejándose llevar por la fortaleza y el carácter de un hombre que quizá no sabía mucho de letras pero si de la firmeza de su palabra acentuada, y de frialdad para gobernar. Mucha gente lo quería, así como ocurre y ha ocurrido siempre de una extraña manera, con esa forma mística de explicar, con los grandes brujos de la humanidad. El pueblo puede morir a sus pies pero defienden el ideal de morir por alguien que merece la pena ese esfuerzo. ¿Quién de verdad merece dejarse morir apasionadamente por las promesas que profieren de la boca de un extraño? Sólo el poder que ejercen algunos grandes de la historia permiten esa excepción. Pero más allá, la única apertura a la muerte por parte de cualquier individuo debiera ser por el mayor ser amado y todavía se debe considerar al respecto el valor del sacrificio. ¿Qué tiene estos grandes maquiavélicos que hacen que miles mueran y asesinen por ellos? Muchos sicólogos buscan dar respuestas coherentes ante dicho planteamiento pero hasta ahora no he podido reunificar complejidades de hechos a través de los siglos con una respuesta que termine de describir con exactitud y verdad la magia que pasa.

Sólo me queda decir que ese endiosamiento se logra gracias a la euforia colectiva que abre caminos neuronales y no permiten espacio para otros pensamientos, robando así hasta la identidad del ser. Por suerte, y por suerte de la humanidad, la razón busca siempre montarse en el lugar que le corresponde: Lo alto de nuestras conciencias. Sin embargo, cuando se ama de verdad con el corazón, se pierde la razón y la conciencia, donde gana espacio la pasión, la euforia, y la locura pero si se es correspondido y la felicidad se mantiene victoriosa, ¡Qué importa la razón! Desdichadamente, no siempre esto pasa.

El General Gómez ya en los últimos años de su mando no pudo emplear en uso de su razón, y sus pasiones hablaban ya sin luz pero su voz fue respetada hasta su muerte. Se cree que Gómez se encontró varias veces con lo que quedaba de su conciencia, y al parecer fantasmas del pasado no lo dejaban respirar. Dicen que no dormía, y que era fácil escucharlo de madrugada dar gritos y pedirle a las ánimas ambulantes que se fueran, que lo dejaran en paz, que lo que había hecho era necesario para el bien de Venezuela, que sólo por él, el país era libre y la gente podía dormir tranquila gracias única y exclusivamente a él.

¡Pasión, pasión, pasión! Fue la presencia de ese extraño y ausente hombre de la placita en la mente de Carmen. ¡Por qué no puedo apartarlo de mi mente! Hace ya una semana de aquel encuentro y todavía repercute en mí esa frase mal escrita pero tan cargada de pasión: ¡Eres la negra más linda que he visto jamás! Qué cosa tan extraña, ¿Por qué no podía dejar de pensar en ese hombre? ¿Qué clase de brujerías o encantos le había hecho? En medio de sus solitarias noches, Carmen, no podía dejar de pensar en él, y hasta comenzó a hacérsele mucho más simpático de lo que ella nunca imaginó. La salud de Jesusita empobrecía con el pasar de los días, su carácter había disminuido tanto, que María, a su corta edad, era capaz de dirigir y tomar decisiones mil veces más coherentes y con mayor fuerza que Jesusita. Prácticamente, su vida se resumía en aceptar cuatro bocanadas de pan y una que otra remembranza traída por Victoria cuando lo ameritaba una ocasión.

La noche llegaba cargada de calor y la humedad se hacía insoportable. Era muy raro en esas tierras tan cercanas al mar sentir esa clase de humedad. Carmen por un momento llegó a dudar de ella misma, creyéndose enferma e invadida por un fuero interno no conocido antes. Se acercó lentamente a Jesusita, temerosa de ser descubierta en sus pensamientos, y notó que su madre sudaba aún más que ella. Trató por todos los medios de llevar un poco de frescura a la habitación, y así poder ayudar a dormir un poco a la pobre enferma que susurraba diferentes nombres, sin poder conciliar un sueño profundo. Carmen alcanzó a oír varias veces el nombre de su bisabuelo en los labios de su madre pero también logró escuchar el de ella. Confundida trató de llevar sus oídos cerca de la boca de Jesusita para tener más acceso a lo que podría estar susurrando, hasta que por fin le escuchó decir, "No tengas miedo, podrás soportarlo todo". Toda la piel de Carmen se erizó ante el anunciado preludio. Para ella el miedo se había disipado desde el día en que sintió la presencia de su bisabuelo en la playa pero ahora sentía otra clase de miedo; encontró en el anuncio de su madre, unido quizá un poco al tono y la circunstancia de su voz, un eco de tragedia, de profecía maligna que la marcaba para siempre. En ese instante pensó en su hermana, y corrió a verla mientras dormía. María respiraba bien y no sudaba tanto, la beso con una inmensa ternura en la frente y en voz muy baja le prometió cuidarla y alejarla de los miedos. Victoria que no podía dormir tampoco, sintió los pasos de Carmen por la casa pero no dijo nada, no quiso moverse y dejar que se le fuera del cuerpo el poquito de adormecimiento que ya había alcanzado, pero pensaba en Carmen, y en el mundo que se avecinaba para ella después de la muerte de Jesusita: Pobre muchacha pensó. Esa noche (larga por cierto) Carmen abrió la puerta con mucho cuidado para no despertar a nadie con los chillidos que provocaba ésta al abrirla, corroída en gran parte por la salitre del mar, y asomó su cabeza para ventilarse un poco. Rafly, el perro guardián le observaba desde lejos muy intensamente, como si también quisiera llevarle un mensaje de apoyo y alivio. Carmen por primera vez desde su estadía en casa de Victoria prestaba atención a ese perro, y sobre todo a sus ojos; eran tristes, nobles pero intensos, y miraba fijamente sin pestañar y cuando lo hacía, cerraba los ojos por varios segundos y los apretaba ayudándolo a cambiar su expresión, luego los abría y volvía a mirar a Carmen con la misma dulzura y tristeza del principio. Por segunda vez en una misma noche volvió a sentir la piel erizada pero esta vez la sensación de extrañeza le llegó hasta la garganta, sintiendo que se le ensanchaba y no la dejaba respirar, un dolor punzante llegó hasta su cuello hasta que no pudo más y se echó a llorar. Para evitar ser escuchada por el sollozo y los gemidos que estaba dando decidió salir por completo de la casa y acercarse un poco al mar. Rafly, en un gesto de nobleza y comprensión, interrumpió su cómodo abandono y caminó junto a ella, no sin antes lamer sus manos ganándose su confianza. Carmen caminaba solitaria en compañía de Rafly, sus lágrimas aumentaban la densidad del mar. La marea parecía subir después de cada lágrima recibida, pero se volvía loca y le regalaba un espectáculo visual incomparable. Rafly muchas veces tuvo que correr para evitar ser mojado por la furia del mar. Carmen hundía sus pies en la orilla y un frescor se apoderaba de su cuerpo. Dejó de llorar, y sintió que el mar nuevamente como en años anteriores le regalaba una esperanza y le devolvía su alegría. Trató de recordar la canción que alguna vez creyó escuchar a través del golpeteo del mar en sus pies pero le fue un poco difícil precisar una sola nota esta vez, el mar estaba muy revuelto y traía melodías distintas, comparadas hoy en día con el jazz. De regreso decidió hablarle a su bisabuelo y buscarlo como lo hizo ya en otra ocasión. Se detuvo y miró hacía el horizonte. Las estrellas justo a la luna dejaban ver casi hasta el infinito y el mar sólo se terminaba en su unión con la nubes, convirtiéndose todo en un solo cielo estrellado. Se sentó en la orilla restándole importancia a la posibilidad de mojarse y ensuciarse con la arena, sólo quería estar allí, en silencio, con la compañía de las estrellas, la luna, Rafly, y el mar. –Sabes que, Victoria me dijo que la otra vez que sentí unas manos en mis hombros eras tú. Le quise creer, porque no hay nada que me hiciera más feliz que imaginar que eso es verdad. Estuve mucho tiempo lejos de ti abuelo pero te sentí tan cerca cuando te conocí, que ya nunca podré apartarte de mi vida. Hay algo que viene en camino, losé, y no puedo evitar sentir miedo, fue tan raro escuchar a mamá lo que dijo, que se me ponen los pelos de punta. Ella nunca me habla de nada, solamente me ordena, bueno ahora no pero siempre que recuerdo su voz, sólo recuerdo su tono de mando, sus reclamos, y su silencio; aunque ahora al verla como está, me doy cuenta que la quiero mucho, y que me va a hacer falta cuando se vaya. Sólo te pido que no me dejes sola, que de alguna u otra forma siempre estés conmigo, te lo voy a agradecer siempre. Con esas palabras comenzó a caminar de regreso a la casa con Rafly a su lado, callado pero cerca y tranquilo, como no lo había hecho jamás. Al llegar Victoria le esperaba preocupada, -Tú mamá está mal le dijo. A pasado todo este tiempo diciendo cosas que no entiendo, y está sudando demasiado, ya no sé que hacer por llevarle un poco de aire fresco. –Lo sé, pero hoy no podemos hacer nada. Mañana voy a primera hora a buscar al médico del pueblo, creo que las medicinas que le estamos dando ya no le están surtiendo efectos. –Bueno, voy a entrar no vaya ser que se despierte y no encuentre a nadie a su lado, conociéndole ese carácter, quizá se levanta y nos lleva por los pelos. –Ya te alcanzo, respondió Carmen. Rafly se acomodó exactamente en el mismo lugar que antes había posesionado, y se explayó a sus anchas pero aún con toda la cabeza pegada al piso, levantaba los ojos y le enviaba una caricia con su mirada. Carmen lo observó con agradecimiento y marcó una leve sonrisa. Ya justo a unos pasos de la puerta sintió nuevamente como años anteriores un peso en sus hombros y quedó otra vez inmóvil por un buen rato. Sus ojos se llenaron de lágrimas con facilidad ya que esta vez reconocía el peso de esas manos y supo que era su bisabuelo. Durante varios segundos perduró la escena pero Carmen no quería hacer nada que rompiera ese lazo logrado, ella entendía su apoyo, y esa confianza le devolvía la fe en sí misma. De repente un largo aullido estalló de aquel marcado silencio de Rafly, y como un espanto fugaz desapareció para siempre el peso de aquellas manos tan deseadas y buscadas por Carmen el resto de su vida. Sin embargo, esa noche lo sintió en su corazón, a pesar que con el tiempo al atreverse a comentarlo alguna vez con un ser querido, terminó siendo juzgada por loca. Ella estuvo convencida de que en realidad sí era su bisabuelo y no una influencia del subconsciente, como algunos pretendieron hacerle creer.

El sol casi no asomaba su rostro cuando ya Carmen había preparado el desayuno, y se disponía a salir en busca de algún médico que pudiera atender a Jesusita. María dormía todavía como un ángel y Victoria ayudaba a Carmen con las cargas del día. ¿Quieres que vaya yo? Preguntó Victoria. Conozco a todos en el pueblo y me será más fácil conseguir uno. –No, necesito aprender a defenderme un poco por mi misma. El pueblo no es muy grande, te aseguro que en muy poco tiempo regreso con un médico a esta casa. – ¡Qué Dios te bendiga y que así sea mija! – ¡Así será! No tardó en responder Carmen. Ya con el sol en su rostro y dejando ver un poco más el brillo de sus ojos, que arrastraban el cielo a sus pies, se dirigió al pueblo. Nadie que la veía imaginaba lo que pasaba dentro de esta muchacha de ojos tan grandes y hermosos; para todos era un nuevo despertar y una alegría tenerla de visita en el pueblo. Rumores aparecieron por montón y un boca a boca que delataba la presencia de la nueva visitante se hizo más claro que nunca. Las miradas la seguían, el pueblo la seguía, todos seguían sus pasos, y era fácil encontrarla, ya que no podía escapar de la excitación de sus coterráneos. Finalmente al salir del consultorio del médico encontrado, le esperaba afuera el feo. Flaco como el sólo, y con una nariz un poco extraña de describir, de altura mediana, y con marcadas entradas que le traían un poco de interés. – ¡Que viva dios que doy contigo! Pensé que te había tragado el mar. –Perdone, no sé quién es usted, y ahora estoy muy apurada. -¿Puedo acompañarte a caminar? José María es mi nombre, y quiero acompañarte en el resto del camino que me quede por vivir. –Pues creo que está tomando el camino equivocado señor...José María. Yo estoy por aquí de pasada pero mi madre está muy enferma y todavía no me puedo ir pero gracias por su ofrecimiento. Ahora si me permite tengo que regresar a mi casa. Y sin detenerse siguió su marcado ritmo de regreso. A sólo pocos metros de recorrido escuchó una aclamada frase que le pareció hermosísima, ¡Eres la negra más linda que he visto jamás! Carmen sonrió desde los pies a la cabeza sin que nadie lo notara, y supo que era él. Qué sensación tan extraña, no le gustaba pero sus poros le decían que su mundo de amor ya estaba cubierto, qué por más que lo quisiera evitar, su destino se encontraba marcado por éste hombre, hasta ese entonces irreal e imposible en su vida. José María era amigo del médico solicitado por Carmen, y supo la urgencia por la que estaba pasando. Desde muy pequeño José María tuvo inclinaciones por aprender a curar, eso era lo que le apetecía pero el ambiente y poca cultura de aquel entonces sobre todo en aquellos pueblos, le robó un poco el sueño y aprendió a conformarse con la cotidianidad del presente. Quizá la primera vez que se atrevió a soñar con claridad fue ante la presencia de Carmen. Le hubiese gustado tener más que ofrecerle, poder llenarla de sueños que hasta ese momento él mismo desconocía, y mostrarle un mundo de posibilidades ilimitadas pero no podía. Le pidió al médico ser su asistente en esa ocasión con tal de acercarse a Carmen. A partir de ese entonces estaba dispuesto a hacer lo que fuera con tal de estar cerca de ella. No estaba dispuesto a perderla, y su corazón por vez primera hacía fuerzas de sus deseos, y estos eran estar cerca de Carmen y amarla como nunca imaginó se podría amar.

El médico diagnosticó un caso cerrado, la señora Jesusita sufría un cáncer terminal, y éste por lo que se apreciaba se había apoderado ya de los huesos, el sufrimiento era inevitable, y lo más recomendado era sedarla cada vez que la invadiera el dolor. Carmen comprendió ahora él por qué de los delirios y el sudor. María como pequeña ignoró casi todo lo que ocurría, sabía que la madre estaba enferma pero no entendía nada sobre el cáncer, Carmen daba gracias por eso. José María estaba extasiado con la fortaleza de la extraña mujer que ahora abarcaba toda su vida. ¡Qué lindo es el amor! Ya casi no hay amores así, nadie cree en el amor a primera vista, aman y dejan de amar como cambiar la página de un libro, a nadie le interesa ya inventar una historia y alcanzarla, ya casi no hay historias que contar. Carmen en medio de su dolor, y de estar concentrada nada más que en el sufrimiento de su madre, no dejaba de sentir el agrado de la presencia de José María, ¿Por qué ese interés? ¿Por qué sentía ahora que le necesitaba más que nunca? Su mirada la llenaba de fortaleza, de paz, así pensaba ella que debería ser el amor, y por primera vez intentó descifrar sus pensamientos y deseos hacía el mismo. ¿Qué es amar? Pensó. –Amar debe ser la capacidad de entregar por el otro un pedazo de uno mismo. Es la necesidad de querer gritarlo a los cuatro vientos pero al mismo tiempo querer encerrarlo, y que nadie lo sepa por temor a perderlo y lo dañen. Amar es sentirse nervioso ante la mirada del ser amado; es sentirse descubierto; es saber que se puede morir en cualquier instante agradeciendo la posibilidad de haber vivido; es creer que ya lo sabes todo, y creerte capaz de sobrevivir con ese conocimiento; es estar donde no sé está y no estar donde se está; es vivir la soledad en los segundos de ausencia, y toda la plenitud de la vida en esos segundos; es lo que ella sentía que estaba viviendo desde el momento en que leyó esa frase que cambió su vida, "negrita linda". Los ojos de José María parecían salirse de su rostro, estaba totalmente nervioso, mojado de sudor, y por supuesto, más feo de lo normal ante tanto descuido, pero a través de los ojos del amor esa nimiedad no se ve. Como pudo y en medio del

63

dolor que estaba pasando Carmen, José María se las ingenió para entregarle la nota que ya había escrito con anticipación, donde la invitaba a tomarse un café. Victoria al parecer se dio cuenta del detalle y le hizo una seña a José María haciéndole notar que no era el momento para enamoramientos, y que comprendiera que su inoportuna acción más que acercarlo podría alejarlo completamente de sus propósitos, pero nada ni nadie podía con la erupción del sentimiento en que José María se encontraba viviendo. Al parecer Carmen hizo un gesto de entendimiento y complicidad, dejándole saber que si se disponía a complacer su invitación. Con caras de tristeza finalmente se alejaron el médico y José María pero antes de salir echó una pequeña mirada hacia Carmen, donde ella respondió con una reciproca sonrisa. ¡Listo! Todo estaba listo en los planes de José María, desde ya estaba dispuesto a trabajar en sus propósitos, su vida cambiaba vertiginosa y sorprendentemente hacía mares hasta ese momento no explorados por él. El médico le preguntó, ¿Ahora que piensas hacer? Conozco esa cara y veo que estás completamente enamorado, pero sé que no tienes nada que ofrecerle y ella se ve una muchacha de principios y muy fina, ¿Crees que puedas ofrecerle algo mejor de lo que hasta ahora ella tiene? –No sé, siento que la quiero para siempre y algo tendré que hacer pero no pienso perderla. – Te voy a ayudar en lo que pueda pero concéntrate en hacerla feliz. –Eso será un hecho, y miedo no tengo.

Al día siguiente Carmen no fue a la cita prevista, José María esperó por largas horas que se hacían más grandes con cada segundo. Su pelo engominado y grasiento le marcaba aún más su timidez. No estaba vestido a la altura pero gracias a un amigo suyo logró lucir una corbata que parecía nueva y que se adaptaba a las exigencias de la moda, dejándolo lucir como un hombre de buen porvenir y seguras maneras. Jesusita había empeorado, y los dolores que reflejaban sus gritos sólo eran dispersados con el eco del mar. María lloraba, no entendía lo que estaba pasando, aunque no sufría tanto por ver a Jesusita, la cara de Carmen transmitía el dolor de las dos y eso la hacía llorar. Victoria fue muy fiel al sentimiento, y a pesar de estar ya acostumbrada a vivir con la muerte de cerca, su nueva preocupación al ver a esas dos jovencitas desamparadas la llenaba de una tremenda angustia. ¿Qué más podía hacer Carmen por su madre? No lo sabía. Por la tarde, después de averiguar el por qué del incumplimiento de la cita, José María le propuso a Carmen llevar a su madre de regreso a su ciudad, donde él conocía a un especialista en cáncer terminal y quizá ayudaría a la doña (así le llamaba él) a conseguir un mayor alivio para su dolor. Todo estaba arreglado, y un carro, con mejores condiciones para el viaje se encontraba preparado y esperando ordenes para partir. Carmen pensó que era lo mejor, además recordaba un comentario que Jesusita le había hecho alguna vez, donde imploraba que si moría, la ayudaran a hacerlo en su casa, donde ella era dueña, y no en otros lugares donde nada le pertenecía. Suficiente argumento como para aceptar la proposición de José María y asistir llevar a su madre a cumplir con su última voluntad. Horas más tarde Maria, Carmen, y José María se disponían a marchar a la ciudad dónde los últimos recuerdos de Jesusita se hacían presentes. Victoria lloró largas horas antes de la despedida y largas horas después, sentía que la próxima muerte sería la de ella y que quizá la pasaría sola. Por lo menos Jesusita tenía dos hijas que velaran por ella.

José María, cómo era de esperarse mostró un encanto y una atención conocida sólo esa única vez, al parecer abandonada por siempre en su memoria y en sus principios de ser. José María era el mayor de tres hermanos. Su madre, una humilde mujer que a duras penas pudo enseñarle el valor de la importancia de llevar el pan diario a la mesa cuando estableciera su hogar, y le repetía constantemente, que no le fuera a demostrar nunca a su futura mujer que no servía para el trabajo; eso era lo más indigno para un hombre de esos tiempos, la responsabilidad del hogar ante todo. Pero estos principios al parecer no conmovieron mucho a José María o al parecer al poco tiempo de sentirse seguro y saberse ganador del amor de Carmen, se abandonó por completo a sus suertes. Sin embargo, durante un tiempo dejó ver que lo estaba intentando. Cómo pudo terminó sus años de secundaria pero no tuvo la suficiente fuerza de creerse capaz de poder seguir más adelante, su sencillez mental no le permitía para tanto. Lo bueno de José María, era que le gustaba aprender, y una vez que algo fijaba su atención, no lo abandonaba. Su reto personal era complacerse a sí mismo al darse cuenta que podía terminar con la obra empezada, el problema fue que sentía fijación por muy pocas cosas en la vida. Su vida parecía dominada por una eterna tristeza que no lo desamparaba ni siquiera para ir al baño. Le gustaba aprenderse poemas tristes, llenos de desesperanzas, pero lo más triste era que ni siquiera era capaz de recitarlos por miedo al rechazo, y se los cantaba una y otra vez a sí mismo con una rigidez completa, con una fe cerrada y ardiente, digna de los ortodoxos. Por consecuencia, siempre se encontraba cargado de una extraña tristeza, que ni en sus momentos más felices dejaba de recordarle lo importante que era en su vida. Pero esa vez, durante el viaje, se comportó con una verdad única, parecía que era feliz. Sus ojos se llenaron de fuerzas, y hasta parecían engrandecerse, ayudando un poco a equilibrar el tamaño de su enorme nariz y haciéndolo un hombre más atractivo. Carmen comenzó a descubrir encantos hasta ese momento no percibidos por ella. Le atraía también la sensación de haber despertado encantos en un hombre de unos cuantos años mayor que ella, y de apariencia vivida. Carmen, inocente entonces todavía para comprender y enfrentar muchas de las faenas de la vida, se sentía protegida por este hombre que al parecer quería brindarle confianza y estabilidad, muy

66

oportuna sobre todo por el momento en que ella se encontraba viviendo. José María notó lo conveniente de su ayuda, y un ego inesperado se posó ante sí mismo para brindarle toda su confianza y continuar así realizando una impecable labor. Nunca antes José María se había llegado a sentir tan útil y necesario, ese sentimiento le llenó de alegría, y un hombre nuevo parecía renacer en él, pero fue una luz en su personalidad que tuvo poca efervescencia.

Tal cual Carmen, Venezuela seguía sumergida en una profunda ola de cambios. Inocente también, la Venezuela de ayer daba frutos en grandes cantidades, haciéndose participe de esos beneficios tan sólo una minoría, y por supuesto, miembros de cogote partidista. El General Gómez aplicaba políticas que agotaban a Venezuela, y la dejaban sumergida en el tercermundismo. Por todo esto fueron varios los intentos por derrocarlo pero sin lograr derrumbar la cortina de hierro que desde Maracay, el gobernador presidente izaba. Durante varios años una lucha callada pero constante se hacía presente en los alrededores de la hacienda presidencial. Fueron varios los muertos y encarcelados que cayeron bajo estos intentos sin concebir fruto alguno. Ya para el 1930, el imperio del General Gómez comenzaba hacía su descenso. La presencia de una enfermedad extraña comenzaba a rondar sus fronteras. Y lo que no pudieron ejércitos en su contra, lo lograría años más tarde la propia naturaleza del ser: la muerte. Gómez, sin perderle el paso a los dictadores o gobernantes anteriores, comenzó a preparar el futuro de su poder; Quiso dejar su nombre bien repartido en toda Venezuela, y llegó a pensar que hasta después de muerto, Venezuela estaría mejor en su poder. Así que con los dineros del país, se armó de valor y comenzó a administrarlo a sus antojos. Lo primero fue comprar casas para asegurar hasta los bis-nietoes de los hijos de los nietos. Compró a manos sueltas, como se compraba antes el pan en las panaderías, ya no. Se dice que llegó a comprar más de 56 casas, 18 haciendas, 2 hatos, y otra serie de propiedades en su estado natal. Fue tan vulgar el despilfarro, que ni él mismo llegó a saber todo lo que había comprado.

José María consiguió un médico en Maracaibo que era de dudosa reputación. Por su aspecto se podría decir que era más bien médico veterinario. Carmen no percató en esos detalles y puso a su madre en sus manos, sólo deseaba que encontraran algo que le hiciera calmar el dolor. Carmen había tomado la decisión de dejar a María con Victoria, así ella podía atender mejor las necesidades de su madre sin descuidar a Maria. Victoria quedó feliz, auque angustiada del peso que le dejaba a Carmen, y sin saber si ella de verdad estaba preparada para soportar tanto dolor. Hay veces que es preferible no pedirle a Dios que nos muestre hasta dónde somos capaces de aguantar, ya que el límite es insospechado, y si se trata de soportar por amor es aún más insospechado. Carmen estaba dispuesta a todo. Nunca antes había reparado en la idea que de verdad amaba a su madre. Le era incluso extraño hablar con José María de ese amor por ella, pero al verla tan desvalida e indefensa, gimiendo hasta más no poder del dolor, sentía unas punzadas en el corazón que la dejaban muda. Lloraba en silencio por las noches mientras dormía. Se despertaba con un desconsuelo que sólo se lo quitaba la rutina ardua que mantenía, y los delirios de Jesusita. José María se instaló en casa de un pariente que no podía ser más pobre. Dormía en una cama hecha de palmas secas y trozos de madera. Por suerte estaba cerca del lago, una famosa cuenca de agua dulce, aparentemente la más grande del mundo, que en ese entonces servía como amparo de subsistencia de muchos por la pesca que producía, y por las noches cuando bajaba el sereno, dejaba caer aire fresco, que penetraba por las rendijas de la pequeña casita, ya para ese entonces llamada palafito. José María no estaba acostumbrado a dormir mejor que lo que se le ofrecía, así que para él continuó siendo un regalo de Dios. Desde el palafito, caminaba más de una veintena de leguas para llegar hasta Carmen, ahora casi dueña del legado del bisabuelo Jesús. Siempre llegaba acompañado del médico de apariencia extraña. Los dos se mostraban muy formales, y atendían con mucho cuidado las necesidades de Jesusita y Carmen. Con el tiempo en vez de superar la timidez José María se alejaba de sí mismo, y se convertía en un hombre más desconcentrado y perdido. Carmen, ocupada siempre en las atenciones con la madre, no llegaba a darse cuenta del sufrimiento de José María, y de la timidez de este pobre hombre, ahogado ya en sus penas, y sumergido a su eterna tristeza. Jesusita, milagrosamente comenzó a recuperar el semblante, y una ráfaga de vida entraba otra vez por sus venas. Era la llegada del 1931, y lo que parecía imposible comenzaba a hacerse visible, Jesusita caminaba de nuevo y parecía querer tomar control de su vida.

Afuera el mundo se desplomaba, hacían ya dos años en que se había producido el crack de la bolsa de Nueva York, y la crisis de la economía mundial arrastraba en su paso a las economías nacientes. Sin embargo, el crack en Venezuela era la lucha por encontrar una ideología política, que le permitiera a Venezuela y lo venezolanos entender sus derechos. Grandes influencias ideológicas penetraban en las mentes de las más altas esferas, teorías de Marx y Engels entre otros servían de inspiraciones para muchos. Todavía los resultados de la democracia estaban por demostrarse en muchos países, y las nuevas tendencias políticas filosóficas se abrían paso en el mundo, mostrando utopías hasta ese momento creíbles. Por otra parte, Venezuela adelantaba a pesar de las crisis, un avance cultural e ideológico muy en contra de sus incongruencias políticas o sistemas dictatoriales. Surgen figuras importantes para el mundo como Arturo Uslar Pietri, filosofo y pensador, lanzando su famosa novela "Lanzas coloradas", y Rómulo Gallegos, escritor y político, creador de "Doña Bárbara" una novela de cambios en la oposición barbarie-civilización, dentro de criterios positivistas hasta ese momento desconocidos en la literatura venezolana. Ambas novelas fueron escritas en España, pero coinciden en fecha, búsquedas, y en el impacto social de la época.

Rumores sobre la salud del General Gómez suscitan de esquina a esquina. Este jueguito de poner al General entre la vida y la muerte duró varios años, lo que llenó de cierta amargura en silencio a una gran parte del pueblo. Hay que reconocer, que la mayoría de los seres humanos somos seres de bien, que adoramos la vida, y respetamos el progreso ajeno, pero cuando se nos maltrata, por años, y nos utilizan, deseamos ser diferentes pero no sabemos como actuar con maldad premeditada, por eso ahogamos nuestras esperanzas en cambios furtivos a arrasen de fondo con lo indeseado, y ese deseo de verlo hecho realidad puede perseguirnos toda una vida, aunque mantengamos la distancia entre el deseo y la voluntad de hacerlo. Impacientemente el pueblo esperaba el fin de décadas de maltrato y despotismo, era tanto que se preparaban poco a poco, y muy calladamente compraban divisas extranjeras en caso de que ocurriera de un momento a otro, la desgracia esperada: la muerte de Gómez.

Por su lado Carmen vivía esperanzada por el rápido mejoramiento de Jesusita, daba la impresión que el cáncer se había escondido, nadie lo podía creer pero así era. El propio médico que llevaba el caso no lo podía creer, y hasta llegó a confesarlo. Los vecinos más cercanos que sabían del caso lo declararon santo, y lo elevaron a dimensiones fantásticas. Rápidamente creció en el pueblo la creencia de que el doctor hablaba con el más allá, y le pedía a los celestiales de la corte que le concedieran el poder de realizar milagros. Muchos hasta llegaron a afirmar que en ocasiones lo vieron elevarse y luego descender acompañado de ángeles. Durante años el tema del pueblo fueron los milagros del médico mal vestido. Fueron muchos los que rogaban ser atendidos por él, y una vez que éste se acercaba al enfermo, como por arte de magia se recuperaba, no tenía que dar recetas, sólo bastaba con mirar los ojos del enfermo para devolverle su salud y su fe en la vida. Se decía también que todo aquel que era atendido por el médico, como regalo les concedía una larga vida próspera en salud. Los cuentos llegaron hasta Victoria que no tardó en buscar los medios para estar cerca de Carmen, creyendo a su vez gran parte de lo que decían, quería estar bendecida también por el médico y alejar así los miedos que ya comenzaban a acecharle. Carmen, realista siempre a su fe, atribuía el mejoramiento de la madre a un falso diagnostico por el médico de Capatárida, y que en realidad su madre gozaba de buena salud pero había sido victima de una extraña infección. Nadie le creyó, todos vieron casi al borde de la muerte a Jesusita, que era una mujer fuerte y con carácter de plomo. Rumores iban y venían, y mientras tanto el médico gozaba de una fama celestial. Por su parte José María sabía que su amigo no era más que un improvisador al que le había tocado la suerte pero en el fondo no era más que un farsante. En realidad su amigo el médico nunca había atendido a un paciente con algo más que una gripe, pero era tanta su fe de conquistar a Carmen que les vendió la historia de su amigo el médico para poder estar cerca de ella, y así sentirse útil el resto de su vida. Sin embargo, la reacción inesperada del pueblo hacia el ahora famoso médico de los milagros, llevó a José María a aislarse un poco más en su timidez, y en la creencia de su falta de importancia para el mundo. Ahora lo importante era el médico, él ya no hacía falta, por lo menos en la vida de Carmen que era lo que más le importaba. Las conclusiones de José María no tenían nada que ver a la realidad de Carmen, pero la seriedad de ésta, aunada a su poca expresividad le hicieron creer lo factible de sus conclusiones. Carmen se preguntaba dónde estaba aquel hombre que una vez llegó a saltar por encima de todos, y dejó caer una nota que casi acaba con su equilibrio. ¿Qué había sido del José María amable y ocurrente de aquel viaje? La verdad es que nada positivo le pasaba a José María, que ahogado en sus tristezas se consumía día a día, y su único refugio eran los bares del camino. Bebía de día y de noche, no comía, no dormía, y un insomnio se apoderó de él por meses. El médico mal vestido dejó de vestirse mal, y acompañó su nueva vida de santo con telas claras y cortes sencillos, que le daban el toque especial que le hacía falta. Llegó que creer de verdad en sus poderes, y alejó de su vida todo lo mundano que le rodeaba, eso incluía a José María. Jesusita, apenas recuperó sus fuerzas comenzó a mandar nuevamente en la casa, y prohibió a pesar del agradecimiento que sentía por José María, que se acercara a la casa a enamorar a Carmen. Un hombre con tal mal aspecto, y además viviendo en todos los bares, no podía ser para su hija, que desde que nació no hacía otra cosa que dar señales de grandeza e inteligencia. Definitivamente, no tenía nada que hacer con un hombre como ese. Pero era un poco tarde para plantearse la ausencia de este hombre de mal aspecto y raros vicios en la vida de Carmen, ella se encontraba completamente enamorada, y se sentía dueña de todas las tristezas que le rodeaban a él. El amor tiene esa particularidad presente, nos grita muy calladamente querer ser el héroe del ser escogido para amar, y pareciera que mientras más podamos hacer por ese ser, más nos sentimos involucrados. Creo que las cosas fueran más fáciles, si nos diéramos cuenta a tiempo del peso que cargan algunas personas con sus vidas, y que no siempre podemos ser héroes para aliviar algunas de esas cargas. Además se funciona mejor cuando cada quién resuelve sus tragedias y entrega lo mejor de sí en una relación, y no necesariamente los miedos, los traumas no resueltos, las frustraciones, y los complejos de la vida; a la larga caen como fantasmas sueltos, destrozando la mayoría de las paredes del encanto, y se llevan con ellos parte de la felicidad. Carmen, a pesar

72

de su corta edad, sentía ya los latigazos del amor, y no daba reparo de caer desarmada ante él.

Venezuela encerrada también ante los latigazos del amor, vivía en una atmósfera de cambios; nuevas organizaciones políticas nacían y una claridad se enfocaba en principios sociales y en idealismos coherentes. La idea era romper con el caudillismo. Se buscaba ya firmemente darle confianza al ciudadano y sacarlo de su estado de emancipado. Ayudar a demostrarle al individuo su responsabilidad de autonomía e independencia, y no vivir arrastrado al despotismo salvaje. Había que liquidar al régimen latifundista-caudillista, y por supuesto al jefe de los caudillos: el General Gómez. Sin embargo, nadie pudo acabar con ese hombre de hierro, nadie sólo la muerte misma, que casi envejecía de tanto esperarlo, y que un día, ya casi muerta también de esperar se llenó de orgullo y se lo llevó. Gómez, casi desafía a la muerte, con el mismo tesón con que siempre desafío a sus enemigos. A sólo un año antes de su muerte, el anciano dictador, comenzó a sentir los efectos de una enfermedad hasta ese entonces con muy pocos avances para su cura, de hecho se pensaba que era una vergüenza enfrentar públicamente los efectos de dicha enfermedad, ya que al avance de la misma, dejaba hasta a los machos más vernáculos impotentes y sin capacidad de asombro. Aunque pareciera que a un anciano como Gómez esas cosas ya no estarían en sus antojos, al saberse enfermo sufría aún más, ya que hasta casi los últimos días de su vida, estuvo practicando a ser el hombre más feroz del paraíso. Venezuela es una tierra ardiente y de machos, las mujeres son muy bellas, y las hay como el árbol de uvas al reventar su cosecha: cargadas, abundantes, y frescas. El General Gómez no se acostumbraba a la idea de perder alguna de las uvas, celoso y adicto al sabor. Pero no pudo comer más y sólo pudo admirarlas desde lejos, aunque eso fue poco antes de su muerte. Murió por problemas prostáticos un 17 de Diciembre de 1935.

José María por su parte se alejó de Carmen, no sin antes dejarle saber su amor por ella. Le prometió que volvería, y que regresaría mejorado para poder encantar a los ojos de su madre. Ya pasado el tiempo, empezó a mantener una relación por cartas, haciéndosele más fácil poder enamorarla así. Carmen mantuvo en secreto esta relación que hasta ese entonces era sólo una confesión de cartas, y una leve esperanza de amor. Durantes años las recibió en secreto, y fue tan sólo acorralada ante un momento de desesperación y desconsuelo que decidió contarle su amor imposible a su hermana María, que ya se encontraba más grandecita como para entender los conflictos del destino. Todas las cartas llevaban una frase poética al inicio, y luego continuaban con la voz del autor, que a veces encerraba más poesía que el propio poema inicial, y así la fue enamorando más. Le daba pena leerle la carta a su hermana, pero a María no se le olvidada el voto de confianza que ella se había ganado, y reclamaba sus derechos. Por fin después de tanta insistencia, Carmen accedió a leerle una de las primeras cartas, con la cual por primera vez había sentido su amor por José María.

"Por miedo al amor me arrastre a la muerte, ya no soy digno de ésta, me he enamorado de ti, y la muerte me dejó." Así comenzaba la carta, ahora tocaba leerle lo que José María por su cuenta había escrito:

"No me es fácil verla sintiéndola mía, desde que sus ojos iluminaron la placita aquella de la que fui testigo, el mundo cambió para mi. ¿Cuántas veces como? No me interesa saberlo, ¿Cuántas veces podré estar cerca de usted? ! Eso sí que me atormenta! Quiero estar con usted hasta que muera, y si antes quería que la muerte acabara pronto con mi existencia, hoy quiero vivir largos años, porque sé los podré vivir a su lado. ¿Cómo hacer negrita linda para regalarle el mundo? ¿Cómo hacer para que la doña Jesusita crea en mi amor por usted? Se me agota la esperanza si no la tengo, y me anulo cuando no la tengo cerca. Quiero darle muchos hijos, bueno los que permita Dios, pero sé que su cuerpo ancho de mujer, podrá dar muchos, y de su vientre señora mía, mínimo quiero tres. Me despido con mi corazón en sus manos, y rogándole al cielo que me deje pronto verla y saber de usted. Siempre suyo. José María." Cuando Carmen terminó de leerle la carta a su hermana, ya tenía los ojos apunto de estallar, y dos lágrimas hicieron acto de presencia. Maria tomó las manos de su hermana y las sintió sudadas, nerviosas, y sintió también el dolor que se encontraba pasando. -Ten paciencia y lo tendrás. Sabes que a mamá siempre al final la terminas convenciendo. -De verdad no sé lo que ves en él pero si es verdad todo lo que en esa carta escribe, entonces te espera un amor bien bonito, ojalá lo cumpla y no te pase como a mamá. -Ojalá, respondió Carmen, deseosa de su fortuna. -

¿Sabes? Creo que ya estás convertida en una mujer, hasta aconsejas bonito. María la miró con incredulidad. Hace años que ya había demostrado mucho más que eso, ya casi era mayor de edad y todavía percibía que era vista por los ojos de Carmen como una niña, ¿Será que alguna vez se había fijado en ella? Pensó. Carmen la abrazó, y le agradeció los segundos de esperanzas que le brindaba. María se sintió feliz de compartir con su hermana ese momento tan especial. A pesar de la angustia que Carmen se encontraba viviendo con José María, su mundo era feliz, nada donde no estuviesen involucrados le interesaba. Los relojes del mundo hicieron su momento de pausa larga para dejar correr los infortunios de un amor que marcaba su propio tiempo. Las noticias de lo que ocurría afuera poco le importaban. Solamente muy pocos sucesos inevitables le hicieron desviar la atención. El primero fue la visita de Carlos Gardel a Venezuela en el 1934. Aunque Carmen no tuvo acceso de verle, todas las noches antes de dormir hablaba con María sobre su amor platónico por Gardel, y le decía que la única manera de que ella se olvidara a José

María era si Carlos Gardel se lo pedía. Reían por varias horas y eso le hacía desviar su atención ante los conflictos del amor. María por su parte se atrevió a decirle, que en vista que su amor ya se encontraba comprometido con José María, ella se sacrificaría y correspondería al amor de Carlos Gardel y sería suya. Discusiones entre quien era o no la que merecía el amor del tan deseado artista, las llenó de momentos de vida inolvidables. El segundo motivo, y en este caso fue más a José María que a Carmen, fueron las noticias filtradas en Venezuela sobre la larga marcha del ejercito Rojo Chino, que marcaba el comienzo de la revolución china, liderada por Mao-Tse-Tung. Carmen nunca se enteró de lo que ocurría afuera pero entre los hombres de Venezuela los temas de política siempre fueron de gran importancia, y sobre todo en esos tiempos de búsquedas de ideales y principios políticos con el cual identificarse. Las revoluciones izquierdistas, y los ideales socialistas, de una u otra forma estaban entrando con mucha fuerza en Sur-América. Casi todos los políticos que más adelante fueron los pilares de la democracia en Venezuela, comenzaron a formar sus ideales con principios izquierdistas o socialistas. Era romántico sentirse un socialista, las palabras pueblo, soberanía, libertad del pueblo oprimido, conquistas sociales, igualdad de clases, justicia para todos, la voz del pueblo, revolución de los oprimidos, la muerte del latifundista, repartición de las riquezas por igual, y otras utopías como éstas fueron principios que se regaron en los países del Sur como lluvias desordenadas de huracanes. Los poetas querían ser socialistas, los filósofos también, todos los hombres de gran corazón se aunaban a éstas grandes ideas que el mundo todavía no había probado como ineficientes, irreales, e impracticables. ! Claro que sería hermoso un paraíso para todos! ! Sería fantástico un mundo de justicias, amor, e igualdad! Pero lamentablemente nacemos con habilidades distintas, y con distintos objetivos que cubrir. Ningún ser humano está obligado a pensar igual que otro, Somos creadores de distintas ideas de libertad y progreso, por qué no vivir simplemente en un sistema que ayude a proteger cada ideal y que sean respetados siempre y cuando no perjudique los ideales de los demás. Tampoco es justicia que aquel que no da ningún aporte a la sociedad, obtenga lo mismo que aquel que da la vida, eso no es justo; tampoco es justicia, trabajar sin tener incentivo alguno, simplemente por alimentar el ideal de justicia general, y ¿Dónde está la justicia personal? Considero que sería importantísimo que se nos enseñara el valor de la sociedad como principio, el respeto ajeno, y que aprendiéramos a conciencia a compartir nuestros excesos (si los tenemos) con los más necesitados, y a no maltratar las conciencias humanas, pero es necesario un sistema que le permita crecer a los seres humanos de acuerdo a los esfuerzos y logros que logren alcanzar. Con los años el mundo sigue todavía en sus búsquedas por el perfecto sistema político y social que permita vivir en mejor armonía, y todavía no se ha encontrado el perfecto. En algunos lugares del mundo una democracia social es lo que más ha funcionado. Cuidando los intereses cultivados por algunos, y prestando servicios de cuidado y ayuda a los que menos han logrado y se encuentran más necesitados. El estado debería ser como el ente que vigila y controla las barreras del respeto y los límites del poder, de esta manera nadie podría excederse a querer cumplir su voluntad omnipotente, y de pasar por encima de los derechos individuales del ser. Pero en ese momento insipiente en la Venezuela de ayer, todavía quedaba mucha tela que cortar, y el mundo se encontraba muy dividido ante la nueva corriente pensante. Muy bella en la teoría pero imposible de llevar a cabo en un cien por ciento. Años más tarde cuando lo viví en mi propia edad me di cuenta de esa realidad, y cómo decía mi padre "Quién a los dieciocho años no es socialista no tiene corazón pero quién después de los cuarenta lo siga siendo

77

es un inútil." En esa Venezuela, todos mantenían un corazón de dieciocho. Las respuestas a esas dictaduras tan largas y cerradas, le hicieron pensar al pueblo que con los grandes cambios sociales, y la repartición de las riquezas del país por igual, todos serían felices. Luego aparecieron las otras preguntas, ¿Quién sería el eje encargado de mantener el control para todos? El estado. ¿Y quién es el estado? Un pequeño grupo de partidarios políticos. En fin, ¿Quiénes eran los que en realidad podían vivir esas riquezas y gozar de sus beneficios mientras administraban la repartición? Ese pequeño y escogido grupo celestial. Y en base a estas y muchas otras preguntas que se arraigan a la cultura del venezolano, los principales líderes fundamentalistas de los diferentes partidos políticos en Venezuela, comenzaron a buscar otros rumbos, y a crear ideales mixtos que le dieran más fuerza y credibilidad a los principios democráticos. Pensando en el pueblo y en mantener sus libertades, abriendo las fronteras, asegurando el estado de derecho del individuo, garantizando bienestar con salud para todos, y creando las bases de las oportunidades de educación sin distinción de clases, y respetando los derechos civiles, y democráticos de todos. Así comenzaron los escalones hacía la democracia, así se planteó el fervor patriótico y el amor hacía la nueva Venezuela. Claro está, todos estos principios comenzaron a salir a la luz sólo después de la muerte de Gómez, los que lo hicieron antes sufrieron sus consecuencias. Y el tercer y último de los motivos que los hizo desviar de esa atención que mantenían por verse, y quizá el que al mismo tiempo les abrió todos los caminos, fue la recaída y muerte de Jesusita. La pobre vieja en una de sus hazañas por demostrar que todavía era la líder, y también como una necesidad de mantenerse útil, quiso ser ella misma la encargada de ordeñar algunas de las vacas que se encontraban en el potrero. Llenó con gran entusiasmo y voluntad el primer cubo de leche, y mientras sus manos se hundían entre las ubres de la vaca, llevaba sus pensamientos a su infancia. Recordaba a sus padres, y buscaba entre ellos algún momento donde descubriese haberse sentido querida: No lo consiguió. ¿Por qué su padre nunca le dijo que la amaba? ¿Será que la habían querido de verdad? ¿Por qué ningún hombre la había amado? ¿O será que lo habían hecho en silencio? ¿Dónde habían ido a parar sus sueños, dónde su realidad? ¿Cuándo fue realmente feliz? Estos pensamientos le venían sin orden ni concierto, y a ninguno de hecho le podía dar una respuesta aclaratoria. Sólo pensaba y pensaba, mientras los ojos se le llenaban de lágrimas. Sintió una nostalgia jamás sentida en su vida, y supo que su tiempo estaba cerca. Se juzgó de no haberse cuestionado mucho antes, cuando hubiese podido hacer algo al respecto, y esa convicción de reproche la llevo a su habitual amargura. Se levantó de un impulso un poco violento para su edad, se quitó la lágrimas del rostro, e intentó tomar uno de los cubos cargados de leche pero lo hizo con tanta fuerza, y era tanto el peso para esa pobre vieja, que su cadera se rompió en mil pedazos, y quedó impactada en el suelo del potrero con la leche encima y la vaca recién ordeñada dando vueltas alrededor de ella.

Los gritos no le salían, el dolor no lo podía describir, la boca quedó abierta por horas, y los ojos estallaron reflejando la bienvenida de la muerte. María la encontró tirada en el suelo, cómo pudo buscó ayuda en su hermana, y lograron arrastrarla hasta la cama. Inmediatamente y con la expresión de locura en su cara, Carmen salió en busca del médico ahora famoso para que pusiera en prueba parte de sus milagros. El médico, con su cara limpia y celestial no pudo hacer nada, y confirmó la penosa noticia que declaraba la invalidez de la Doña Jesusita. Carmen no dijo nada, ella siempre supo que lo del médico no eran milagros sino la coincidencia de la suerte, ahora de verdad necesitaba su ayuda, y éste no sabía que ofrecerle. Apenas José María supo la noticia del estado de la Doña, hizo lo imposible y llegó hasta Carmen para ofrecerle su apoyo sin condiciones. No era mucho lo que había mejorado pero se sentía un hombre más positivo y con muchas ganas de hacer sus sueños de conquista realidad. Cuando Carmen lo vio no supo que hacer, sus grandes ojos azules se volvieron más azules, y en medio de las circunstancias que la envolvían marcó una leve sonrisa de agrado dándole la bienvenida. José María llevaba con él las únicas dos cartas que Carmen le había escrito, en las que también aceptaba su amor. Jesusita gritaba y gritaba del dolor, y no podía dormir. José María, con sus contactos, logró conseguir la droga que la alejaba del dolor y le permitía respirar más tranquila. María como siempre se refugiaba en Carmen, y por suerte Victoria no regresó a Capatárida después de su última visita, y cuidó de que en la casa no faltara la comida y por lo menos el orden diario. José María fue de mucha ayuda, y un hombre fiel a los deseos de Carmen. Durante casi ocho meses Jesusita se mantuvo al grito, y durante esos mismos ocho meses José María no dejó de asistir una sola noche a la casa de Carmen, ofreciendo siempre su apoyo ante lo que pudiesen necesitar. Una de esas noches José María llegó más temprano que lo habitual, por motivos que él desconocía, la empresa en la cual trabajaba desde hacía ya varios meses, mandó a casa a la mayoría de los trabajadores, incluyendo los del departamento de mantenimiento, que era al cual él pertenecía. La Creole, una empresa petrolera Americana, que recientemente había abierto sus puertas en Venezuela debido al bum de los hallazgos del petróleo. Existía un pre-aviso de posibles manifestaciones sociales por la inminente y casi anunciada muerte del Dictador Juan Vicente Gómez. La noticia sólo era conocida en las altas esferas, y por supuesto, por aquellos que manejaban contactos con los jefes simpatizantes del partido. A pesar de la poca apertura del gobierno de Gómez con países extranjeros, después de enfocar la economía en el petróleo, le entregó ciertas concepciones a empresas Norte-Americanas, que por supuesto, brindaban cierta estabilidad al país. José María aprovechó su tarde libre para estar más tiempo junto a Carmen. Algo le decía que ella lo necesitaba más que nunca. Los dos estuvieron sentados por largo rato en el porche de la casa sin decir ni una sola palabra, pero Carmen satisfecha de contar con él. Ni María ni Victoria se arriesgaban a dejarlos solos ni un segundo. Con cualquier excusa aparecían junto a ellos. No era costumbre que una joven de su hogar fuera vista en público sentada con un hombre y por tanto tiempo. Carmen no pensaba en eso, sus pensamientos se encontraban abstraídos por su madre, que sufría de aquel inmenso dolor. De repente un grito que todavía retuerce algunas de las paredes existentes en aquel pueblo la hizo salir de aquel ensimismamiento en que se encontraba. Jesusita se retorcía, balbuceaba, y pronunciaba palabras ininteligibles, y cómo un espanto llegó Carmen a su lado, le tomó las manos con fuerza y Jesusita la miró con desafío, pero su rostro se fue descomponiendo en fracciones de segundos. Quería decir tantas cosas pero no salía ninguna palabra con claridad. Carmen le susurraba desesperada que no hiciera nada, que se quedara tranquila que ella entendía todo lo que necesitaba y quería decir, pero Jesusita insistía en querer gritar algo indescriptible. Su piel se encogió toda, y como posesionada de un exorcismo comenzó a temblar y a desprenderse de este mundo. Carmen pretendía controlarla pero era imposible, y ni la ayuda de Victoria y la fuerza de José María podían hacer que aquel cuerpo desarmado y débil dejara de temblar. María observaba impávida desde lejos. Un último y fuerte suspiro exhaló el alma de Jesusita dejando su cuerpo inherente. Al mismo tiempo por los aires de Venezuela se anunciaba la muerte de Gómez. El pueblo se desarmó en las calles, y José María comprendió más tarde el por qué de su tarde libre.

III

Carmen quedaba ahora responsable de cualquier paso que deseara dar en su vida; no había fuerza mayor que ella misma que pudiera ejercer algún cambio en lo que sería ahora su destino. Sólo pensaba en María. Cómo ayudar a su hermana en las nuevas adversidades fue para Carmen el resumen de su existencia. Victoria era sólo un símbolo que deambulaba por los pequeños pasillos de la casa pero al caer de las tardes, Carmen agradecía todavía su presencia. Nunca antes había enfrentado Carmen la muerte tan cercana. Cuando murió su bisabuelo le dejó la responsabilidad de ese proceso a su madre, y ella tan sólo se limitó a recibir los sinsabores del desajuste emocional de Jesusita. Le tocaba sentir tristeza por lo que estaba viviendo, pero Don Manuel era muy fuerte, incluso hasta el momento en que expiró siempre mantuvo una sonrisa al frente. Con Jesusita todo fue diferente. Encaró en los ojos de la madre, el descaro de la muerte y vio cómo luchaba Jesusita por vivir. Experimentó el miedo, y sintió el grito de la desesperanza. Estaba muy aturdida imaginando cómo sería de ahora en adelante su vida, y se preguntaba, quién estaría a su lado para recogerla en los nuevos pasos. Por más que siempre se hizo cargo de María, ahora sentía miedo. ! Qué vacio! ¿Por qué la muerte se presentaba tan horrenda? Sentir sufrir a una Madre de esa manera, llega a ser uno de los sentimientos más oscuros, más difíciles de superar. María casi no hablaba, y era un misterio descubrir lo que podía estar sintiendo. Victoria, ya marcada por la edad y por los propios miedos de saberse la próxima en ser visitada por la muerte, no paraba de quejarse y de pedir una muerte más digna, con menos dolor. Se pasaba las tardes recordando los buenos momentos de su vida, y la fuerza que tuvo en el pueblo que alguna vez la creyó bruja. Sentía regresar, se decía a si misma que allá la gente moría mejor, acompañada del sonido del mar que apaciguaba los dolores. Pero no tenía nadie quien se pudiese hacer cargo de ella. Su supuesto amante también había muerto, y en el pueblo lo que quedaba eran vicios de arena, y una pequeña casita llena de recuerdos, impregnada de salitre y nostalgias de un pasado que no volverá. ¿Dónde emigran los recuerdos? ¿A dónde van a dar las pasiones tan vividas del ayer? El tiempo pasa, y con una complicidad casi eterna nos da en un instante el todo y la nada. Nos encontramos amparados por la muerte llenos de vida, deseamos arrancar a los segundos de nuestra existencia todas las pasiones como olas desenfrenadas en el mar. El mar siempre está allí pensó Carmen, y tú madrecita siempre estarás conmigo. Y llena de orgullo ante su nueva víspera salió del cuarto y abrazó a su hermana. Por las tardes como ya era de costumbre, José María hacía su respectiva visita. Él observaba con timidez las decisiones de Carmen por mantener el orden en la casa, y por llevarle a María un poco de tranquilidad. Cada vez era menos lo que podían hacer por crear una economía rentable. Victoria no producía nada, María ni hablar, y Carmen, buscaba mantener las relaciones con los antiguos frigoríficos que le compraban el poco ganado que les quedaba. Una nueva ley llegó a la ciudad naciente, y era necesario crear un registro de zonificación e infraestructura. La zona anteriormente había sido tomada prácticamente al libre albedrío, y fueron muchas las tierras que obtuvieron dueños sin ser registradas. Ahora llegaba un nuevo orden, y cada habitante de ley obtendría su respectiva parcela. Todo esto, y mucho más en manos del gobierno, tomaba mucho tiempo. Exigieron a casi todos los residentes de la zona el desalojo de la misma mientras durara el inicio de la restructuración. La mayoría de los terrenos al rededor de la casa de ahora de Carmen, en sus tiempos fueron del dominio de Don Manuel pero este los fue regalando a su libre antojo, y de acuerdo a las necesidades de algunos. Luego otra gran parte de los terrenos quedaron suscritos bajo Jesusita, que logró mantener algunos de ellos y otra parte también la regaló, así que sólo Carmen logró asegurar para ella una pequeña parcela registrada a su nombre y con toda la legalidad de la ley. José María, al darse cuenta de la situación aprovechó la casi igualdad de clases y le propuso matrimonio a Carmen con todo el desenfado de su corazón. Carmen sentía que le amaba, y al mismo tiempo la posibilidad de sentirse acompañada le brindaba un poco de paz. Un hogar para María pensó, y le pareció tan bonito. Ahora tendría nuevos argumentos para enfrentar el mundo. En verdad, compartían casi la misma clase social, ya no estaba Jesusita, y la economía tampoco era floreciente. Con los ojos llenos de lágrimas, y el cuello hinchado lleno de dudas e incertidumbres, aceptó los designios de su nueva era, y un sí, apenas perceptible salió de sus labios. José María no salía de su asombro al verse ganador de su corona !Por fin! después de tanto tiempo conquistaba a la adalid. Era poco lo que podía ofrecer, pero no tardó en hacer planes y colocar fechas próximas para evitar cualquier arrepentimiento de Carmen, o que las circunstancias cambiaran de un momento a otro. María comenzó un trabajo de limpieza en una casa adinerada de la zona. Fue difícil convencer a Carmen que la dejara pero la realidad era más fuerte que el orgullo. José María propuso casarse en seis meses, tiempo que le daba de organizar una casita a las orillas del lago en las afueras de Maracaibo. Carmen y María no se sentían muy cómodas con el cambio pero era tan sólo temporal, hasta que el gobierno les devolviera su parcela correspondiente. María pensó, ¿Y si me quedo en Maracaibo trabajando, mientras Carmen vive con su marido en las afueras? Nunca había pensado en esa posibilidad, y el sólo hacerlo le dejaba el corazón hecho pedazos, pero definitivamente no quería irse, y mucho menos con José María, con él cual siempre había sentido un poco de celos, y mucha desconfianza también. Quizá inculcado por los sentimientos de Jesusita antes de morir. María, nunca pudo ver con normalidad y convencimiento, ese amor que José María profesaba. Carmen no dijo nada, y dio por entendido que respetaría las decisiones de su hermana, total ya era toda una mujer. Cambios eran necesarios, no podía sentir miedo por aceptar crecer. Muchas cosas habían pasado y el futuro ahora estaba en sus manos. A finales del 1936, en la todavía casita de Maracaibo, un jueves a las 6 de la tarde, se casaron Carmen Olivares y José María González.

Venezuela comenzaba su revuelta hacía principios más democráticos; El nuevo jefe de estado el ex-ministro de guerra del gobierno de Gómez asume el poder: Eleazar López Contreras. Siendo éste elegido constitucionalmente el 25 de Abril de 1936. Venezuela necesitaba cambios grandes, fueron muchos los años que Gómez gobernó, y el pueblo se había cansado de los abusos de poderes y exigía reformas. Haciendo un gesto en busca de conquista por la paz y el crecimiento, ordenó liberar a los presos políticos e invita a los exilados a regresar a un país de nuevos principios. Muchos de los liberados y parte de los exilados que regresaron, estaban cargados de grandes y nuevas ideologías políticas que sólo esperaban por ser difundidas y puestas en prácticas. El propósito del gobierno de Eleazar era el de sanear, educar, y poblar a la nación pero ese proceso ameritaba tiempo, credibilidad, y astucia para lograrlo. Ese mismo año en España estalla la guerra civil, y un conocido escritor y poeta de la época es asesinado brutalmente: Federico García Lorca. Este acontecimiento ensombrecía el mundo intelectual, pero a su vez los llenaba de coraje y voluntad. Eleazar López sabía que el mundo estaba en pie, y que ésta vez no convenía jugar. Él sabía que era eje muy importante en la historia, dependía de él la cercanía a un cambio, ser el creador del proceso, y en abrir las puertas de un camino hacía la modernidad de los tiempos. El año 1936 trajo consigo adelantos nunca antes experimentados dentro de la nación; se podría citar por ejemplo que fue el año donde por primera vez se llegó a escuchar a través de una difusión radial nacional la voz de un presidente encargado. Eleazar López Contreras, aprovechó la posibilidad de dar uso a los nuevos acontecimientos del modernismo, y mandó un mensaje de esperanza, un mensaje en busca del equilibrio y la unión de los ideales por llevar hacía adelante el país. También confirmó su creencia de reducir los mandatos presidenciales a 5 años en vez de 7, y el de evitar la reelección inmediata.

Era evidente en el país, y todavía lo sigue siendo, que no existe ni existía un cuerpo fiscal del tesoro nacional. Por más que las primeras intenciones de los gobernantes sea la de mejorar y repartir las riquezas, una vez en el poder les es muy difícil resistirse a la tentación de ese tesoro fantástico, que les cae prácticamente por entero a sus manos. Eleazar López Contreras, previó las consecuencias de permanecer atado al poder magnánimo de un país que lo daba todo, sin control alguno. Desgraciadamente habría que nacer dentro de un gobierno que inculque a sus pobladores desde muy temprana edad el respeto y la moral. Este no es el caso de nuestros gobiernos, y aquí me atrevo a mencionar que tampoco lo es el caso de nuestros gobiernos vecinos, pero es nuestra historia y hay que asumir la realidad de las consecuencias de nuestros procesos por conquistar nuevos valores, y por llegar algún día, si es que llegamos, de obtener la responsabilidad moral, y la eficacia de cuerpos gubernamentales que nos ayuden a salir de los vicios corruptos que empobrecen el alma del hombre común. Eleazar López Contreras, trató por todos los medios de no dejar escapar el monstruo de la tiranía, la corrupción, y el exceso de poder. Sin embargo, en un país con poca experiencia política, y con un desborde tan grande de recursos todo se hacía sospechoso, desde el control del barco, incluyendo al capitán, hasta la misma ruta de navegación.

Fueron años de transición y lucha para Carmen. Al poco tiempo de casada le toca experimentar lo que sería la primera separación grande con su hermana, y la lejanía por completo al estilo de vida e independencia al que estaba acostumbrada. Victoria se fue con ella y José María, a la casita prometida a las orilla del lago de Maracaibo, y lejos también de la ciudad naciente. Era un pequeño pueblo casi fantasmal, con apenas luz y muy pocas vías de acceso. Sería temporal, fue la promesa de José María, sin embargo la espera del cambio se llevó varios años de la historia de Carmen. Allí nacieron tres de los seis hijos que tuvieron. Victoria amaneció muerta la única mañana que recibió con frio al pequeño pueblo. Carmen se encontraba embarazada de su segundo hijo, Francisco, y el primero apenas contaba con dos años. Victoria llevaba mucho tiempo ya hablando con sus muertos, y empeñada en ver a Jesusita por casi todas partes, haciendo a veces creer que su espíritu reencarnaba en ella, y que por eso tenía el poder de mandar. Nadie le hacía caso pero molestaba el tener que escuchar su voz aguda protestar por todo. Había días que despertaba con los mismos dolores con qué solía despertar Jesusita, y se ponía a conversar de la vida que se encontraba llevando en el infierno. Carmen preocupada en sus nuevas tareas como madre no le prestaba mucha atención, pero por las noches la escuchaba en sus delirios, y muchas veces la encontró caminando sola por los alrededores de aquella casita desolada y alumbrada por la luna. Carmen, después de la muerte de Jesusita, todo lo relacionado con el más allá la tenía sin cuidado; le había perdido el miedo, y había aprendido a tomar el proceso del cambio de vida como algo misterioso pero no como el desenlace final de un destino. En la mañana que encontró el cuerpo frio de Victoria, recordó lo fría que había sido la noche anterior, y se le descompuso el cuerpo. Era parecido al frío sentido la noche del encuentro con su bisabuelo en la playa. ¿Será cierto que los muertos avisan? O ¿Es la muerte la que se hace presente? en ese instante sintió miedo, y salió caminando rápido a buscar a José María, sin voltear ni un instante para ver el cuerpo dormido de Victoria. Después de enfrentar su realidad, y de sufrir el dolor de la pérdida, se resignó a observar por última vez a Victoria, y a brindarle un poco de amor a ese espanto solitario. A pesar de todo, con ella había vivido lo que consideraba sus mejores años. Victoria fue siempre especial con ella, fue como una madre o ella se sentía querida como una hija por todo ese cariño brindado que no obtuvo nunca de Jesusita. Por lo menos pudo cumplir su voluntad de no morir sin que nadie cuidase de ella. Horas antes de morir fue atendida por Carmen, y aunque ni cuenta se diese, sus deseos fueron consumados. Fue muy pobre el entierro, apenas había dinerito para las necesidades básicas. Fue casi imposible conseguir un buen lugar en el cementerio, y mucho menos una buena ataúd. Gustavo, el primer niño de Carmen ya corría, y destrozaba todo lo que estuviera a su alcance. Francisco se encontraba todavía en el vientre, y mostraba pocas inquietudes por salir de allí, parecía sentirse mucho más cómodo dentro, como si presintiera lo complicado que sería su vida una vez estando fuera. Gustavo jugaba sin saberlo con la nariz de la muerta. ! Qué obsesión! No la dejaba en paz. El niño sacaba fuerzas de donde no existía y arrimaba una silla para subir al ataúd y poder meter sus deditos en la nariz de Victoria. Carmen tuvo que pegarle. Queriendo evitar descuido le puso un par de algodones en la nariz para que los dedos del niño no entraran. Pero como niño al fin, encontró los medios de llegar otra vez hasta el muerto, hasta lograr sacarle los algodones y meter sus dedos. José María tuvo que mantenerlo junto a él hasta que velaron el cuerpo y lo llevaron a enterrar. Victoria había alcanzado a hacer pocas amistades. Era un lugar apenas poblado, donde cada casita quedaba a no menos de cinco leguas. Sin embargo, conoció a un pescador que llegó a estimarla mucho, y ofreció el patio de atrás de la casa para enterrar el cuerpo. Ante la mala situación económica en que se encontraban, Carmen aceptó los designios del destino, y detrás de la casa del pescador se le dio a Victoria Cristiana sepultura. Ese día Carmen sintió mover tanto a Francisco que descubrió por primera vez los deseos de éste por salir y enfrentar de una vez por todas, el destino que le esperaba.

Cómo era fácil de predecir, con el pasar del tiempo se llegó a profesar que al rededor de ese pequeño caserío, siempre había una mujer en mitad del camino que espantaba a los nuevos pobladores; la leyenda llegó a tener tanta fama y credibilidad, que una noche un grupo de pescadores decidió desenterrarla y depositarla en el medio del lago para así sacarla del camino, pero al abrir el ataúd encontraron el cuerpo con la boca tan estirada y los ojos tan abiertos que no pudieron sacar el cuerpo. Lo que si le llamó la atención a Don Eucario, el dueño de la casita donde estaba enterrado el cuerpo, fue que ya no tenía los dos grandes algodones en la nariz, y él recordó ser el último en cerrar la caja, y allí los algodones estaban. Después de esa noche Don Eucario enfermó y murió al poco tiempo, y los otros dos pescadores amigos, que le habían ayudado a la tan arriesgada travesía, decidieron marcharse de esas tierras, según ellos malditas. Los algodones aparecieron tiempo más tarde en un rincón de la casa donde los había dejado el niño. Nadie supo en realidad que esos eran los algodones de Victoria, así que se llegó a especular que la muerta despertó y al sentirse encerrada se murió de espanto. Por eso ahora su espíritu vivía en el caserío vengándose de todos por dejarla morir de esa manera. Carmen nunca hizo caso de esas leyendas, siempre estuvo ocupada con el diario quehacer como para perder el tiempo en esas sandeces, ella sabía que Victoria estaba donde debía estar, y punto. Desde el día del entierro Francisco no dejaba de moverse, dejaba sentir una nueva manera de ser que no había dejado sentir antes; era rebelde, inquieto, y hasta perturbador, sin dejar descansar a Carmen ni un segundo. La verdad que durante todo su embarazo apenas ni lo sintió pero ahora eran cien patadas por minutos. Fue como si el presenciar la muerte de Victoria desde la barriga, le brindara unas ganas locas por la vida, y le hiciera desistir de esa comodidad en que se encontraba dentro, y lo pusiera dispuesto a enfrentar el mundo. Gustavo al parecer también sintió esa reacción en el vientre de su madre, y desde su temprana edad asumía un papel de hermano protector, sobándolo desde la barriga, dándole besitos, y hablándole cosas bonitas para que naciera sin miedos. Carmen encontraba fuerzas en ellos dos. A decir verdad desde el nacimiento de Gustavo muchas cosas cambiaron en José María, o en realidad se agudizaron las que tenía. Dejó de ser lo considerado que había sido hasta ese entonces. Nunca más pudo hacerle el amor sin dejar de estar ebrio, y en lo único que mantuvo su constancia fue en llevar el pan a la mesa, aunque cada vez le costaba más hacerlo. Ni un segundo abandonaba José María su botella después del trabajo. Con la misma botella bajo el brazo compraba el pan diario y lo llevaba a la mesa, después se acostaba en su hamaca sin pronunciar palabras hasta que se quedaba dormido. Algunas veces recitaba algún poema entre dientes, y Carmen se alegraba, pensaba que eran para ella y que todavía él la quería: Le bastaba con eso. Cómo una fierecilla enjaulada esperando impaciente a que le abrieran la puerta, así rompió la fuente Francisco un 27 de Diciembre de 1939. El grito que soltó Carmen afectó los decibeles de José María que con el mismo brincó de la hamaca y partió en busca de la partera. Francisco nació en la casita a orillas del lago, en un pequeño cuarto separado de la sala por una cortina casi transparente. Los ojos de su hermano Gustavo estuvieron presentes. No salió ni un segundo de su asombro. José María soportó su angustia en el porche de la casa y con la botella en la mano. Decían que antes los niños al nacer no abrían los ojos, de hecho muchas madres afirmaban que sus hijos lo abrían tres, cuatro, ó cinco días después, pero Francisco, nació con los ojos abiertos, para ese entonces tenía mucho que decir. Gustavo desde que nació su hermano lo amo mucho más que a él mismo, nunca supo el tamaño de su intensidad de amor pero sabía que era muy grande. De hecho casi no dejaba que José María se hiciera cargo de su hermano, él quiso asumir casi hasta el rol que el verdadero padre no sabía que debía dar. Carmen fue muy agradecida con ese amor, le recordaba a María, y a ella misma con todo el sacrificio desmedido y desinteresado que siempre había compartido con su hermana. ¡Cuánto hubiese deseado poder seguir compartiendo la vida que llevaba al lado de su hermana! las dificultades se convertían en aventuras de infantes si estaban las dos para superarlas. Hacían magia, vivían milagros únicos, convertidos en proezas auténticas difíciles de superar por cualquier otro mortal. Así recordaba Carmen su vida del pasado. Ahora estaba sumergida en otra vida totalmente distinta a lo que ella alguna vez imaginó. No supo cuando el barco cambió su curso, no supo cómo perdió ese horizonte tan claro para ella. Las cosas comenzaban a ser duras, tenía dos hijos y un marido que se ahogaba en el alcohol, María lejos de ella, Victoria muerta y enterrada, Jesusita navegando por otros mares, un padre que nunca vio, y un bisabuelo que esperaba por ella en el mar. Sintió de cerca la soledad después de tanto tiempo y un sentimiento de incertidumbre y frustración voló sobre ella. -Qué extrañeza, ahora que existen dos criaturas para llenar mi vida con el amor inmenso que nunca tuve, me siento sola. Ojalá pase rápido este sentimiento que me abriga porque no me gusta sentirme así, me debilita las piernas, y resalta la estupidez del alma.- El pos-parto le estaba pegando duro a Carmen, y un brillante cuestionario le reflejaba las turbias ondas del mar en que se encontraba. Comenzó a querer aprender a ser feliz para poder entregar felicidad. No quiso juzgar el camino recorrido, y no quiso tampoco que por juzgar creara ahora un universo distinto al que ya había aceptado. Carmen comenzó a guardar sus

91

pensamientos, emprendió el viaje a la felicidad guardada así fuera a consta de su silencio y sacrificio. Por más que hubiese deseado hablar no tenía con quien, José María cada vez se alejaba más de sus orillas, parecían navegar distintos mares, aunque hacía ya tiempo que el barco de José María había naufragado. Cómo pudo llevó sus amarguras al punto más oscuro de su corazón y las dejó allí encerrada. Sus hijos nunca la vieron llorar, nunca la vieron quejarse de nada, sólo dio su corazón.

El gobierno del General Eleazar López Contreras estaba llegando por disposición de él mismo a su final. Tras aprobar la reducción de su mandato a tan sólo cinco años, le correspondía terminar su ejercicio envestido con el mayor civismo. Por disposición del congreso y apuntado por el mismo Eleazar López Contreras, fue elegido otro militar para el ejercicio de la presidencia: Isaías Medina Angarita, por el período de 1941-1946. Venezuela era nueva todavía en sus vaivenes políticos, el espacio de tranquilidad que brindó la presidencia de Eleazar López Contreras, trajo ánimos perdidos nuevamente al camino de la paz y el bienestar social. La población de ese entonces no alcanzaba siquiera los cuatro millones de habitantes, pero ya era necesario incluir reformas que brindaran confianza en el futuro, que permitieran levantar la Venezuela de ensueños deseada tanto desde su liberación e independencia. Entre esas reformas de confianza fue responsabilidad del gobierno de Isaías Medina Angarita, crear por primera vez la posibilidad del voto femenino para elegir y ser elegidas concejales; también la elección directa de diputados y la legalización del Partido Comunista. El defender la libertad de expresión y permitir la libre actividad de los partidos políticos, lo marcó siempre en la historia como un hombre de visión y discreto al respeto de los derechos humanos. Su carrera de militar y su amplia cultura trajo beneficios al inquietante país, acostumbrado siempre a recibir buenas ideas y a ser motor inicial de muchas de ellas. Venezuela apuntaba a un crecimiento bárbaro, era una mina de oro por donde se mirase. Los extranjeros con visión no desperdiciaban ni un segundo de oportunidad en el dorado paraíso, que ya era codiciado por muchos dentro y fuera del país. En un gobierno de libertades pero sin madurez lo que se acerca al doblar la esquina es el caos, y el caos fue el encuentro de muchas ideas de peso, de mucha filosofía armada, de mucho romanticismo existencial, de la falta de conformidad y comunicación general, que mantuvo el paso a otra clase de comunicación: la del poder, la codicia, la cultura del más vivo, y la del ego del más sobresaliente. Así se formaron discordias en la encaminada democratización venezolana para llevarla nuevamente al reemplazo de gobiernos autócratas y dictatoriales. La dicotomía siempre ha sido un ejercicio de peso en los gobiernos de Venezuela. Lograr que la comparsa de ideas, reformas, y principios caminen en paz, es casi una utopía. Por eso un 18 de Octubre de 1945, fue derrocado y expulsado del país, el presidente en servicio Isaías Medina Angarita, y Venezuela quedó en manos de una junta Cívico-Militar, mientras se elegía el destino y el nuevo curso de su historia.

Carmen, dominada ahora también por su junta familiar se apegó más que nunca a las nuevas leyes establecidas por necesidad, en su hogar. Antes de llegar el famoso golpe de Estado del 1945, un ejército de aventureros ya se encontraba haciendo de las suyas en los alrededores de la casita junto al mar. Aparte de Gustavo y Francisco, que dejaban notar su presencia hasta más no poder, llegó a la vida de Carmen la que en realidad sería su autentica amiga hasta el último segundo de su muerte, su única hija: Cecilia.

Apenas entraba el año 1942. Carmen se encontraba viviendo en su decisión de ser feliz, así que cómo podía, sacaba fuerzas para atender a sus hijos, corresponder a los quehaceres diarios, esperar a su marido, borracho o sobrio, ya daba igual, y soñar en cómo podía hacer para darle a sus hijos un futuro más amplio del que ella vivía en ese momento. Dormía con los ojos abiertos y sólo los cerraba para soñar. Extrañaba a su hermana, extrañaba ser cuidada como siempre lo habían hecho con ella, extrañaba a su madre, a Victoria, y extrañaba sentir aquella ilusión que alguna vez sintió con aquel joven que desapareció de su vida para siempre, pero que la llenaba de tan bellos recuerdos: Víctor Marcano. Así mismo, como un brujo que aparece en la media noche llegó un presagio de lejanía a la mente de José María, y un impulso obsceno lo perturbó. Se embriagó hasta el cansancio y corrió a su casa para poseer a Carmen como nunca antes lo había hecho. Eran grandes los deseos que sentía de marcar su propiedad, de cubrirla toda de su piel, y de registrar su nombre hasta el amanecer. No quería que ningún espacio de su cuerpo quedara sin su huella, que nunca un aliento que no fuera el de él rozara el cuello o los cabellos de Carmen. Esa noche jugó hasta más no poder, esa noche demostró su hombría, y a pesar de lo ebrio que se encontraba, la trató con la mayor ternura posible, y por primera vez, Carmen se sintió amada. José María rompió con toda clase de miedos, juró amarla y ser de ella hasta la muerte, juró luchar para vencer sus vicios y mejorar lo que había ofrecido hasta ese entonces. Una sobriedad casi mágica rodeó el ambiente, que por muy precario que fuera, en ese momento se llenó de claveles, rosas, y orquídeas que sólo el amor dejaba respirar. El mundo conspiró a favor de los dos. Y de ese intercambio de pasiones y entregas prometidas, nació la esperanza de una relación que no existía, y que moría asfixiada en la caja oscura y cerrada junto al mar. Meses después de esa libertad experimentada llegó con una noble sonrisa Cecilia. La pequeña observaba muy atenta a su alrededor, y con firme expresión clavaba en su madre los deseos de abrazarla, gritándole la necesidad de cuidarla, protegerla, y de no abandonarla ni aún después de su muerte. Carmen fue la mujer más feliz del mundo. ¡Una niña! A pesar de haber vivido un mundo de machos, su vida era llena de feminidad y mil detalles para ser compartidos con alguien de su propio entendimiento, y quien más que una hija para ayudarla a alcanzar sus deseos. Para José María la emoción fue diferente; una mujercita a quien cuidar, a quien educar para que sea una niña de bien y se de a respetar. Marcado siempre por los sinsabores de una sociedad de hombres, su desconfianza crecía de tan sólo imaginar lo que podría ser la vida de una mujercita en esos laberintos semi-urbanos en donde habitaban. No le gustaba la idea de tener que cuidar ahora a dos mujeres, ya con las tetas de Carmen tenía suficiente. Por un tiempo dejó de preocuparse con la idea de la niña en casa y trató de concentrarse un poco más en la búsqueda de alguna mejora que les permitiera salir de ese palafito donde se encontraban. La desconfianza crecía cuando ahogados en pobreza, se imaginaba una vida sola y limitada para esa niña de la casa. Carmen pensaba distinto, ella sacaba ganas llenas de esperanza, y sabía que algo bueno tenía que pasar. Sus hijos debían ser distintos y aspiraba para ellos un mundo de mejoras y crecimiento. No importaba lo que tuviese que hacer, ellos estudiarían, serían grandes, buenos, y llevarían el orgullo de la familia en alto. Comenzó a sembrar nuevas ideas en su mente y buscó compartirlas con José María. Al principio todo parecía marchar bien, José María accedía a la creencia de esas ideas, y respetó más que nunca la voluntad de Carmen, que una vez más, asumía el control de las cosas. Dentro de esa atmosfera de confianza, por un tiempo todo comenzó a funcionar como se había planteado desde un principio, con armonía, con progreso, y José María parecía asentar cabeza, después de años de intentos y fracasos. Una compañía petrolera, joven en Venezuela, le brindaba la oportunidad de creer nuevamente, en que sí se podía cambiar la historia, y en que sí sería capaz de asumir las responsabilidades establecidas hasta ese entonces. La luz comenzaba a llenar los espacios oscuros de aquel palafito, y Carmen, a pesar de trabajar incansablemente, logró vivir momentos de felicidad hasta ese entonces impensables por ella misma. Se creyó enamorada, se creyó consecuente en ser la protagónica de los conceptos del amor encontrados sólo en las grandes novelas de literatura. José María logró entrar como obrero de marina en la nueva compañía establecida en Venezuela, y desde allí buscaba mantener los sueños vivos de su familia cada vez más amplia, y cada vez mas necesitada de una apertura a las exigencias del creciente país. Poco antes de enfrentar el proceso revolucionario del golpe de estado del 1945, Carmen anunciaba también la buena nueva de un seguido embarazo. Desde el nacimiento de Cecilia, y desde aquella improvisada noche de amor, las entregas de Carmen y José María eran con mayor frecuencia, y por supuesto llenas de pasión. Sin embargo, esa frecuencia tampoco llegaba a ser una normalidad de lo que se piensa que podría ser hoy en día, los momentos eran esporádicos, pero muy fértiles, y con misiones muy directas en lo que se refiere a la creación. Otro niño llegó en manos de la partera de siempre, que anunciaba el reconocimiento del sexo del bienvenido, como anunció José Triana el descubrimiento de América. Ya eran cuatro los nuevos miembros de la junta de gobierno de aquel palafito. Cómo presidente de la junta se encontraba Carmen y en la vice-presidencia José María, el resto de la junta lo conformaban, Gustavito, Francisco, Cecilia, y el último y nuevo miembro Luis Alfonso. La situación se hacía incómoda, por suerte los niños no entendían de exigencias o necesidades de privacidad, todos vivían apertrechados como en una caja de cartón, separando cada espacio del pequeño palafito, con unas telas casi transparentes, que servían tan sólo como símbolo de definición territorial. Gustavito, asumía dignamente, su responsabilidad como guardián de Francisco, él cual desde un principio, ya marcaba un liderazgo en sus acciones y preferencias. Gustavito tenía siempre dificultades para entender la presencia de Cecilia en sus vidas, le daba celos escuchar a Carmen confesarle cosas que nunca antes había hecho con él. A pesar de ser un niño, Gustavito era muy entendido y despierto, pero no se podía dejar de reconocer que era todavía un imberbe, lleno de dudas y faltas de amor. Todo fue muy rápido en su vida, pensó que brindando el amor a su hermano Francisco, se ganaría el respeto y la aceptación de sus padres pero no fue como lo esperaba. Francisco era más gracioso, y Cecilia era el ángel esperado por Carmen pero dónde estaba su encanto, pensaba Gustavito. Luis Alfonso todavía no llegaba a la repartición de sentimientos, así que desde el punto de vista matemático, fue ignorado. Sin embargo, con el pasar del tiempo, se convirtió en el preferido de Francisco, y por supuesto, en la pequeña punzada, que atravesaba el alma del pequeño Gustavito. Por un tiempo parecía comprender y analizar el propio desajuste que mantenía con sus sentimientos pero la lucha continuó una vez que cambió nuevamente, el comportamiento de su padre. José María llevaba un tiempo ya concentrado en su trabajo y en la idea de querer ser mejor, cómo consecuencia, había logrado reunir el dinero suficiente para ampliar sus mejoras. Alcanzaron a vivir en una casita un poco más grande, y muy cercana al palafito pero este nuevo hogar, tendría paredes más fuertes aunque el techo fuera de zinc. Por dentro, todavía usaban telas como separadores que demarcaban el territorio. Gustavito por ejemplo, tenía un cuarto que compartía con Francisco, Cecilia, como era mujercita, dormía en su propio espacio, y el lugar más grande, correspondía al cuarto de Carmen y José María, ahora los dos con un invitado especial: Luis Alfonso. Instalados en lo que sería el nuevo hogar, José María se sintió el dueño del mundo. Los niños avanzaban con cierta normalidad, y parecían adaptarse a la armonía del ambiente. María visitaba ahora con más frecuencia a su hermana, ya que las relaciones con José María anunciaban mejoría. Antes por pena a no contradecir los deseos y decisiones de Carmen, nunca dijo nada con respecto al desagrado que le inspiraba José María. No toleraba su olor a alcohol, y le desagradaba mucho el aspecto que él mantenía, victima del descuido por su apego a lo mundano. Ahora todo se hacía distinto, veía un hombre con deseos de reformarse, y un lugar donde poder compartir sin mezclar censura al respecto. María llevaba tiempo trabajando como encargada de limpieza en la casa del Doctor Jesús Alberto Lozada, respetadísimo en Maracaibo, y considerado uno de los mejores pediatras de la ciudad. María de cada diez palabras que pronunciaba, en nueve dejaba caer el nombre del doctor, y la palabra restante la usaba para resaltar algún hecho del mismo. Era evidente la emoción que reflejaban sus ojos, y era evidente la belleza del sonido de sus palabras, que caían como ríos en cascadas envueltas de otoño. Carmen por primera vez apreciaba los dones de belleza de su hermanita hasta ese entonces considerada su niña. Descubrió que María era ya una mujer, y hasta halagó la apertura de su cuerpo con las posibilidades de ser madre. María se atrevió a confesarle a su hermana el amor que sentía por el Doctor Jesús, pero no sin antes dejar caer la bomba de que éste estaba casado y que ese amor era desde el comienzo un imposible. Carmen pensó que era tan sólo una ilusión, algo platónico que se desvanecería con el tiempo, pero no fue así; más adelante contaré el desenlace de ese encuentro. Por ahora lo más importante fue el momento que como familia se encontraban viviendo, Carmen y María, nuevamente unidas, con realidades distintas pero llenas de amor. José María rondaba la visita y se congraciaba con ella. María trajo noticias sobre los terrenos que pertenecían a Carmen como herencia de su madre y antiguamente de su bisabuelo. El gobierno, en una clase de ajustes y ordenamientos públicos, había tomado los terrenos temporalmente hasta completar la definición demográfica del sector, pero por circunstancias ajenas y debido a las complicaciones del golpe de estado, no podían tomar decisiones de infraestructura, ni mucho menos de distribución demográfica. Carmen casi no entendió nada, observó a José María que la miraba a su vez atónito, con vergüenza y disimulo, y mantuvo su alegría a pesar de las noticias. ¡Ya volverán a nosotros esas tierras cuando menos lo esperemos hermanita! Exclamó en movimiento Carmen. María sólo pensó, ¡Esa es mi hermana, siempre tan segura de sí misma, siempre tan llena de fe! La realidad de volver a esas tierras heredadas era casi una fantasía pero para Carmen, todo podía ser realidad.

IV

1945 fue en realidad uno de los años más revolucionados de la historia del mundo y cuando Venezuela lo reflejaba por sus transiciones políticas, afuera en continentes más lejanos, la existencia de millones de vidas se extinguía y volvía polvo, ahogadas en unas de las más crueles guerras de la historia. La segunda guerra mundial llegaba a su fin, pero no sin antes aumentar el registro de sus muertos, y de marcar la constante resignación del miedo por el descubrimiento del monstro en el nuevo mundo: La bomba atómica. Venezuela, al igual que el resto de América, se encontraban protegidas de los efectos catastróficos de la segunda guerra mundial al firmar un pacto de protección con Estados Unidos, sin embargo, la economía si llegó a verse gravemente afectada, se podría decir que las vías de acceso para la entrega del preciado material se encontraban cerradas o contaminadas del riesgo a un ataque por los enemigos. Venezuela ya tenía secuelas en esa clase de amenazas; los alemanes en 1942 atacaron buques venezolanos que transportaban el aceite negro en las cercanías del golfo de Maracaibo, y también a no muchos kilómetros de distancia de la isla de Aruba. Venezuela sufría cambios, y el mundo se encontraba minado de catástrofes y miedos por doquier, pero Venezuela a pesar de todo, seguía pariendo. La noticia del lanzamiento de lo que sería la primera bomba atómica en el mundo dejó secuelas de impacto y terror jamás antes sentido. Agosto del 1945 un bombardero Norte-Americano dejó caer sobre la isla Japonesa Hiroshima, después de haber sido brutalmente atacados por los Japoneses en Pearl Harbor, y dejando casi unas 3 mil bajas Americanas, lo que sería el principio del fin de una de las guerras bélicas más tristes de la historia del mundo. Más de 80.000 mil civiles murieron casi instantáneamente y otros miles durante la secuela de los efectos de la bomba; dos días más tarde otras 110.000 personas murieron en el lanzamiento de la segunda bomba atómica en la isla Nagasaki. Con cifras que superaban más de 15 millones de personas cerró la guerra a principios de Septiembre del fatídico año 1945. El mundo ya no sería el mismo nunca más. Pero la vida se debe seguir con optimismo, y después de tantas muertes sólo quedó la reflexión de lo vivido, y los nuevos pactos de organizaciones mundiales, que garantizarían la permanencia del derecho a la vida, la libertad, y también al respeto de los tratados internacionales. Muchos de estos pactos con desgracia se corrompen con más frecuencia de lo esperado, y existen naciones que al parecer nunca creyeron en ellos o simplemente decidieron no adaptarse a reglas o juegos fiscales dentro del patrimonio privado de dichas naciones. En el caso de Venezuela, muchas cosas nacían y otras buscaban alguna utilidad antes de llegar a una expiración de acuerdo al funcionamiento y practicidad con la cual se empleaban, frente al ajuste de los nuevos compromisos con el país y con la apertura de las fronteras. El golpe militar del 1945, puso fin a 46 años del dominio de los tachirenses en el poder. El presidente Medina fue derrocado por oficiales militares junto con activos del partido Acción Democrática, donde su principal activista fue Rómulo Betancourt. Una Junta formada por siete hombres gobernó al país después de aquel golpe de estado. Nuevas leyes y reformas incursionaban en una nación joven en política, hambrienta de encontrar un sistema de funcionabilidad que remplazara las ambiciones de sus habitantes, y los adentrara al nuevo mundo y al gozo de las distribuciones de las riquezas por igual. Una vez más, el espejismo duró muy pocos años, tan pocos, que para entender los ajustes y desajustes de todo ese proceso de transición democrática es necesario detenerse en los detalles, ya que podrían pasar desapercibidos debido a la rapidez con que cambiaron los hechos. En ese corto y provechoso gobierno de la junta se constituyó el voto universal a todos los ciudadanos mayores de 18 años, incluyendo a la mujer. Se legalizaron todos los partidos políticos, y se creó la constitución del 1947. Dentro de un orden aparente, se organizó la elección presidencial para el año siguiente donde por primera vez dentro de un sufragio secreto y universal se otorgaba el mando al jefe de la nación, marcando su victoria sin precedentes Rómulo Gallegos, famoso escritor de esos tiempos. Y como lo contaba hace un momento, todo fue un espejismo transitorio en la democracia incipiente. Apenas casi 10 meses de mandato una nueva junta pero esta vez militar tomó el control del gobierno, y mandó al exilio a los más altos líderes de la democracia, incluyendo al presidente. La nueva junta militar se encontraba constituida por Luís Felipe Llovera Páez, Pérez Jiménez, y Carlos Delgado Chalbaud: este último asesinado. Una de las primeras acciones de la nueva junta fue anular la nueva constitución del 1947 y restaurar la tradicionalista constitución del 1936, la cual se adaptaba más a las normas estrictas y militares con las cuales la junta pensaba controlar y manejar con mayor precisión las necesidades del país. Sin embargo, tratando de mantener estratégicamente el control, la junta decide realizar elecciones en 1952, buscando también la re-elección presidencial y ganar más tiempo en el poder. La junta pensaba tener todo el control y el favoritismo para ganar las elecciones, pero el candidato del partido del URD Jovito Villalba, ganaba con ventaja dicha batalla. Pérez Jiménez, se entera que clandestinamente el partido de Acción Democrática, apoyaba y ayudaba en la campaña del candidato favorito, razón por la cual, no vaciló en autoproclamarse jefe de la nación, enviar a los otros miembros de la junta de vacaciones sin regreso, y otros líderes opositores al exilio. Pérez Jiménez, trajo nuevamente la dictadura al país, y la pesadilla anti-democrática gobernaba. Tratados de libertad y de acoplamientos constitucionales fueron ignorados durante los 5 años siguientes de esa brutal dictadura. Fue una experiencia necesaria en la incipiente democracia, la cual contribuyó de una u otra manera al desarrollo del carácter del venezolano.

Durante todos esos años de transición y dolor para el mundo, Venezuela crecía entre la incertidumbre y las confusas ideologías aplicables a la política cultural. Eran tan escasos los medios de comunicación general, y era tanta la preocupación de los ciudadanos por adaptarse a los abruptos y constantes cambios de gobierno, que su interés más generalizado era el de subsistir y acoplarse a las leyes cambiantes. Sin embargo, en medio de la confusión reinante, los venezolanos gozaban de una mezcla cultural y prometedora casi inigualable por el resto de los países del continente. La apertura petrolera y las riquezas naturales y vírgenes servían de atracción para el inmigrante del mundo, trayendo cada uno en sus maletas o corazones sus propias costumbres de vivir. Era muy cierto también que la mayoría de Suramérica llegó a poblarse gracias a las terribles guerras que invadían la Europa Occidental, parte del medio Oriente y Asia. Españoles, Italianos, Franceses, Portugueses, Árabes, judíos, chinos, fueron protagonistas de la inmigración de esos tiempos, y el Sur, siempre tuvo una puerta abierta para todos. Como era sabido, Venezuela gozaba de varios privilegios que la hacían atractiva para muchos mercados. Poseía riquezas, mantenía un tratado de protección que la mantenía al límite de la guerra del continente Europeo; sus puertos tanto del Occidente del país como del Litoral Central, la bendice para gozar de cualquier intercambio fluvial, lo cual generaba una gran confianza al inmigrante de entonces.

Por otra parte Carmen, con mucho esfuerzo y sacrificio había logrado imponer su astucia y carácter para recuperar las tierras heredadas. Después del proceso de cambio que produjo al país aquel golpe de estado del 45, Carmen se dispuso, usando todos sus recursos por salir de aquel pueblecito sin luz a orillas del mar, y llevar a su familia a un lugar más prometedor, y con mayores recursos para el progreso. La visión de Carmen siempre permitió crear un ambiente de conformidad ante todo aquel que la rodeaba. Era increíble ver su optimismo por la evolución y el bienestar de los suyos. José María sólo se limitaba a seguir los pasos de su mujer, la cual se hacía respetar más que los propios hombres de la época. Sin embargo, no todo fueron buenas noticias; las tierras sí se las devolvieron pero la nueva zona demarcada no alcanzaba la hectárea después de manejar en su poder un poco más de diez. Otra de las malas noticias era el atraso de las infraestructuras y servicios, dejando así al recorrido de esas tierras sin recursos viables para la obtención directa del agua. Las dudas invadieron los nuevos pensamientos de Carmen y José María, cómo podrían sobrevivir sin agua y con tantos niños, pero a su vez consideraban importante estar cerca de la cuidad y de ese pequeño espacio ya conquistado, no fuera ser que lo perdiesen y quedasen sin nada por descuido. Una vez más José María acudió a sus fieles influencias de la infancia, y logró conseguir una casita más que humilde, en un pequeño suburbio que nacía al otro extremo de donde se encontraban y también a las orillas del lago pero por suerte en territorio marabino, y a tan sólo una hora de distancia caminando de las tierras o a 20 minutos en burro o caballo. Decidieron así enrumbarse a nuevos caminos de aventuras y oportunidad, y salir a probar suertes con tal de orientar otro futuro del sombrío que ya los cubría. Una veintena de casitas de lata invadía la zona. El cambio no afecto mucho a Carmen, que ya se había acostumbrado a vivir rodeada de humildad y limitaciones. Carmen sólo pensaba en la futura posibilidad de dejar un legado para sus hijos que lo ocupaban todo. Sabía que en esas tierras algún día vivirían y construirían sueños. Sentía ese cambio en sus adentros imposible de explicar pero que le exaltaba el corazón de verse realizada junto a su familia. No importaba cuan difícil eran las circunstancias nuevas que les tocaría enfrentar si les guardaba un futuro tan bonito, pensaba Carmen. Con un poco de recelo, José María caminó junto a ella y sus hijos mientras vivían el nuevo panorama. Por suerte la compañía para la cual él trabajaba tenía sus principales oficinas en la ciudad, acercándolo aún más a sus oportunidades de ascenso, tema difícil de conseguir en el antiguo pueblito donde se encontraban. Aunque dentro del marco de sus responsabilidades en el sector de aquella compañía petrolera no devengaban ninguna oferta de ascenso, José María aspiraba moverse por lo menos a ser el jefe de su departamento, o no dudaba tampoco de quizá alcanzar a ser el supervisor de alguna área más comprometida y por supuesto, mejor remunerada. Con esos pensamientos debajo del hombro marchó resignado y buscando empeño a la felicidad. Los niños incólumes también participaron a la merced de las suertes de los suyos. El primer año fue duro para todos, José María tardó casi todo ese tiempo en terminar una extensión de la casita, y así encontrar un poco de paz y espacio en aquella latica que cobijaba sus sueños. Los niños comenzaban a exigir más, y al no tener el espacio suficiente para saltar o pelear por sus derechos a la privacidad, el hogar se hacía insoportable. Casi un año José María no tocó a Carmen y parecía no hacerle falta, aunque en realidad no le hacía falta, ya que la mayoría de las veces se encontraba del trabajo a la botella, y en sus limitados momentos fuera de sus distracciones, jugaba a ser papá, y a terminar con el trabajo prometido de la casita en aquel mundo de ilusiones perdidas o desorientadas. A pesar de lo apretado en que se encontraban, y de la falta de interés que José María mostraba por complacer a Carmen, siempre que sus instintos primitivos buscaban saciar los espasmos interinos de su alma perturbada, tocaba como varita mágica las piernas de Carmen, la cual sin saber, cómo dejar de obedecer ante sus labores y obligaciones de esposa, abría ante el toque del mago las piernas, y un huevo de hechizo fecundaba el vientre maduro, que hacía su descarga con exactitud, nueve meses después de la orden de la varita. Dos hijos más llegaron bajo los mismos trucos de aquel mago veloz, y una vez más, la vida de Carmen sufrió cambios inesperados, que la alejaban de sus búsquedas primarias y la lanzaban a realidades más oscuras e inciertas de conquistar. Dos nombres más navegaban por los rincones de aquel rancho, dos nuevas personitas compartirían el pan diario, y serían parte contribuyente en el futuro de muchas buenas y otras malas realidades. Elías José, fue el nombre con qué se registró a finales del 1945 el primero de los dos últimos en nacer. Y sin esperar, a casi tan sólo un año más tarde, se registraba con el nombre de, Víctor José, el que cerraría el ciclo de partos de la vida de Carmen, y el que indicaba el tiempo de la última relación mágica entre ésta y el dueño de la varita: José María. De esta manera quedaba conformado lo que sería el gabinete central de la familia González, y Carmen como su presidenta. Carmen trataba de mantener el orden y de sacar a su familia de las incertidumbres diarias. José María había sido despedido a pocos meses del nacimiento de Víctor José, y una angustia tácita gobernó las horas eternas de aquellos días quejumbrosos. Pero a pesar de lo difícil de esos momentos, una leve paz regía dentro de sus protagonistas. José María se volvió más cariñoso que nunca, y brindaba a sus hijos una paciencia no antes mostrada. Entre Gustavito y Francisco, se dividían los quehaceres de la casa para mantener el orden; Carmen, pasaba la mayoría del tiempo cocinado para ese ejército de glotones, y muchas veces más también lo hacía para algún descarriado que se aparecía en el camino. Para sus suertes, en más de una ocasión María llegaba a la casa con uno que otro mercadito, beneficio que podía obtener gracias a su trabajo y a la ayuda del Dr. Jesús. Al menos la mayoría de los domingos, María se acercaba a la casita de lata. Era una verdadera ventaja tener a su hermana nuevamente cerca. ¡Cuántas veces María logró poner orden en la casa! ¡Cuánto contribuyó con Carmen para que esos muchachos salieran adelante! Independientemente de la nueva actitud de José María, carecían los recursos para mantener el equilibrio de una buena alimentación, y por supuesto de dormir con el corazón contento. Fueron años muy complicados. Carmen urgía la necesidad de seguir peleando su derecho a las tierras y al mismo tiempo de caminar en medio de todas las carencias por las cuales pasaban. José María lleno de miedos tomaba con exageración, y más de una ocasión hubo que arrastrarlo hasta su cama. Desde hacía ya un tiempo los niños, excepto los dos menores, dormía en sus hamacas instaladas en la nueva extensión que José María había hecho para ellos, pero la casita tenía como parte central una sala diminuta y luego el cuarto de Carmen separado con una cortina, demarcando el espacio de privacidad. Francisco, el más inquieto de todos, casi nunca podía dormirse a la hora que les era asignada, y envuelto en sus delirios, se pasaba noches sin poder cerrar los ojos, mirando a la luna desde el pequeño ventanal que José María había construido, con el fin de atrapar un poquito del aire del sereno y los ayudara a dormir mas fresco. En uno de esos momentos, Francisco soñó con sus ojos abiertos pero sintió escalofríos. Llevaba más de una hora sin cerrar los ojos ni para pestañar, mantenía la mirada fija hacía la pequeña ventana por donde podía apreciar la luna pero una figura que ensombrecía la claridad del cuarto se fue acostumbrando en el marco de aquel pequeño recinto. Por momentos Francisco creía que era la presencia del sueño que le estaba entrando pero después descubrió con mayor exactitud la imagen de un hombre que lo llamaba desde afuera y que tapaba con su rostro la cara de la luna. Impresionado por ver aquel rostro distorsionado que le hacía gestos silenciosamente y lo invitaba a salir sintió orinarse. Los pies parecía no sentirlos y un frio que le mordía el pecho lo acobijó congelándolo en el acto. Luego como en un acto de resignación, se acomodó a la presencia de aquel rostro y decidió enfrentarlo con orgullo. Como un resorte saltó hacía la ventana para desenmascarar aquel enigma que se cruzaba por sus ojos pero al llegar cerca tan sólo encontró a una luna pálida que amenazaba con esconderse. Echó una mirada confusa a los alrededores de aquel patio sin luz, y sintió la noche húmeda, llorosa, que buscaba dolorosa tropezarse con el amanecer. Francisco no tuvo otro instinto que el de correr hacía el cuarto de su madre, pero al llegar cerca y deslizar suavemente la cortina que separaba los dos mundos, presenció un acto que marcaría su vida para siempre. Su padre José María, envuelto en un estado de embriaguez como era de costumbre, insistía torpemente en hacerle el amor a su mujer que no se dejaba por miedo a no despertar a los niños; sin embargo, en medio de aquella insistencia las dos almas buscaban los recursos de poder complacerse. Carmen se encontraba muy lejos de poder sentir el querer acompañar a José María en sus deseos pero a pesar de todo y muy resignada a su servilismo, complacía silenciosamente aquellos deseos ardientes de su hombre. José María no poseía el control necesario de su cuerpo como para poder cumplir armoniosamente con su cometido, y mantenía una lucha entre sus propios desbordes y la falta de colaboración de Carmen. En ese justo instante de lucha, Francisco sigilosamente los observaba, llegando a la conclusión de que su padre intentaba ahorcar a su madre. El dolor sentido a partir de esa noche hacía su padre no lo abandonaría por el resto de su vida. Hasta olvidó el motivo de su visita al cuarto de la madre, y guardó el retrato de esa fatídica noche, como uno de los recuerdos más ásperos y amargos de su vida. No supo que hacer, si gritar, llorar, o defenderla de las manos de aquel monstruo, y como un imbécil se quedó inmóvil sin poder proteger a su madre.

Ese pensamiento le acompañó amargamente en todo su camino, y un dolor silencioso se registró en el fuero interno de su corazón. Amaba a su padre con locura, quizá porque en el fondo conocía sus debilidades y las defendía con amor, o quizá porque a pesar de la temprana edad, entendía que su padre era victima de las circunstancias que la vida le había presentado, pero que en el fondo era una persona maravillosa y merecedora de todo el amor que la vida no la había podido dar. Francisco siempre jugó a hacerse el sicólogo del pueblo. Su inteligencia y capacidad de liderazgo, lo mantuvo al frente de todas las decisiones de aquel que le rodeaba por ser las más objetivas, concretas, y lógicas. La sonrisa de Francisco desde que nació, era una sonrisa envolvente, que acariciaba hasta al más cerrado de amor. Sus padres sabían que él era el elegido, sus hermanos le admiraban, y le otorgaban el privilegio de nombrarlo líder indiscutible de las decisiones de la casa, en caso de que Carmen necesitara alguna ayuda para responder ante una determinada situación. Después de aquella espantosa noche en la vida de Francisco, la relación con su padre cambió bruscamente y se atrevió a quitarle el liderazgo definitivo, considerándolo indigno de este. José María no pudo darse cuenta de que algo extraño pasaba en su hijo, para él era sólo un ajuste de cambios de edad. Siempre pensó que su puesto estaba ya asignado, y que como padre de familia era el jefe indiscutible. Gustavito por su parte, a pesar de ser el mayor, evitó más responsabilidades de las que le podían manejar. Por un tiempo buscó congraciar a su padre, pero luego pasó a darse cuenta que José María siempre se encontraba navegando en otros mares fuera de su realidad, y Carmen estaba muy atareada con los trajines de tantos muchachos, con la lidia de las borracheras del padre, y con la futura conquista de los terrenos. En medio de todo aquel enredo de caracteres, lo que más le agradaba era atender y compartir con Francisco. Se identificaba con sus razonamientos, y le agradaba la forma y la gracia con qué éste se ganaba al mundo. Dentro de cada familia hay miles de malos entendidos que afectan a unos mas que a otros. Gustavito se sentía ignorado más que amado; Francisco todo lo contrario, se sentía el rey de la casa, y los demás niños ni se preocupaban todavía por ocupar un lugar. Aparentemente, el villano o el que rompía con el orden era José María, que en el fondo no era malo, ni tampoco trató a los suyos con agresividad o maltrato, pero se sentía marginado por el mundo, y una eterna tristeza marcaba constantemente su vida. En medio de toda esta revuelta se encontraba Carmen, buscando ser mejor, deseando entender a cada una de las nuevas y viejas personalidades que la rodeaban, queriendo encontrar un lugar en el mundo, y cumplir así con los sueños que alguna vez la comprometieron ante los suyos. Para algunos ella era un ser excepcional para otros una mujer estricta y a veces un poco fría, pero lo que no se podía negar era su entrega para todo lo que hacía. Dentro del marco de la dictadura por la que cruzaba el país, ella se las ingeniaba para mantenerse en frente de todas las presiones y salir incólume ante todos los desajustes social-políticos.

El gobierno de Pérez Jiménez fue catalogado por la historia como un gobierno de miedo, presión, despotismo. Uno de los aliados más resaltantes de la época Pérez Jimenista fue Don Pedro Estrada, jefe de la seguridad nacional, y responsable de torturar o asesinar a miles que se encontraban con pensamientos opuestos al régimen establecido. ¡Qué impresionante lo que el ser humano hace por permanecer en el poder! Pasan los tiempos pero el hombre sigue casi arrimado en el mismo rincón de su pobreza espiritual. Maquiavélicamente justificamos el uso de todos los medios que nos lleven a un fin, sin importar quien sufra o el daño que pueda sembrarse a la humanidad. A tan sólo pocos años de reconocer las pérdidas humanitarias engendradas por la guerra, las consecuencias espantosas del resultado de un exceso de poder injustificado por estos hombres que cambiaron el curso de los pensamientos del mundo, y de admitir que somos nada ante las posibilidades de una catástrofe general como lo es la guerra moderna, qué todavía se siga creyendo que una sola persona pueda convertirse en el Dios de una nación, y seguírseles como si uno perteneciera a un rebaño perdido sin capacidad de pensar o de tomar decisiones propias encontradas solamente en un líder, suena estúpido. Pero las altas esferas de los gobierno siempre compradas, justifican sus abusos de poderes para mantenerse complaciendo al rey que les da el pan de sus necesidades, y les garantiza la promesa de un ego intacto. Ningún gobierno hasta el sol de hoy, por lo menos en Venezuela, ha demostrado lo contrario. El pueblo sufre, mientras no está en el poder, llora y protesta pero una vez que algunos de ese pueblo logran subir a la palestra, olvidan por completo sus promesas, sus orígenes, y la confianza del cambio por el cual fueron elegidos. La historia se repite una y otra vez, y es un mal generalizado que persigue a casi todos los gobiernos del mundo, porque es un mal que proviene de la naturaleza del hombre, y que está perfectamente justificado, por las necesidades globales que crecen cada día. La teoría Darwinista acecha cada vez más los pensamientos del hombre, "La evolución de la especie," "Los más fuertes sobreviven, los más débiles desaparecen." Cuando Darwin a principios del siglo XX, después de exhaustivos trabajos de investigación, llegó a formular su teoría de la evolución de la especie, jamás la planteó con fines políticos, o para que el hombre manipulara las conclusiones obtenidas por él y arrasara con fines maléficos, su justificación de grandeza y supervivencia. Durante esos años, y es mucha la teoría que queda por resolverse, se dice que murieron miles, otros dicen que cientos, lo que si se sabe es que hubo mucha represión pero también mucha tranquilidad en las calles, bien sea por miedo o por lo joven que era la nación para exigir más libertades. Y el pueblo (como siempre es en la mayoría de los casos) vivió engañado y manipulado por la presencia de ciertos hechos que reinaron durante esos años de dictadura y opresión a las libertades comunes del hombre. Mientras se creaban nuevas y provechosas infraestructuras, (reconociendo lo positivo del régimen) que alimentaron al país y ayudaron al desarrollo de la comunicación, al mismo tiempo se coartaban todas las libertades. Quién se opusiera a las ideas del gobierno era arbitrariamente callado o sepultado. Nadie, ni de las altas jerarquías o bajas esferas podía simpatizar con la oposición porque sencillamente la oposición no podía existir. El pueblo venezolano es tan noble, y de memoria muy corta, que apenas recibe un poquito de cariño por un lado, inmediatamente olvida lo amargo del otro lado. Así cómo después de muchos años de inestabilidad política y social, hoy por hoy se recuerda a el ex-presidente Pérez Jiménez, como uno de los mejores presidentes de la historia, tan sólo porque otorgó unos regalitos urbanísticos y creó un proyecto para el desarrollo infraestructural del país, con la condición de poder seguir robando y así mantener contento al pueblo. Es muy cierto que los cambios realizados fueron positivos, pero ¿No están supuestos los altos funcionarios de un gobierno a hacer lo mismo? ¡Claro que si! allí está comprobado lo difícil que es encontrarse con un hombre honesto que en verdad haga lo que le corresponde mientras perdure su mandato, mientras la confianza de los suyos está en sus manos. 5 Años fueron suficientes en Pérez Jiménez para acumular una fortuna estimada en 250 millones de dólares tomados del tesoro nacional, y sin contar los millones también robados por su cúpula, mientras que los recursos para la salud y la educación brillaban por su ausencia. Nuevamente el pueblo se armó de valor y un 22 de Enero del año 1958 salió a protestar a las calles, apoyados por un grupo de oficiales de la armada descontentos, que exigían la renuncia del presidente. En menos de veinticuatro horas la presidencia estaba desocupada, y una nueva junta cívico-militar se hacía cargo provisional de la constitución del país, a un costo de casi 300 muertos y miles de heridos. Una vez más, Venezuela seguía marcada por la sangre, y el pueblo crecía a golpes pero con fe. Una nueva ola de esperanza se abría paso entre las multitudes, el miedo comenzaba a desaparecer sepultándolo junto a los muertos, y la alegría innata del venezolano urgía en aparecer.

Durante ese miedo callado de tranquilidad que Carmen vivió en esos años de dictadura, aprovechó a trabajar muy duro para reunir algún dinerito que le permitiera mantener los gastos de la educación de sus hijos, y parte de la alimentación. Gustavito y Francisco por ser los mayores, tenían la responsabilidad de salir de madrugada a las calles, apenas con el cantar de los gallos para vender agua embotellada. José María la compraba a precio de distribuidor, y por cada botellita quedaba una mínima ganancia, que servía para que Carmen comprara harina de trigo e hiciera cierta cantidad de arepas (como el pan para los venezolanos) y sirvieran algunas de alimento para el hogar y otras para la venta, pudiendo ganar un poco más que con las botellas de agua, y así ayudar a sufragar con los gastos del día. Gustavito y Francisco se hicieron más unidos que nunca, y su hermandad se consolidó hasta los últimos minutos de sus vidas. Ellos salían a caminar con la fe de vender cada uno al menos 10 botellitas entre las 5 de la madrugada y las 8 de la mañana, para después de entregarle el dinero a Carmen, salir corriendo al colegio, donde les tocaba estar hasta la tarde. Como niños al fin, no entendían de peligros ni tan poco de la importancia que representaba el trabajo al cual habían sido asignados, nunca protestaron. Sabían que lo que hacían era bueno, ya que cada vez que le entregaban el dinero a su madre se persignaba, y lo guardaba con celo entre sus senos. Muchas veces ni se arrancaban bien las lagañas de sus ojos y salían a trabajar, por el camino con el sereno del amanecer, y con

113

el peso de la cava cargada de botellas se iban despertando. A veces pasaban horas sin hablarse, y solo reaccionaban cuando ya tenían el sol del despertar del día en la cara, entonces recobraban la energía perdida, terminaban sus ventas y regresaban a su casa contando las aventuras de la mañana antes de irse al colegio. A pesar de que el panorama no era el más de los apropiados, Carmen se sentía feliz de poder contar con dos hombrecitos que la ayudaban en la casa. José María, después de la reducción del personal en su lugar de trabajo quedó casi en el aire y con sus pocas esperanzas rotas, pero pronto comenzó a aplicar lo que alguna vez aprendió con su amigo el médico de los milagros, y se dedicó a recetar por la izquierda. Tuvo tanta suerte que acertó en todas las recetas que indicó pero su conciencia no lo dejó seguir con el juego del médico de los milagros y terminó aceptando un trabajo en la morgue, inyectando para los muertos formol, que sirve como ácido desinfectante, y ayuda a los muertos a desacelerar su estado de descomposición y a mantenerlos un poquito más olorosos. Había que tener bríos para hacer lo que él hacía, por suerte por cada inyección que colocaba a uno de los muertos un trago llevaba a su boca, "por la salud del muerto." De su vida, era quizá la vez más justificada que tenía para perder la razón, así que nadie decía nada. Carmen ni se preocupaba por los momentos que como pareja ya no compartían, total su vida estaba completamente dedicada a su hijos, y como pasaba mucho en otros tiempos, las mujeres después de convertirse en madres, se olvidaban completamente que cómo mujer también existían. Todas las madrugadas despertaba Carmen llena de fe y optimismo, manteniendo una sonrisa fresca de esperanza siempre en su cara. Pero el corazón se le aguaba cada vez que despedía a sus muchachos para que vendieran agua. Ella deseaba que sus hijos durmieran más, que se alimentaran mejor, y que en vez de trabajar a esa edad, se la mantuvieran jugando, pero entonces ¿cómo hacían?, lo que

José María llevaba a la casa no alcanzaba, y habían veces donde eran muy pocos los muertos, así que no era necesario el uso del formol. Todo estuvo durante mucho tiempo en calma, nadie se salía de las reglas del juego, nadie apostaba más, nadie tomaba fuera de sus cuatro paredes, así fueran de lata, y nadie opinaba más de lo necesario para poder subsistir. Por un tiempo aprendieron a no exigir, se conformaban con poco, y los niños no conocían otra vida que no fuera esa. Lejos del mundo como para aprender a cambiar, vivían encerrados en su ignorancia, considerando que allí radicaba la felicidad. Carmen mientras tuviera a sus hijos saludables y alimentados, lograba dormir en paz pero en el fondo sabía que afuera existía un cambio, y que ellos estaban envueltos en ese proceso, por eso mantenía su insistencia en fomentarle a sus hijos el valor del estudio. Poco tiempo duró la vendedera de agua, Francisco comenzó a presentar dificultades para mantener el ritmo del trabajo, los estudios, y su derecho a las necesidades de su edad. Gustavito por el contrario, estaba más convencido en querer trabajar ya que se sentía el responsable por ser el mayor, y los estudios para él no significaban lo mismo que para Francisco. "Con qué uno de los dos estudie vamos más que bien," Pensaba Gustavito mientras veía el tiempo pasar. Por otra parte, ambos comenzaban a presentar consecuencias de una pequeña descalcificación por la pobre alimentación que les tocaba, y al que más le tocó sufrirla fue a Francisco. Una leve vultuosidad le sobresalía del pecho pero en medio de su ignorancia pensaba que era un defecto físico y no una protuberancia provocada por la falta de calcio en los huesos. Lo llamaban "pechito de paloma." Al principio le hacía gracia pero una vez descubierto el motivo de esa marcada evidencia de pobreza, se llenó de vergüenza. Más ninguno en la familia sufrió tal consecuencia, quizá Francisco a parte de no recibir comida cargada en calcio, llevaba un descontrol alimenticio causado por el estrés de su responsabilidad con el trabajo y los estudios. Gustavito sintió pena por su hermano y juró asistirlo. Desde ese entonces se planteó firmemente en trabajar para ayudar a la casa, y permitir que su hermano culminara con sus estudios. Los demás hermanos, gozaban de otros beneficios, bien sea porque eran más consentidos al ser menores o bien sea porque sus cuerpos se hacían más resistentes ante las carencias. Francisco era un desmirriado pero con una sonrisa tan bien alimentada que nunca era desapercibida. Cada vez que una circunstancia difícil se expandía en las vidas de la familia, Carmen con luz propia creaba caminos de fortaleza, y brindaba la seguridad anhelada para seguir adelante con cualquier tipo de sueños que en la familia pudieran existir. Tenía su carácter, y cuando era necesario el uso del mismo no vacilaba en hacerlo. Su exordio era claro y amenazante, una vez concentrada la atención de todos, se relajaba un poco y daba indicaciones convincentes desmembrando dudas, y llamando al porvenir. La familia crecía, y si bien la bonanza todavía no llegaba a sus puertas, debía llegar a sus almas, por un principio con eso bastaba. Después de finalizar su oratoria mandaba a todos a dormir, y luego limpiaba algún desastre dejado por los más niños antes de dormirse exhausta por no más de cuatro horas seguidas. Con José María casi no hablaba, le respetaba porque en el fondo agradecía muchas cosas aprendidas por él. Sentir que los sueños de mujer los descubrió a su lado, que a pesar de sus inconstancias agradecía verlo llegar siempre con sus bolsas cargadas de sorpresas, así fueran llenas de mangos y los repartiera todos como pasajes hacía la felicidad. Ese hombre era el que le había tocado, era el padre de sus hijos, y lo amaba y respetaba como tal. ¿Se sentía amada? No lo sabía en realidad, tampoco estaba muy segura si lo que sentía por José María se pudiera describir como amor verdadero pero era el único que conocía, y a esas alturas de su vida, ya no estaba dispuesta a dudar. Sufría de ver cómo el pobre iba desapareciendo ante su botella, cómo se ahogaba en silencio, y ella sin poder comprender lo que ocurría en su mente. Desde su punto de vista, ella lo daba todo para que él fuera feliz, para que todos fueran felices, porque esa era su felicidad, pero al mismo tiempo sentía que José María no sabía apreciar lo que la vida le daba. Derroches de alegría hubiera podido obtener ante aquel cuadro familiar que luchaba por establecerse. Aunque no es fácil entender la lucha entre las ambiciones que deambulan en las entrañas de un ser y sus circunstancias. Era claro que lo que ambicionaba José María era muy distinto ante lo que ambicionaba Carmen. Podía hacerse mucho o poco, disfrutar de mejores valores, de crecimientos morales o espirituales ante los recursos que podían alcanzar, y ante el panorama de posibilidades que presentaba la familia, pero en la mente de José María eran otros pensamientos lo que embargaban su alma. Gustavito fue el que tuvo la oportunidad de estar más cerca de él, desde muy pequeño lo sintió hombre grande, y se lo llevaba de juerga con sus amigos. Ya a los nueve años Gustavito sentía placer por la cerveza, y el placer por la botella no tardó mucho en llegar. Francisco los acompañó más tarde. Pero en medio de los miedos, de las diferencias, y de las difíciles circunstancias por salir adelante, estaban avanzando. Francisco marchaba a galope en sus estudios, ocultando un poco su complejo por el pecho que con el tiempo fue superándolo. Gustavito, prácticamente renunció a sus ambiciones (si es que algún día las tuvo), de ser un profesional Universitario, y el resto de los de la casa Cecilia, Luis Alfonso, Elías, y Víctor José, mostraban huellas de brillantez y una enorme sed de aprendizaje. Carmen comenzaba a respirar la respuesta de sus esfuerzos pero lejos de sentirse satisfecha mantenía su intranquilidad por no haber podido conseguir mudarse a sus tierras, y comenzar una vida más merecedora a las exigencias de sus hijos, para que pudieran crecer en un mejor ambiente que los invitara al desarrollo y a una vida más próspera. ¿Cómo salir de abajo si no les mostraba un camino superior? ¿Dónde conocerían nuevas posibilidades, y no las que por circunstancias, les había hasta ese entonces regalado la vida? Eran muchos en una casa tan pequeña y por más que cada quien había marcado su terreno, siempre existían rencillas en el ejercicio del poder. Por lo general Gustavito que pasó a ser Gustavo, se creyó el dueño absoluto de los espacios de la casa, los cuales discutía con Cecilia, tratando ambos de imponer el poder al libre albedrío. Francisco servía casi siempre de mediador, y por su carácter terminaba convirtiendo las diferencias, en la causa y motivo para celebrar algún acuerdo o pacto acontecido. Los demás eran simples espectadores en la repartición de la torta. Carmen dejó de intervenir entre esas desavenencias, y delegó en Francisco el trabajo de fiscal mediador. Ella vivía en pensamientos que la alejaban de lo simple o cotidiano, y la mantenían viviendo en su propia ergástula. Una preocupación mayor rondaba los espacios de su mente, y era la perdida o desaparición del ciclo menstrual. No podía entender lo que ocurría con su cuerpo, por qué a tan temprana edad ella pasaba por el momento amargo de dejar ser mujer. Antes se pensaba que al no tener los efectos de la menstruación, y no poseer la capacidad de engendrar, ya la vida como mujer quedaba anulada, y las consecuencias se sentían con una vejez prematura. Carmen no dijo nada, y agradecía en silencio que José María viviera más para la botella que para ella, porque sentía que no podía responderle. No podía sumergirse en el placer porque estaba seca, sin instinto para poder disfrutar de los placeres sexuales que regalaba la naturaleza solamente si se hacían con la intención de procrear. ¿Si su cuerpo se encontraba ya marchito, y las raíces de su árbol estaban secas para concebir y dar frutos, cómo podía descubrirse y extasiarse en los lagos del amor? Su mente necesitaba explorar otras galaxias, y llevar sus pensamientos a lugares más productivos que le dieran fe de vida y la mantuvieran llena de amor: sus hijos. Gustavo trabajaba como el encargado principal de una farmacia en un pueblo cercano. Desde allí y con su pequeño pero sustancial sueldo ayudaba a su familia, aunque su mayor afán de ayuda era poder cubrir los gastos de estudios de Francisco, que cada vez se hacían mayores pero al mismo tiempo cada vez prometían más. Junto con Gustavo trabajaba una linda asistente que volvió loco los ojos de Francisco, que a pesar de su juventud, sabía firmemente que la blancura de esa piel asomada en la farmacia algún día sería suya. Gustavo se reía y le garantizaba a su hermano la completa seguridad de cuidársela si prometía no abandonar sus estudios, y mantenerse firme en sus objetivos de graduarse. Francisco lo daba por hecho, e incluso sabiendo que le tocaba ausentarse por un largo período, ya que había logrado obtener una beca de estudios en una ciudad ubicada a 5 horas por tierra de su humilde casa, aún así sabía que esa hermosura sería suya. Durante mucho tiempo Francisco escribió cartas que nunca llegaron a su destino pero él tenía razón, su firmeza, sus gestos, su forma de caminar, su manera tan amplia de reír, habían quedado registrados en los pensamientos de Elena, la chica hermosa de la farmacia. Fueron años de esfuerzos y sacrificios por todos. Nadie paró de estudiar, de crecer, de aprender, de vivir. Y por supuesto, José María nunca paró de tomar. A finales del 1957, Francisco ya había regresado de la ciudad donde culminó sus estudios de bachillerato, y se esforzaba en la Universidad alcanzando muy buenos resultados en sus grados, también era el orgullo de los sacrificios de Gustavo y mucho más allá, los de su madre. Y cómo era de esperarse, en medio de todos los cambios que habían vivido, su encanto era notable conquistado el corazón de Elena. Definitivamente, francisco se las traía, en su pueblo no sólo era el más inteligente sino también el más guapo y el de carácter más sencillo. No existía una esquina dónde su presencia no dejara huella. Los temores o complejos del pecho eran sólo historia; al parecer con el crecimiento y una mejora en la alimentación, el hueso del pecho logró recuperar el puesto indicado y liberó a Francisco de una continua pena. Por su parte Elena, además de su hermosura, era la líder de una familia extensa y muy unida, donde se hacía respetar por su extrema moral y juicio ante todo aquel que la conociera. Era muy amigable pero casi imposible de conquistar. Durante años fueron muchos los valientes que se atrevieron a apostar por ella, pero sólo fue la personalidad de Francisco o ese no sé qué, que la hizo salir de su hechizo y la dejó enamorada para siempre. Elena desde que lo vio supo que no amaría nunca a nadie más que a él. Carmen enseguida se hizo cómplice de aquel amor, y entregó su paciencia, confianza, y cariño a aquella relación que maduraba lo que ella alguna vez hubiese deseado madurar. Sentía que a través de Elena, sus sueños dorados de mujer tomaban vida, y cuidaba de esa relación como si cuidara de un hijo. Fue feliz por medio de una felicidad ajena. La llenaba de satisfacción ver el camino de su esfuerzo y los logros de los suyos. Cada uno le daba un granito de alegría pero Francisco le brindaba su pasaporte a la felicidad. A través de los ojos de Elena supo que nunca había estado enamorada, y que si bien había alcanzado a querer a ese hombre que ya casi no existía, nunca fue un amor completo de esos de hoy en día, donde prevalece la voluntad de los hechos, y no la necesidad de escapar a los prejuicios sociales por imitar una regla impuesta por los siglos. A Elena nadie la obligaba a querer, nadie la obligaba a esperar, y ella sola podía encontrar las riquezas de un amor que era cultivado desde su corazón. Entrando el año de 1958. Carmen recibe la gran noticia del cambio, finalmente los cimientos de los nuevos acueductos se encontraban listos, y la zona del terreno al cual el de ella pertenecía, se encontraba provisto de capacidad para recibir agua. Con mucho entusiasmo y agotando todos los recursos posibles decidieron armarse de valor y trasladarse al lugar casi abandonado, con la esperanza de hacer crecer allí un nuevo hogar. En medio del deterioro, había logrado sostenerse la antigua casa, que aunque destruida, servía de acomodo para un buen comienzo. La mudanza coincidió con el golpe de estado militar que arruinó los planes del expresidente o dictador Pérez Jiménez. Venezuela cruzaba nuevamente por un momento de incertidumbre y adaptación, así cómo Carmen y los suyos lo hacían. Una junta patriota se hacía cargo de las directrices del gobierno; la junta estaba presidida por tres militares y dos civiles, y les tocó la responsabilidad de liderar nuevamente al país para enrumbarlo a una dirección en busca de la recuperación económica. El gobierno de Pérez, si bien se había encargado de grandes trabajos de infraestructura, las arcas del tesoro nacional se encontraban completamente vacías, y la deuda externa crecía a pasos agigantados. Los primero que hizo la junta fue detener todos los proyectos infraestructurales del gobierno anterior, para tratar de balancear la economía del país. Muy parecido fue el trabajo de Carmen en su nuevo ajuste económico, y en la regla hasta ese entonces aplicada. Los hombres dormirían en las afuera de la casa donde el techo no llegaba y estarían al amparo de la luna hasta nuevo aviso. Cecilia, dormiría adentro con su madre. El dinero que entrara en la casa sería usado para la primera necesidad que era la comida, y lo que sobrara, si es que sobraba algo, sería distribuido para todo lo concerniente a las urgencias de los estudios; quién más adelantado y responsable fuera, gozaría de mejores beneficios. Era de suponer que Francisco siempre terminara con la mejor ración en la repartición del dinero, era el más sobresaliente. Carmen sabía de sobra cual sería el destino final del dinero, pero era necesario crear reglas justas que se adaptaran a todos y sin diferencias. Si algún día Francisco fallaba, las regalías irían al más destacado sin protesta alguna, para eso se creaba la regla. Todos estuvieron de acuerdo, y mientras la situación ameritaba de

121

un ajuste, todos cederían lo que fuese necesario con tal de surgir. El planteamiento parecía hacerse fácil, sin embargo el desarrollo de las acciones a tomar muchas veces caía en abismos de interpretación, y nuevas dificultades aparecían que se hacía necesario reuniones de inmediatas, para recalcar las urgencias y prioridades. Algo parecido vivió la nueva junta patriótica que llevaba las riendas de Venezuela. Casi un año tardó en ponerse de acuerdo para la realización de unas elecciones democráticas y justas. Por todo lo acontecido, decidieron firmar un famoso pacto en la ciudad de Punto Fijo, en la casa de uno de los líderes de la democracia y fundador del partido COPEI: Rafael Caldera. El acto recibió el nombre de "El Pacto de Punto fijo" donde permitió poner de acuerdo a diferentes partidos políticos a cooperar y a respetar las decisiones tomadas por el pueblo ante las elecciones pre-anunciadas. El pacto garantizaría el esfuerzo por mantener la democracia, y por alejarse de las extremas izquierdistas, así como pronunciarse en contra de gobiernos impuestos militarmente. De esta forma adormecían los gérmenes de los grupos militares por acceder al poder. Así fue, como después de luchas internas y pactos firmados un Febrero 13 de 1959, coronaba con un 49 por ciento al candidato Rómulo Betancourt, fundador de acción democrática, como presidente de Venezuela, y con ello comenzaba el periodo de la democracia, y el fin a años de dictaduras, juntas militares, y caudillismos que gobernaron la nación. Venezuela entraba a sus primeros pasos de libertad. Muchas muertes e injusticias se tuvieron que vivir hasta llegar al reconocimiento de la necesidad de crear bases democráticas, directas, y justas, que le permitieran al pueblo ser parte integral y vital para el desarrollo e internacionalización del país. El pueblo quería ser libre, volver a salir a las calles y poder opinar sin miedo a perder sus vidas por tan sólo pensar diferente. Se necesita un pensamiento abierto, es la ley de la naturaleza, es válido dudar, aceptar ideas o cambiar, eso no nos hace perdedores,

122

más bien nos hace reconocedores de la necesidad de crecer. El que dudemos de una palabra no quiere decir que dudemos de la sinceridad o existencia del ser que pronuncia la palabra. Más bien nos hace exigentes de una explicación real que nos permita vivir en justa armonía con la idea enunciada, y si coincidimos con ella, viviremos más justos; y si no coincidimos, tenemos todo el derecho y deber de dudar hasta encontrar una paz conciliadora que nos acerque a un razonamiento más claro para aceptar la idea que se expone: así veo la democracia. Y en total democracia, José María escogía apartar su existencia ante todo lo que le rodeaba. Por más comprensión y amor que se le brindara, no había auxilio alguno que lo trajera a la realidad. Parece que el compartir con tantos muertos, le abrió el apetito hacía el más allá. Bebía y bebía sin parar, ya no trabajaba, sólo recitaba versos, algunos de ellos incomprensibles, y otros muy hermosos que lamentablemente no llegaron a registrarse jamás. Francisco intentó memorizar alguno de los versos, pero el tiempo se encargó de borrar la palabra no escrita, y el aire que navegaba con lentitud entre aquellos cuerpos, desvaneció para siempre lo que se creyó hermoso alguna vez, y cayó en olvido.

El primer año de ajustes del nuevo gobierno trajo consigo al mismo tiempo las olas de disconformidad. Fidel Castro en su proceso revolucionario había logrado la cima del poder en la isla caribeña de Cuba. Su conquista llenó de euforia a la izquierda venezolana, constituida en gran parte por estudiantes con carácter revolucionario. La mayoría de las veces, los conceptos o principios que generalmente promulgan las revoluciones, están llevados a idealismos románticos, donde los jóvenes son siempre presa fácil de pescar, sobre todo en esos años donde las maniobras políticas y económicas que empleaba la democracia, estaban cargadas de incertidumbre, cierta inexperiencia, y falta de credibilidad por algunos sectores que se encargaban de quebrantar los pilares de los fundamentos democráticos.

Fidel Castro desde el poder se convertía inmediatamente en acérrimo enemigo de los planteamientos del nuevo presidente de Venezuela Rómulo Betancourt. Al mismo tiempo surgía otro enemigo que tampoco era aceptado dentro de los cimientos de la nueva democracia venezolana: Rafael Leónidas Trujillo. La República Dominicana, era gobernada por el dictador Trujillo bajo su poder militar. Betancourt sufrió varios ataques por estos grupos antidemocráticos, y se le atribuye a Trujillo el intento de asesinato al presidente venezolano, cuando se hizo estallar el carro presidencial, donde murió un ayudante y el propio presidente sufrió quemaduras graves. Las guerrillas influenciadas también por la revolución cubana y por la apatía en contra del nuevo gobierno por haber roto las relaciones diplomáticas con Cuba cuando Betancourt apoyó su expulsión de la Organización de Estados Americanos, crecieron sustancialmente. Por lo menos dos intentos de golpes de estado quedaron registrados en la historia, y un sin fin de movimientos subversivos por desestabilizar el poder central. No fue fácil la constitución de la democracia pero el pueblo la anhelaba con fe. Venezuela merecía abrirse al nuevo mundo, expandir su crecimiento, y aprovechar al máximo los recursos naturales que afortunadamente el mundo en su benevolencia le había otorgado. El plan de gobierno de Betancourt no fue aplicado en un principio como se había planteado, casi nunca un plan se aplica de la manera que se plantea, y las razones son diversas; bien sea porque al entrar en el funcionamiento de las labores, se descubren vacios que si no son reparados, jamás se podrían poner en práctica otros planes. A veces también surgen imprevistos en el camino que alejan la visión de lo que se buscaba en un principio. El comienzo de Betancourt se vio empañado por el déficit monetario que se arrastraba desde la dictadura de Pérez Jiménez, de movimientos desestabilizadores, de recuperación de fe, de atentados, y de la inserción de nuevas ideologías democráticas. A todo esto se le podría aunar las crecientes corrientes izquierdistas que lograban sus cometidos y el tiempo no había comprobado la equivocación de dichas ideologías. Pero se luchaba por salir adelante, aunque como siempre, muchos se aprovecharon de la falta de sistemas fiscales que controlaran la redistribución de los dineros de la nación, y enriquecían sus cuentas defraudando al pueblo y su confianza.

Al mismo tiempo, en el gobierno de Carmen los planes y la distribución del dinero también cambiaban. Apenas establecidos todos en la casita, se pensó una organización momentánea hasta tener acceso de nuevas posibilidades que les permitiera ampliar y construir una casa mas firme y cómoda, en los espacios sobrantes del terreno. Pero todo cambió durante el primer año; casi toda la preocupación de la casa estuvo dirigida a la salud de José María. Llevaba varios años sin dejar de tomar, y una extraña melancolía acompañaba sus días. Después de mudarse a la casita, no pudo continuar trabajando y todo lo que hacía era beber, y por cierto, no ingería licores finos o combinados, que por lo menos suavizaran el poder del alcohol, pues no, los tomaba de sus fuentes casi directas, e iban a dar como un rayo fulminante al páncreas. Su malestar comenzó a hacerse presente, y tuvieron que mantenerlo dentro de la casa con mucho cuidado, y bajo la supervisión constante de todos, especialmente de Carmen. Era complicado vivir con el germen de la pobreza y encima de todo sumarle el cuidado de un enfermo. Se hacía deprimente el panorama, sobre todo si se tomaba en cuenta que estaban en las cercanías decembrinas, donde por lo general Venezuela se llena de color, y las gaitas expresan a todo pulmón las alegorías al amor y a la tierra. José María mantenía sus ojos saltones del dolor, y en su cara se reflejaba claramente el rostro de la muerte. No se supo que conexión existió entre sus ojos y el páncreas, pero no podía cerrarlos, ya que cada vez que intentaba hacerlo, un dolor punzante lo hacía estremecer. Escucharlo era como escuchar el eco de un alcaraván, con una voz aguda y penetrante. Era tanto el cansancio de Carmen que con gritos y todo, una noche quedó dormida a sus pies. Quizá durmió por ráfagas de minutos o tal vez algunas horas pero mientras dormía alcanzó a tener un sueño muy claro. Se vio dentro de un jardín lleno de rosas, ella les hablaba, y sentía que en cada una de ellas estaban los seres que alguna vez la vieron crecer; encontró a su madre, a su bisabuelo que siempre se sonreía, encontró a Victoria, y le pedía que la visitara, que se sentía abandonada en aquel hueco detrás de una casa extraña, que lo único que ella quería era que no la dejaran sola y eso era justamente lo que había pasado. Por último se encontró con la cara de José María, donde le confesaba lo feliz que había sido a su lado, y le pedía perdón por no haberla sabido querer mejor, por haber sido tan bruto y no valorar más lo que ella había sido para él. Carmen despertó llorosa con el sabor de la muerte en los labios. Los ojos de José María estaban a punto de estallar y gritaban por dentro que lo ayudaran a terminar con esa agonía. Carmen corrió a despertar a Francisco y le pidió que llevaran de urgencia a su padre a algún hospital. La barriga de José María se le había inflado tanto que parecía que llevaba un muchacho dentro. Gustavo también se despertó, y Cecilia llevaba rato sin cerrar los ojos y escuchando todo pero sin poder hablar por la impresión que le causaba ver en ese estado a su padre. Afuera se escuchaban las gaitas, y la alegría se adueñaba de las avenidas. Como pudieron lo llevaron a un hospital cercano, donde tan sólo duró dos días más antes de fallecer. Mientras moría, Francisco y Gustavo observaban el rostro de su padre otra vez alegre. Sabían que pasarían unas navidades muy tristes, era 25 de diciembre de 1960, y como regalo del niño Dios, habían recibido la paz de José María, y esa última expresión de alivio en su alma y la paz a su melancolía. La tristeza se apoderó un tiempo prudente

126

para todos, pero después llegó la tranquilidad, y la nostalgia comenzó a desvanecerse. Los éxitos comenzaron a vivirse día tras día, como si la mano de José María desde donde estuviera, los ayudara en la guía profunda de sus decisiones. Después de enfrentar el cansancio de la muerte, entró en todos los de la casa una enorme necesidad de justicia. Querían ser mejores, trabajar más unidos que nunca para olvidar ese encuentro tan funesto e impreciso que les tocó vivir. La meta de todos fue estudiar, y solamente se acepto la excusa de Gustavo de no querer hacerlo, maniobrando siempre la situación con la necesidad que hacía el dinerito que él devengaba para los gastos de la casa, y la ayuda a sus hermanos para lograr sus sueños. En el fondo se sabía de su debilidad por no querer estudiar o su poca visión para encontrar una carrera que le despertara el apetito, y lo mantuviera entusiasta para alcanzar alguna meta objetiva. Prefirió quedarse sin responsabilidad que lo expusiera ante los ojos de la familia como un perdedor, y buscó alimentar su posición de victima, regalando la culpabilidad de su situación a las circunstancias. Lo bueno, y hay que reconocerlo, es que su sacrificio fue supremamente valorado por lo menos por Francisco, quien compró la teoría del mártir de su hermano, y lo mantuvo siempre en un altar casi intocable por el resto de los mortales. Cecilia fue mucho más realista frente a Gustavo que Francisco, y esa diferencia trajo mucho malestar. Cecilia no aceptaba ninguna condescendencia con Gustavo por su posición de mártir o hermano mayor, y Gustavo no aceptaba la altanería de su hermana, y el tener que reconocer que ésta le superaba en inteligencia y en méritos alcanzados académicamente. Desde muy temprano se desarrolló entre ellos una rivalidad no superada, y una falta de esmero por comunicarse mejor para crear mundos menos distantes. Se rechazaban el uno al otro, pero siempre la constancia e intervención de Carmen, hacía que el barco fluyera por los mares sin sucumbir frente al

127

golpeteo de las olas. Fueron varios años de unión y de paz mediadora. Ya hasta el menor de la casa se hacía hombre, y al mismo tiempo llenaba de orgullo los esfuerzos de su madre. Siempre ocurría algún suceso revolucionario que dejaba huellas y hasta a veces cicatrices en la vida de todos pero nunca tan graves como para apartarlos de la visión de seguir adelante, y de abrirse a las grandes opciones que el mundo les brindaba.

El mandato de Rómulo Betancourt estuvo empañado de un sin fin de reformas económicas y sociales y ante la premura del tiempo no llegó a cristalizarse lo diáfano de sus propuestas. Sin embargo, grandes aportes de su gobierno todavía dejan precedentes en la Venezuela de hoy. Bajo la creación de Pablo Pérez Alfonso, se concibió la Organización de Países Exportadores de petróleo (OPEP) junto con otros países exportadores como: Kuwait, Arabia Saudita, Iraq, e Irán. Dicho aporte les abrió paso a los venezolanos de asumir poco a poco el control de la industria petrolera del país. Otra de las virtudes o logros de esos tiempos fue el reconocimiento de una de las elecciones más democráticas de la historia del país y una de las más honestas. Por primera vez un presidente entregaba constitucionalmente el gobierno de la nación a otro elegido por el pueblo, después de finalizar sus 5 años de mandato. El orgullo de todos los venezolanos era motivo de festejo internacional. El mundo entero comenzaba a creer en la posibilidad de una tregua democrática, después de vivir con la inconstancia partidista o militar. Por otro lado del continente, a pesar del camino de confianza que se comenzaba a brindar, gérmenes izquierdistas siempre llenos de inconformidad, buscaban obstruir el paso y la limpieza del comienzo de la democracia en el país. Por todos lados las guerrillas creadas subversivamente arremetían contra los logros obtenidos, y una huella de incertidumbre y desconfianza se hacía visible en suelos venezolanos. Líderes del comunismo, izquierdismo, y socialismo internacionales, regaban sus semillas por todos los continentes del mundo, y se llevaban a su paso cualquier obstáculo que les impidiera el progreso de sus procesos ideológicos. Otro mundo vivía en total ostracismo y pretendía formar parte de una coalición firme e inmovible, que se apegaba a derechos justos y reconciliadores con la paz mundial, pero para algunos, esa paz se alcanzaba sólo con un principio de igualdad y de distribución noble de las riquezas, pero vuelve a aparecer el tema, ¿Quién reparte su poder o sus riquezas por el simple ideal de justicia e igualdad? ¿Cuántos hombres en el mundo estarán dispuestos a hacerlo? La respuesta es irrisoria, sobre todo si la llevo a la experiencia de los años, pero en esa época, cabe aceptar que muchos podían creer que sí se podía, porque hasta ese entonces, la experiencia y la total derrota de esos sistemas socialistas, no había demostrado lo contrarío. Poco a poco comenzaron a aparecer señales y respuestas a las búsquedas de estos partidos socialistas, militares, o dictatoriales. El asesinato de Rafael Leónidas Trujillo en el 1962. Por manos de la propia disconformidad Dominicana, dejó ver claramente la necesidad de libertad de los pueblos caribeños, y acercó un poco más a Venezuela al seguimiento de sus pasos democráticos.

V

Faltando poco para finalizar la elecciones que permitieron afianzar la confianza de las bases constitucionales del país, Francisco, respondiendo a los esfuerzos de Carmen y Gustavo, y apoyado por reformas creadas en las entidades educacionales, logró graduarse de Ingeniería en Petróleos. Éste título traería un nuevo ciclo en las vidas de la familia. Ninguno de los hermanos de Francisco después de tan deseado momento, dejaría un instante de pensar en repetir la escena pero con ellos de protagonistas. El hecho abrió las puertas a la sociedad en la vida de cada uno de ellos, y el poder del ascenso y la inteligencia comenzó a dar raíces de semillas que jamás supieron cuándo fueron sembradas. No todo eran rosas en el jardín de Carmen, y las espinas entorpecieron mucho la visibilidad de aquellos botones que prometían ser hermosos, para consolidarse en flamantes aureolas bordadas de pétalos rojos y bañadas con el olor del manantial. La presencia de los egos expuestos abiertamente en el carácter de cada uno, amargaba lo que debía florecer armoniosamente. Gustavo, que gozaba de ser el mayor de todos, comenzaba a reflejar sus complejos y actuaba irresponsablemente, siendo Carmen la que terminaba asumiendo el control de todas las consecuencias que de él provenían. No había finalizado el año de 1964 y ya Gustavo tenía un hogar mal constituido, y tres hermosas hijas que si bien llenaban de alegrías la vida de Carmen y los otros, la de Gustavo la transformaba en intranquilidad. La madre de las niñas reinaba en mal carácter y en hacer miserable la vida del que le rodeara. ¡Qué distinta a Elena! pensaba Carmen. Sin embargo, Francisco parecía urgido en su necesidad de vivir. Era como si la muerte de José María, le hubiese dejado un sin sabor por las costumbres estables o permanentes, y lo único que procuraba era sentir la vida al máximo sin importar consecuencias. Total, ya había complacido a su madre al graduarse, ahora le tocaba a él. Cecilia, se sumergía en una lucha constante con ella misma. No quería ser igual de sacrificada que su madre, y no se encontraba conforme con el mundo de los hombres que le rodeaba y le había tocado vivir. Odiaba el alcohol, y la amargaba enormemente, el tener que someterse a los machismos de los tiempos. Estudiaba como loca, porque era el único espacio donde podía encontrarse con los retos de su inteligencia y ser un poquito más feliz. Adoraba a su madre, y cada vez que alguno de sus hermanos o allegados le hacía algo a su más preciado ser, era para ella más que una ofensa personal, y ese desprecio o daño causado lo guardaba en el alma para siempre. Víctor José, el menor de todos, mostraba un carácter difícil y complicado, y a pesar de haber recibido todo el amor del mundo, devolvía ese amor con hostilidad y desprecio, exigiendo más que ningún otro una especial atención. Mantenía dos maneras claras de vivir a su entender, cómo el centro único e importante para las vidas de la familia, o en su mundo astral, volando fuera de la realidad y saltando de planeta en planeta de acuerdo a lo intenso o bueno del producto de consumo. Carmen clamó por María desesperadamente, la cual como un rayo de luz llegó a su vida para quedarse. Hacían dos años de la muerte del Dr. Jesús Alberto Lozada, y con su muerte moriría para siempre el amor que alguna vez pudo sentir enclaustrando su corazón sin permiso a salida alguna. Sin embargo, siguió trabajando en la casa con la misma abnegación y dedicación con la cual solía hacerlo. Cuidó de las necesidades del hijo menor del Doctor como si fuera su propio hijo: el que nunca alcanzó a tener. De hecho, las malas lenguas decían que Romulito provenía de su propio vientre, y que no se decía nada para no romper los intereses creados entre la familia del Doctor y su sufrida esposa, Amalia Leal, hija de un acaudalado hacendado, y heredera de un patrimonio incalculable. La verdad de la historia fue que al morir Doña Amalia, dos años después del nacimiento de Rómulo, María quedó al cuidado del niño, y le entregó todo el amor de madre que no pudo estrenar en su propia novela. También es cierto que el Dr. Jesús amó incansablemente a Doña Amalia, y que al morir dejó a un hombre fracturado e impedido a amar nuevamente. Sin embargo, María fue deseada pero muy pocas veces amada por ese hombre que había enterrado su corazón con Doña Amalia. María llena de dolor y dignidad sufría de ver a ese ser que amaba como a nadie en el mundo viviendo en el limbo, y buscaba amarlo, entregándose más allá de sí misma, pero sin poder lograr apartarlo de su realidad. Fueron chispazos muy escasos los que lograron vivir, María se conformó con eso, y así vivió con el fuego dentro de su piel por el resto de sus días. Nadie supo nunca de su amor, sólo Carmen escuchó alguna vez su confesión y juró callar manteniendo su secreto. Rómulo fue la unión más fiel y pura en las vidas del Dr. Jesús y María. A través de él creyeron liberar su amor y sus agradecimientos. Ya al pasar del tiempo, el Dr. Jesús murió repentinamente de un infarto, dejando una familia de tres hijos, incluyendo al menor de todos, Rómulo de 15 años, y un sin fin de sueños rotos. Los dos hermanos mayores se adueñaron de la herencia, otorgándole a Rómulo lo básico para sus necesidades y el mantenimiento de la casa, que incluía un pequeño y reducido salario para María. Dos años duró aquella injusticia de toda una vida de sacrificios y amor. María escuchó el clamor de su hermana y partió con ella, total Rómulo ya era un hombre y podía hacerse responsable de su propia vida. María sólo recibió las gracias por parte de todos incluyendo a Rómulo. Un dolor que casi la partía en dos la acompañó hasta llegar donde Carmen, pero no dijo nada, ya estaba bueno de sufrir. En el fondo, sabía que los hijos del Dr. Jesús nunca le perdonaron la estrecha relación que mantuvo durante años con él. Es verdad que jamás dejaron verse por ninguno de los de la casa, pero esos niños crecieron con la sombra en la mirada de su padre y de esa simple mujer, que los llenó de angustia y sufrimiento, ante la posible traición y olvido de Doña Amalia. Cuando dejaron ir a María simplemente borraron de sus existencias aquella presencia que ensombrecía el nombre de su madre. María, a pesar de haberse encontrado con la mirada final del desprecio de todos, estaba tranquila, porque ella siempre fue fiel a la confianza de Doña Amalia e incluso ésta antes de morir, delegó en ella el cuidado de sus hijos. Era obvio que si el Dr. Jesús hubiese tenido el tiempo de arreglar su herencia antes de partir, seguro María hubiese heredado una gran parte por derecho y sacrificio. Pero llegó a casa de Carmen sólo con una maleta, muchos recuerdos, el amor enclaustrado, y unas ganas locas de comenzar nuevas páginas en la historia de su vida. No hubo nada que adaptar, María siempre tuvo su espacio en la casa de Carmen, y en la vida de todos sus sobrinos nunca faltó, para todos fue una segunda madre, con la ventaja que a partir de ese momento, sería permanente. La casa se empezó a llenar de gente, si bien era cierto que Gustavo trataba de formar un semi-hogar fuera de la casa, las hijas eran prácticamente criadas por la abuela. Carmen quiso darse más tiempo ahora con sus nietas, ya que disponía de la ayuda de María, y por suerte una prima también se anexaba al clan después de sufrir un abandono y quedar con una niña en sus brazos. Carmen tenía cobija para todos, de donde fuera sacaba fuerzas y espacio para recibir al más necesitado. Ella sólo se conformaba con un lugar donde colgar su hamaca y poder dormir en paz, aunque fuera por 4 ó 5 horas. María se instaló cerca de Carmen en otra hamaca, y las dos se daban el lujo, cuando el agotamiento no las vencía primero, de soñar despiertas como si fueran todavía las dos hermanitas de siempre. La prima Zorena vivió cerca de ellas junto con su niña, la cual fue bienvenida como una nieta más, y nunca se marcó alguna diferencia con ellas. Si Carmen abría sus puertas y daba su cariño, éste era respetado y aceptado por todos, porque sabían que de verdad valía la pena. Ya los hombres de la casa buscaban enrumbar sus destinos, y hacían de las suyas a sus anchas. Francisco siendo el más inquieto, reventaba todos los esquemas vivientes en aquel pueblo que apenas crecía. Vivía la vida con una intensidad desconocida, y todo el que le rodeaba quería de alguna u otra forma, contagiarse con esas ganas locas de vivir. Los placeres no faltaron, así como tampoco faltaron las invitaciones de todo tipo, especialmente aquellas que deslumbraban amanecer. Elena tuvo más de mil motivos para abandonar la relación pero un amor puro y fuerte le impedía hacerlo, sólo en caso extremo se vio obligada a renunciar a ese amor que tanto prometía felicidad. Carmen sufría los vaivenes de esa relación como si fueran suyos pero nunca interfirió o dejó saber cuanto le angustiaba. Trataba de una manera indirecta de influir para ayudar a la consolidación de esa relación. Una vez confrontó a Francisco impidiéndole la presencia de otra mujer en su casa mientras el nombre de Elena siguiera existiendo en sus vidas. Carmen era fiel, y eso correspondía a todo aquel que le entregara su corazón. Francisco se encontraba viviendo lo que nunca antes había tenido, el respeto de una sociedad entera después de haberse graduado, y la seguridad completa de saberse un conquistador de corazones. Todos en la casa admiraban las destrezas de Francisco para conquistar. Todos quedaban embobados ante su presencia, y no se trataba de un físico aplastante, aunque nada le faltaba, sino su mas allá. Se sabía seguro, y como un mago practicante de su magia, descubría exactamente lo necesario para atrapar a su presa. Elena era alegre, segura, y muy querida por todos pero por Francisco se sentía remilgada a un segundo plano. Quizá él no sabía querer, por no decir que tenía una manera muy especial de hacerlo, o probablemente conocía su capacidad de entrega y el miedo lo hacía cómplice de un retiro aparente. En realidad su corazón sabía volcarse con la profundidad que ningún otro podría hacerlo. Hay opiniones al respecto, y se cree que la más cercana era que simplemente Francisco nunca pudo amar a nadie tanto como se amó a sí mismo, de allí su necesidad por explorar todos los horizontes que la vida le presentaba, lo merecía, y eran sus cobros por el tributo de estar presente entre los mortales comunes. Durante el gobierno de Betancourt, Francisco alcanzó tantas cosas como nunca antes lo había hecho; el recibir su título de Ingeniero en Petróleos, lo sumó al gremio del poder en el país. El petróleo lo controlaba todo, y él era uno más de los afortunados en acercarse al usufructo de supervivencia de la nación, tenía derecho a merecer un poco más. Haciendo uso de sus influencias e ingresos, mandó a su familia temporalmente a pasar una especie de vacaciones en una casa alquilada cerca de su misma zona pero equipada a todo dar, mientras que le levantaba una casa a Carmen como siempre había soñado. La casa sería grande, con varios cuartos y un buen patio para sembrar. Mandaría a construir un área exclusiva y cómoda para instalar la lavadora, que era el último grito en tecnología. Se volvió loco comprando comida, y prometió alimentar a la familia buscando dejar en el olvido las miserias que alguna vez les tocó vivir. Su corazón se encontraba lleno de bondad, y desbordaba su necesidad en agradecer a su madre y hermano, el esfuerzo de sus sacrificios. Sabía que sin ellos él no hubiese sido lo que era, y esa conciencia no lo abandonó. Por otro lado, sentía un ímpetu por vivir más grande que un niño de 6 años. En medio de todo el nuevo mundo en que se encontraba viviendo, le gustaban los suburbios, esa mezcla entre el ejercicio del poder, la belleza, y la podredumbre. ¡Le atraían las putas! Pero quería una mujer santa para madre de sus hijos. Quizá no fue su culpa, en las sociedades de esos tiempos, hablamos del 1964, existía mucho tabú, mucha represión por los excesos o placeres, y la mayoría de los escapes corporales se aprendían con las queridas putas o llámense mejor, mujeres al servicio de los desahogos de la sociedad en poder, que eran los hombres. Las novias no se podían tocar hasta después del matrimonio, y una vez convertidas en madres y esposas, existía una conducta propia y limitada para toda mujer que era merecedora de un respeto en el hogar. Mientras que las mujeres al servicio eran diferentes, y con ellas se podía jugar. ¡Qué ironía! Las más sacrificadas eran las peor pagadas, daban sus vidas cargadas de amor, y se marchitaban llenas de olvido y abandono, sin haber podido disfrutar siquiera de algunos de los placeres que la naturaleza brinda. Por suerte esos tiempos ahora son diferentes, aunque se extraña ese compromiso, ese romanticismo de la época, y esa entrega única y total de aquellos tiempos. Entonces, ¿Qué pasaba con Francisco? ¿Por qué ese placer por los bajos mundos? Espero no creer que podríamos justificarlo por los tiempos, ya que no todos eran así, fue más bien, diríamos que él. Quizá al entregarse de esa manera a todo lo oscuro, lo mantenía cerca de lo que creyó sería su vida de acuerdo a sus necesidades, o también cómo una forma de estar cerca de lo que su padre José María le pudo dejar. Ésta última teoría podría estar confirmada por su hermano Gustavo, que no perdió un momento de su vida por disfrutar y caminar en todas las direcciones contrarias a las que la sociedad en que se encontraban viviendo imponía. Los dos amanecían de juergas constantemente, y mujeres de todos los repertorios aparecían en sus caminos. Elena se alejó por completo con su corazón roto, pero con la dignidad en su frente, y muy consciente de asumir su destino con felicidad y orgullo. Estaba rodeada de una familia muy amplia y muy querida, siendo ella siempre la líder de los grupos. Muchas veces lloraba con alguno de sus más cercanos o simplemente a solas, cuando los ojos tristes de su madre o el gris pícaro en los ojos de su padre no estaban presentes. Cómo bailó Elena el recuerdo de Francisco, cómo disimuló su ausencia y su lejanía. Comentarios iban y venían pero ella incólume, buscaba mantener la fragancia que algún día fue suya y que ahora debía mantener en olvido. Carmen pasaba sus días angustiada por todos, sufría de ver como iba muriendo la relación de Francisco y Elena. Por otro lado lamentaba todo el desorden de las decisiones de Gustavo, y el conflicto que predominaba con su mujer la cual terminó abandonando a sus hijas y dejándolas al cuidado de Carmen. Le entristecía sentir que no tenía un ejemplo más claro para ayudar a Cecilia a percibir un mundo mejor, con menos frustraciones y menos vicios del que le tocaba vivir. Se le desprendía el corazón cuando su hijo menor caía extasiado ante la necesidad de algún tranquilizador (como le llamaba ella) para poder mantenerse controlado en su realidad. Por mucho tiempo sus otros dos hijos, Luis Alfonso y Elías José, no repartieron ningún tipo de angustias que desestabilizara aún más el rumbo del barco familiar. Pero existía entre todos, a pesar del amor, una influencia muy fuerte del carácter de cada uno, y cada vez que discutían, lo hacía con el alma y no con la razón. Carmen vivía sofocada con esa angustia, y pedía a Dios cada vez que se reunían por terminar el encuentro sin alguna torpeza presente. Una vez, Cecilia encontró a su madre balbuceando en el suelo de la cocina, victima de una convulsión provocada por el stress de un enfrentamiento típico entre sus hijos. Obviamente, Francisco no se encontraba. Y claro que no iba a estar, desde hacía ya cierto tiempo, Francisco se encontraba viviendo todos sus caprichos, y ese lugar de mediador que alguna vez ocupó era parte del olvido. Con los defectos que Francisco pudiese tener, el humor no era uno de ellos, siempre mantuvo el don de calmar los ánimos y centrar lo que era necesario para lograr un recuerdo digno y dichoso de la noche. Carmen recuperó el control, y buscó mantener la calma. Se prometió a sí misma cambiar, y aceptar los pros y contras de cada uno de sus hijos. Al paso de los días después de aquella noche de angustia que le provocó el desmayo, sembró un rosal en el frente de su casa, y las rosas fueron sus mejores amigas, aprendiendo a entenderse hasta con las espinas.

Entrando ya en los primeros años del gobierno de Raúl Leoni Venezuela comenzaba a gozar de un bienestar económico debido a la recuperación de los precios del petróleo en los mercados, y en parte también debido a la influencia de los programas de gobierno proclamados e implementados por el partido de Acción Democrática del cual Betancourt era su principal líder. La paz parecía querer apoderarse en el país, a pesar de que el gobierno de Raúl Leoni mantuvo al igual que su antecesor Rómulo Betancourt, las puertas cerradas a los gobiernos de facto o dictaduras. Sin embargo, un ambiente de bonanza comenzaba a registrar su presencia. Y así como en casa de Carmen la economía gracias a Francisco cambió, en Venezuela también cambiaba. La casa de los González comenzaba a develar un ambiente de tranquilidad, y parecía constituirse como un hogar sólido. Por todos los rincones se olía el aroma de los libros. Ninguno en la casa rompió el tratado de la educación. La personalidad y el carácter de cada uno así como sus ideologías eran diferentes, y eso le daba a los días la diversión e intelectualidad necesarias para hacer de cada ocasión algo totalmente distinto. Se discutían tratados internacionales que parecían atractivos, y otros que por su romanticismo penetraban más en los corazones de algunos que en la verdadera razón. Ante la aparición de la abundancia, se comenzó a analizar los despliegues de riquezas en el mundo y su distribución. El socialismo jugó un papel preponderante en las mentes de los más intelectuales, y se buscaba la igualdad del mundo. Carmen sabía desde un principio que la única manera de ser igual era siendo mejor, ella siempre se comparó con lo posible y lo real. Si ella se había jugado la vida para salir del atolladero, y le había jurado al mundo educar a sus hijos para llevarlos a un mundo mejor, no entendía el por qué de una distribución generalizada en igualdad, si todos desgraciadamente no habían luchado para obtener lo mismo. Si la educación era de todos, por qué no todos la aprovechaban, si las oportunidades eran las mismas, por qué nadie las veía. Le parecía muy bonito eso de la igualdad pero muy lejos de la realidad. Sus dos primeros hijos eran prueba de sus criterios. Gustavo nunca pudo ver lo que veía Francisco, y a pesar de saber el amor que Gustavo sentía por su hermano, no dejaba de reconocer que Francisco era a su vez la frustración y el complejo de Gustavo. Es cierto también que Gustavo sacrificó parte de sí mismo por su hermano, pero fue Francisco quien aprovechó las oportunidades que la vida le presentó, y eso es democrático. Carmen, en el transcurso de su vida, sentía que por lógica era necesario entenderse con la política, y que si bien ella no era la mujer más culta o estudiada del mundo, sabía que políticamente todos teníamos una responsabilidad y misión en el planeta. Todas las sociedades apostaban a encontrar la clave lógica del sistema perfecto que permitiera vivir en la total armonía. Colombia, Chile, Perú, México, Venezuela, Argentina, Vietnam, Rusia, España, y la mayoría de los continentes, buscaban la fórmula. En todas partes del globo terráqueo se crecían las mismas opiniones y las mismas discusiones en busca de un sistema mejor. Cuba llevaba ya un tiempo aliada con Rusia y practicando sus ideales Socialistas-Comunistas. Se podría decir que muchas de las semillas de dichos sistemas llevaban haciendo millas en Venezuela y el resto del mundo; algunas veces con mayor influencia que otras pero siempre dejando frutos que quizá no se verían de inmediato pero que silenciosamente, llegarían a penetrar bien adentro en varias conciencias. Fueron años dorados para las artes, y como siempre, cada uno de sus representantes llevó su voz al mundo entero, apoyando causas o creando otras, simpatizando con algunas ideologías o rechazándolas, pero en fin, cada cual cumpliendo con dictámenes que les regía el corazón. Jorge Luis Borges, fascinaba al mundo entero con su narrativa fantástica o mágica, creando historias perfectas en planetas de otras galaxias. Julio Cortázar, la daba la vuelta al día en ochenta mundos, y a su vez imponía la Rayuela; Mario Vargas Llosa, guardaba bajo su manga conversaciones en la catedral, y ya arrastraba un sin fin de éxitos. Y Gabriel García Márquez, se llevaba el Nobel con sus cien años de soledad. Todos marcaban una revolución de ideas que se combinaban con muchos de los principios existentes, fortaleciendo o mistificando el valor de alguno de ellos. El socialismo enaltecía el alma y martirizaba ciertos nombres; los principios democráticos enriquecían la astucia, y el bienestar ante un mundo consumista y privilegiado para los seres humanos. La lucha siempre ha estado entre el alma, la carne, y las necesidades básicas o intrínsecas de cada ser. Generalmente, o pertenecemos a un sistema donde ciegamente debemos asumir el todo para todos, o pertenecemos a un sistema donde debamos desarrollar el libre albedrio. Hoy por hoy tenemos las respuestas un poco mas claras, y sabemos hasta que punto queremos ser capitanes o marineros, pero especialmente en esos años que se arrimaban más a darle la bienvenida a los 70's, la lucha era mucho más indefinida. Aquí pido perdón, ¿Me estaré equivocando o todavía estamos perdidos? ¿Será que pretendo hacerme un iluso ante los tiempos presentes? Mejor sigo con mi historia; aún quedan cosas por contar. La casa ordenada trajo consigo una armonía nunca antes vista. Carmen se obsesionó con su jardín que cada vez daba mejores respuestas a los afectos que ella expresaba. María también buscó aprender a comunicarse con las rosas, y logró muy buen acercamiento pero no era lo mismo. Pequeñas costumbres comenzaron a hacerse rutinas que pasaron a significar parte importante en la vida de todos en la casa. Carmen despertaba a las 5 y 30 de la madrugada, acostumbraba al despertar de los gallos. Lo primero que hacía era montar la olla para preparar café; María despertaba con el olor, y los muchachos comenzaban a estirarse para afrontar su día en la Escuela o Universidad. Una vez preparado el café, Carmen se servía una taza y con la misma se sentaba a regar su rosal y a conversar con sus rosas para que la ayudaran a mantenerse enérgica y positiva. Para sus hijos y nietas preparaba café con leche como sólo ella sabía hacerlo, y les ponía en la mesa el pan con la mantequilla. Nunca dejaba de estar activa, apenas se iba alguno a sus labores, otro entraba exigiendo lo mismo para comenzar con su rutina. María siempre la ayudó, y mientras Carmen se encargaba del café con leche, María calentaba el pan. La labor terminaba alrededor de las 9 de la mañana, pero allí caía una avalancha de quehaceres que parecían no tener fin. Luego llegaba la hora del almuerzo, y Carmen preparaba esas comidas que aún son suspiradas por los que la probaron, (y entre esos yo) que dejaba para siempre marcados los paladares sin retorno a olvido. ¡Qué pasta! Ni en Italia. Casi siempre al caer la tarde Carmen se sentaba junto a su hermana mirando al rosal, adivinando alguna sorpresa, imaginando un lugar para ellas en medio de las rosas. Entre altas y bajas, marcadas de situaciones ásperas o suaves que la vida haya podido presentar, Carmen no perdía su inocencia, ni sus ganas de soñar. Así muchas veces se quedaba dormida en la silla mientras conversaba con su hermana y las rosas, y suspiraba a que todo era perfecto. Cabeceaba y luchaba contra el sueño, tratando de que la noche se aproximara y así aguantar hasta que el último de sus hijos regresara a casa. Sus manos ya eran duras, y habían perdido toda suavidad si es que algún día la tuvieron. En cada una de las hebras de sus manos se podía sentir la dulzura de los años y esa capacidad de querer y entregarse a todo pulmón. A veces, después de esa típica siesta, compartía un cigarro con María, y se sentía menos victima; un poco más cómplice con algunas de las aventuras que existían en el mundo real. Francisco, en una de sus andanzas, quedó marcado para siempre con la presencia de una hermosa niña, fruto de sus inquietudes. A pesar de vivir ese inesperado encuentro que afectó tanto su realidad, se sentía perdido en el amor, aunque Elena navegaba solitaria en los causales de su corazón. Después de todo y cansado de su hedonismo, reflexionaba un poco en lo que quería y exigía de su vida. Llegó a sentirse vacío, y en el fondo de su alma aspiraba que entre sus leyes y dictámenes de la vida, estaba el constituir un hogar que le ayudara a cerrar el ciclo del hombre de éxito. Pronto fue aprobado a recibir una beca fuera del país para realizar su maestría en Ingeniería. En ese mismo instante vio toda la película de su vida cruzarse ante sus ojos, y no pudo tener más referencia que vivirla al lado de Elena. Sabía que necesitaba de la heurística para rescatar al amor dormido, pero no veía salida sin ella. Era la primera vez que se asumía dispuesto a perder su libertad o por lo menos restringirse a no entrar por todas las puertas que se abrían. No estaba muy seguro de saber si ese era el amor profesado de los cuentos pero asumió no haberse sentido así jamás. Las cosas no estaban tan difíciles como pensaba, más bien, Elena se encontraba mucho más dispuesta de entenderle y recibirle de lo que él mismo creía. Elena vivía lejos de la ciudad, en un lugar acogedor y hospitalario, donde era más la costumbre de dar amor que de negarlo. Todos en el pueblo querían a Francisco para Elena, y muy especialmente su abuela, que era considerada por la familia, como una sabia adelantada para sus tiempos por su carácter abierto, su manera tan espontánea de ajustarse en la vida, y por lo independiente que era como mujer. Antes de morir le dijo a Elena en el oído, "Cásate con ese hombre, te hará feliz, sino arreglamos cuentas en el cielo." Esa pequeña frase se inmortalizó en el corazón de Elena y pensó que era un verdadero presagio lo que le decía su abuela, así que cuando Francisco apareció por aquel pueblo en busca de su amor, Elena estuvo de acuerdo en aceptarlo. La resolución fue rápida, y la respuesta de aceptación debía de hacerse casi al instante. Francisco llevó a la mesa su propuesta de ir al extranjero para sacar su maestría, pero quería irse con ella antes consagrada en santo matrimonio. Elena llevaba muchos años en espera de aquella petición, que además de estar enamorada, y de recordar la frase escuchada, olvidó por completo los días de abandono y dejó de juzgar algunos de los actos que la pudieron herir mientras Francisco vivía la profunda intensidad de su amor propio. La alegría no cabía en la vida de Elena, ¡Por fin saldría del pueblo como siempre anheló, casada y respetada por el hombre que la hiciera su mujer! Logró complacer los deseos de su madre y llegar virgen al matrimonio. Para Elena, cumplir con su reto en la vida de casarse virgen y atender así a los mandatos de su fe y sus costumbres morales, la convertían para sí misma en su propio héroe. Nadie pudo imaginar lo que significó para Elena el casarse virgen, y por supuesto hacerlo con el hombre que se había dispuesto a amar. Por otro extremo sumamente lejos de esos principios morales o requisitos sociales se encontraba Francisco. Nada de eso le importaba, lo único que traía en mente, era no marcharse a un lugar extraño y comenzar una vida con alguna mujer diferente a sus costumbres y libertades, de las cuales él estaba acostumbrado a permitir o aceptar de una mujer. No quería que la madre de sus futuros hijos fuera una extraña de diferentes valores a los que siempre estuvo ligado o acostumbrado gracias a su madre. Lo atormentaban rumores de amigos que al regresar de vivir en el extranjero, habían contraído matrimonios con mujeres muy distintas a ellos, y al final habían sido abandonados por éstas, bien fuera en otras camas o regresando a sus países de origen. Francisco estaba muy seguro de no querer algo así para su vida, a él no lo dejaría nadie, y mucho menos por otra cama. Así que no dudó en aclarar su mente y buscar a Elena para convertirla en su fiel y abnegada esposa. Carmen fue muy feliz con la noticia, y en el pueblo bailaron con los acordes de la orquesta. La fiesta reventó todos los esquemas hasta ese momento conocidos. No quedó un solo ser que dejara de mencionar durante años lo maravilloso de la fiesta del matrimonio entre Elena y Francisco. Dos años más tarde, los protagonistas del tal mencionado evento, regresarían del extranjero con una niña en brazos y otra por nacer. Comenzaban una nueva vida en un país prometiente, llenos de orgullo e ilusión, con una maestría que abriría todos los caminos hacía Roma, y unas inmensas ganas de disfrutar de todo lo que les correspondía por derecho a sus logros y sacrificios.

Carmen, en su soledad, comentaba con sus rosas, qué por primera vez sentía que su camino llegaba al fin. En medio de todo el recorrido, con todas las adversidades y dudas, se encontraba contenta y satisfecha con su vida. Sus hijos le brindaban armoniosamente todos los encantos con los que alguna vez soñó: Verlos graduados y creciendo en la sociedad como seres de valor y orgullo. En la sociedad venezolana, los estudiantes siempre fueron líderes, ya que gracias a ellos el país lograría el bienestar del futuro. Carmen hizo tanto énfasis durante toda su vida al valor del estudio, que ninguno de sus hijos la defraudó en ese aspecto, ya que hasta el mismo Gustavo, supo librarse de sus responsabilidades como estudiante, pero ante los ojos de ella siempre sería un héroe por sus sacrificios de hermano. Desafortunadamente no todo siempre puede ser perfecto, aunque debería ser, y nadie debería temer a la posibilidad de llevar una vida más llena de perfecciones que de imperfecciones, y mucho más feliz que infeliz, pero son conceptos que cada quien entiende a su manera, y existe un libre albedrio a la hora de interpretar o definir lo que podría ser felicidad o no. Lo cierto fue que en medio de los grandes alcances que lograban, y los cambios que pensaron alguna vez serían muy difíciles de obtener, los estaban viviendo, pero como ironía del destino, poner de acuerdo las diferencias de sus maneras de ser, pensar o carácter, y sus interpretaciones del manejo de sus vidas, fue casi siempre un tema imposible de tratar. Se querían, se admiraban, se recomendaban, pero se maltrataban y hacían daño constantemente, como guardando muy dentro frustraciones que el tiempo no pudo borrar.

En Venezuela las diferencias también se vivían, y cada vez se acentuaban más claramente. Primero políticamente, ningún partido político lograba ponerse de acuerdo en la forma de cómo dirigir al país; cada partido tenía programas de gobierno totalmente opuestos, y creían encontrar el más perfecto para las necesidades venezolanas. Pensamientos idealistas sublevaban las almas de algunos adeptos, que poco a poco hacían su marcada labor de profundizar las raíces del pensamiento izquierdista o social demócrata. Cada tendencia ideológica presentaba lo mejor de sus principios pero hundiendo al otro extremo las reformas positivas o necesarias de su oponente. Mientras dominaba el país la administración del partido de Acción Democrática, todos los participantes del gobierno debían ser favorables o amigos del partido, y el que fuera en contra se alejaba de goces o privilegios administrativos. Si se quería echar hacía adelante, era necesario apostar al gobierno en mandato. Esta teoría se corrobora al finalizar la administración del presidente Raúl Leoni y darle paso al sucesor Rafael Caldera, fundador de COPEI (Comité de Organización Política Electoral Independiente). Este partido estuvo más ligado a la Iglesia Católica que ningún otro, y sus principios eran cercanos a las tendencias ideológicas socialistas pero con marcos democráticos, y con el amparo de la iglesia. Caldera trabajó fuertemente en lo que consideraría la reconstrucción con los tratados internacionales, y declinó la doctrina anterior por considerar que con su uso, Venezuela quedaba asolada del mundo; así que llegando al poder, restableció relaciones con gobiernos de factos o dictatoriales y abrió puertas comerciales con los mismos. De esta manera Cuba entró nuevamente en los pactos de tratados internacionales con Venezuela, y los grupos izquierdistas tomaron una actitud más positiva ante los hechos, lo que permitió una tregua en las actividades subversivas. También poco antes de Caldera comenzar con su mandato el mundo vivió dos acontecimientos que ayudaron a pacificar las actividades revolucionarias, y le permitieron a Caldera crear su programa de pacificación: La muerte del "Che" Guevara en 1967, y la invasión Soviética a Checoslovaquia. Los grupos izquierdistas calmaron sus furias mientras procesaban los cambios ocurridos por dichos acontecimientos. Lo interesante fue que el Presidente Caldera, pudo adoptar lo que se llamó la póliza de pacificación. Parte de esa póliza permitió y dio paso a la legalización de un nuevo partido izquierdista PCV (Partido Comunista Venezolano), y garantizó la amnistía de algunos activistas revolucionarios. De una u otra forma, para bien o para mal, el Gobierno de Caldera se encargó de romper todos los esquemas o parte de la doctrina de los controles anteriores. Grandes cambios ocurrieron con los programas agrarios, social, y educacional. Y al igual como pasaba en las administraciones precedidas, si se quería estar bien, era necesario hacer un pacto con Dios y con el Diablo. Las tendencias comenzaban a hacerse claras en la mayoría, o eras del partido de Acción Democrática (A.D) o de COPEI. Los demás partidos jugaron parte importante en la historia pero ninguno alcanzó la magnitud de AD y COPEI. Fue muy importante para el ejercicio de la democracia la pluralidad partidista, y la aceptación por parte de todos, lo lamentable fue que ninguno logró tener la aceptación por lo menos de algunos principios o ideales que permitieran la continuidad del desarrollo en la aplicación de los programas en ejercicio. Cada vez que llegaba un nuevo partido a hacer uso de su responsabilidad administrativa, todo lo que pertenecía a la administración anterior era desechado y catalogado inmediatamente de erróneo; por su puesto que eso incluía al personal, así fuese capacitado o no, lo importante era pertenecer al partido mandante. Una vez que la mayoría de los funcionarios públicos registraron evidentemente cómo se hacían los cambios de acuerdo a la política del país, llegó la corrupción sin frenos y nuevamente el envilecimiento humano desconoció sus límites. Caldera era un presidente preparado, pertenecía a una buena familia, se había educado en el colegio de los Jesuitas. Era sociólogo y graduado en la Facultad de Derecho con un doctorado en Ciencias Políticas. Fracasó varias veces en su intento por ser presidente de la República de Venezuela, pero finalmente lo logra y gobierna desde al año de 1969 hasta el 1974. Esta pequeña descripción es presentada con la intención de aunar un poco en la nueva mentalidad del hombre común, y al mismo tiempo entender que hacen falta más allá de buenas intenciones y estudios para manejar un gobierno, estas son complementarias pero sin un carácter propio, y una visión madura y realista de las necesidades de un pueblo, es muy difícil sacarlo adelante. En todas las sociedades existentes es vital la creación del carácter moral, la moral debería ser como el pan diario del ser humano. Todos los seres del mundo deseamos por instinto propio usar las riquezas que la humanidad nos ofrece, y disfrutarlas mientras paseamos en este laberinto terrenal, pero nuestro raciocinio debería permitirnos ver nuestros límites o alcances, y también la manera de cómo llegar a obtener todos esos beneficios de la vida misma sin perder la empatía por el prójimo. ¿Qué es preferible tener, un gobierno que controle nuestros límites de riqueza, y administre nuestros esfuerzos de conquista para no perdernos en los excesos, o un gobierno donde nos den todas las libertades para llegar hasta donde podamos pero que no nos orienten hacia un poder de estado moral? Pienso que sería mucho más fructífero el poder obtener beneficios de ambos conceptos de gobierno. Si vivimos dentro de un sistema que nos de su apoyo y nos proteja de

147

no caer en los excesos o permitirnos el abuso del poder, pero que al mismo tiempo nos de la libertad de explorar nuestras capacidades de crecimiento, y se nos respete el gozo de nuestros beneficios o talentos, no veo el por qué del mal ni el desmérito. Al contrario, ojalá todos estuviéramos educados a querer vivir de los grandes gozos del mundo siempre y cuando provengan de nuestros propios esfuerzos. Claro, existen personas muy limitadas, que probablemente nunca lleguen a conocer los beneficios que como seres humanos podrían gozar, y que viven creando para sí mismas mundos aparte que los mantiene felices en sus realidades fundadas, eso es verdad. Pero allí es donde debería entrar favorablemente la mano del Estado, a ayudar a las generaciones futuras a soñar, y a obtener mejores momentos de goce. Si analizo la historia con mi visión limitada de las cosas, y quizá con mi inmadurez política o idealista, puedo ver como las intensiones primarias de los gobernantes estuvieron cargadas de buena fe, y no dudo de que tenían y disponían de la capacidad para hacer buenos trabajos, pero sus realidades humanas siempre estuvieron plantadas primero; así como la inmadurez de los sistemas aplicables de gobierno, y también podríamos añadir los conflictos generales del mundo moderno. En definitiva, cada gobernante y sus adeptos aparentemente han aprendido que mientras estén en servicio, deben tomar sus maletines, cargarlos de dólares y asegurar así las vidas de sus generaciones futuras, algunos de ellos buscan asegurar hasta 20 generaciones más antes de morir. Hace tiempo escuché un dicho popular que menciona lo siguiente, "Éste mundo es de los vivos." ¿Pero quienes viven en realidad? ¿Los que poseen más o los que están más satisfechos de sus logros? ¿Los que pueden viajar más seguidos o los que pueden dejar un legado más profundo de sabiduría y amor a la humanidad? No tengo la respuesta, cada quien sabrá la finalidad de sus búsquedas en la tierra, y se encargará de encontrar los

148

medios necesarios para el logro de sus objetivos. Mi misión no es de juzgar a nadie, pero si de ayudar al pensamiento en nuestros tiempos. Caldera pensó que mientras liberaba a activistas guerrilleros y abría sus puertas nuevamente con países de dudosa procedencia democrática, daba con esto una enseñanza de paz y evolución. Estoy seguro que él creyó que sí se podía, y tuvo sus esperanzas puestas en ello, pero la realidad fue muy distinta, y la crueldad humana por morir por sus ideales es muy terca. La presidencia de Caldera pasó por muchos tropiezos que dejaron en duda las bases de su gobierno. Desatino en la aplicación de ciertos programas, así como debilidad en el desarrollo de otros. También hubo corrupción desmedida y mal manejo de fondos. Aunando a esto la crisis internacional de los tiempos y la baja de los precios del barril de petróleo, que hizo que el crecimiento económico de Venezuela en ese período fuese plano, manteniendo así una gran taza de descontentos. Sin embargo, todos los cambios que se planteaba hacer siempre fueron por la vía democrática, fortaleciendo así la imagen internacional del país. Durante esos años de ajuste en la Venezuela democrática, nací yo, y dio alcance hasta que naciera la menor de mis hermanas, cerrando así el conjunto familiar de Elena y Francisco, que proporcionarían años más tarde las ramas de continuidad del árbol genealógico. Esos años fueron para Carmen cómo años mágicos. Se buscaban ajustes pero había un equilibrio. Se sabía de las diferencias de cada uno pero no estorbaban, ya que cada cual vivía concentrado en la salida de sus propias responsabilidades, y en las ganas por enrumbarse en sus propios caminos. En la familia acostumbraban a reunirse todos ciertos días del año. Gustavo con sus hijas ya no con su mujer, después que ésta lo abandonara definitivamente dejando a Carmen al cuidado de las niñas; Francisco y Elena con toda la tropa, Cecilia que siempre estaba sola y al cuidado de su madre, Luis Alfonso concentrado en sus estudios, Elías José también sumergido en los adelantos de su carrera o su novia de turno, y Víctor José, el menor de todos, que muchas veces estuvo presente sin estarlo. De una u otra forma la casa siempre estuvo activa, y las viejas ocupaban sus tiempos atendiendo a nietos, rosas, hijos, y todo lo necesario para que la casa no se desarmara. Carmen vivió esos años satisfecha, deseando el milagro que desde algún rinconcito de la casa, José María pudiese ver lo que estaba viviendo. Mientras conversaba con sus rosas o María comentaba, "Quién lo iba a decir, que tardamos tanto en mudarnos aquí por falta de agua, y ahora puedo regar las rosas todas las noches." ¡Cómo cambia el mundo! Replicaba María. La pobre, aprendió a ser madre para todos pero nunca recibió el cariño verdadero de hijos. La querían mucho aunque jamás dejó de ser la tía. Por mucho tiempo después del regreso de casa del doctor Jesús, y llevando con ella la última mirada de Rómulo todo cambió. Hablaba muy poco, nada más que lo necesario, y parte de su vida la consagró al lamento de los demás. Su voz era tímida y fue perdiendo fuerza de no usarla, tanto que cuando se decidió a hablar debía hacer un esfuerzo mayor para ser escuchada. Quien en parte la ayudó a que sacara su voz fue la prima Zorena, esa si que hablaba y era fiestera como ella sola. Tenía sólo un ojo, decía que el otro se lo había sacado un alcaraván, y a todos los sobrinos-nietos, les decía que si se portaban mal, ella misma buscaría al alcaraván para que les sacara los de ellos, a veces a los hombrecitos les decía que si el alcaraván no les sacaba un ojo les sacaría un huevo. Todos quietecitos hacían exactamente lo que la tía dijera. Un día María escuchó la historia de Zorena y desde allí comenzó a hablar para calmar los nervios de los niños. María se opuso a darle alas a esa historia y desmintió a Zorena la cual desde allí pasó a ser la tía pícara o mentirosa. María logró descubrir lo importante de sus palabras y de su influencia con los niños de la casa; desde ese momento no calló ni un segundo. Carmen se preocupaba de otras cosas y vivía alejada de esa clase de cotidianidad por mantener sus pensamientos en búsquedas de soluciones para los conflictos que la afligían. Le preocupaba mucho ver a Gustavo seguir el camino de José María, todo lo que hacía era beber y lo hacía con la misma fuerza destructora que alguna vez lo hizo su padre. Francisco también correspondía a escenas similares pero la diferencia estaba en que por lo menos Francisco tenía un trabajo y una posición envidiable, y muchas veces gracias a eso no se veía una influencia amarga del alcohol sino más bien un mal necesario para el desarrollo de algún negocio en camino. Francisco gracias a su intelecto sabía manejar muy bien sus estados emocionales, y nunca se permitió hacer un escándalo que manchara o maltratara su conducta, por lo menos en esa época de supuesta armonía. Otro de los conflictos que la aturdían constantemente eran la peleas entre Cecilia y dos de sus hermanos: Gustavo y Víctor José. Era evidente que lo que más la irritaba era el desenfreno vicioso de estos dos, se sabía que cada vez que sus hermanos se emborrachaban o volaban del planeta, la más afectada y encargada de resolver cualquier problema provocado por éstos era Carmen. Cecilia parecía que se le incorporarán dos hombres y como una fiera defendía los intereses de su madre, creando un caos mayor. Cecilia poco a poco dejó de dar en la casa el amor que repartía a todo aquel que la rodeara. Carmen sufría porque en el fondo sabía que Cecilia no era feliz, y que por su forma de ser, sufriría mucha más. Desde esa época ya era fácil predecir que Cecilia quedaría sola, o como dirían entonces, "para vestir santos." Nunca la realidad estuvo más cerca.   Por último, como madre comenzaba a presentir lo que el poder podría hacer con Francisco sino se medía a tiempo y rectificaba con algunas actitudes inmorales que rondaban en sus acciones. Claramente no podía precisar con exactitud que algo extraño llevaba oculto Francisco en su vida pero sabía que era necesario cuidar sus pasos y darle mucho amor. Francisco siempre se sintió comprometido por su familia, y un sentimiento de nobleza lo acompañó durante muchos años pero comenzaba a dar indicios de cansancio, como si un aburrimiento se quisiera apoderar de él escapándose de sus manos la iniciativa de querer vivir sin frenos o límites. Se sentía realizado, era joven, con un buen hogar, dinero, y con todos los requisitos indispensables para liderar cualquier empresa o gobierno; las masas le correspondían y ni hablar de las mujeres.

VI

Así de popular entró al gobierno en el 1974 su nuevo presidente constitucional Carlos Andrés Pérez. El reconocimiento del sucesor de Rafael Caldera dejó bien claro el progreso democrático del país. Los gobiernos se establecían y ejercían su poder bajo el cumplimiento de la Carta Magna, que promulgaba el ejercicio del mandato por un periodo de 5 años, con derecho a una re-elección para un nuevo periodo después de dos periodos de ausencia, es decir 10 años. Carlos Andrés, era de los protegidos de Rómulo Betancourt, y activista del partido de Acción Democrática desde sus inicios. Apenas comenzaba su mandato fue amparado por la fortaleza del mercado petrolero lo que endiosó su imagen. Nunca antes en la historia de un País Sudamericano había existido un gobierno con tantos ingresos. Carlos Andrés Pérez pudo darse los lujos que ningún otro presidente pudo darse. En política exterior aplicó la misma doctrina que Caldera, y terminó de romper para siempre con el principio de aislamiento implementado en el gobierno de Betancourt. Fortaleció las relaciones con Cuba, y estrechó al mismo tiempo lazos con Europa, China, y URSS, sin dejar de mantener los buenos términos con Estados Unidos como su principal suplidor de petróleos. Fueron tiempos verdaderamente impresionantes para el País. Por un lado los ingresos ayudaron a crear programas variados que ameritaban grandes inversiones, y que mantenían altas pretensiones con el mundo entero, pero al mismo tiempo, la falta de organización, y tal vez capacitación general para el desarrollo de los variados programas creó una debacle administrativa, y un mal uso de los fondos del estado. Se creó el Fondo de Inversiones de Venezuela (FIV) con el objetivo de ayudar al Caribe, América Central, y los vecinos Andinos. Los programas de préstamos del FIV ayudaron considerablemente las buenas relaciones internacionales del gobierno de Pérez, y fortaleció su imagen. También fundó junto al ex presidente de México Luis Echevarría Álvarez, el Sistema Económico Latinoamericano (SELA) con la intención de promover la cooperación Latinoamericana en materias de economía internacional. En ningún momento se podrían aludir las faltas de intenciones de Pérez por buscar una salida del País del tercermundismo, aprovechándose del boom petrolero histórico, de su carisma, del apoyo popular que tenía, y de la apertura internacional lograda. Sin embargo dejó a un lado los principios que lo llevaron al poder: La pobreza de una mayoría del País, y las necesidades de mejorar la casa por dentro. Millones se aprovecharon de los grandes ingresos, bueno rectifico, los más vivos y cercanos al gobierno se aprovecharon de los grandes ingresos, y el pobre se mantuvo ensombrecido como en un principio. La mayoría de los programas económicos creados, tendían a favorecer a las grandes empresas, dejando a un lado a las pequeñas y medianas industrias. Se implantó una mentalidad de derroche mas no de conservación, y gracias al poder del dinero la mayor cantidad de productos de consumo provenían del exterior, apagando la producción nacional. La Venezuela Saudita como se le conocía, se amparaba en los petrodólares y vivía de un presente que consideraba inmortal. De una forma u otra era necesario distribuir la cascada de ingresos que llegaban por medio de las ganancias petroleras; Venezuela no tenía, y hasta ahora no lo tiene, un cuerpo fiscal de ingresos que ayude al control y distribución de los dineros de la nación. Es muy fácil caer sumergido en las grandes tentaciones que nublan cualquier visión amparada por la moral o por un futuro digno. Por el contrario, crece en la mayoría la famosa frase atribuía a Maquiavelo, "El Fin Justifica los Medios."

Pérez nacionalizó el hierro y el petróleo. Invirtió en numerosas empresas con la esperanza de alimentar el cambio en la sociedad y la salida del tercermundismo; se alió a importantes tratados internacionales, promoviendo la ayuda a países vecinos y acrecentando las relaciones con el resto del mundo, pero el precio fue muy alto. Se crearon programas que en vez de ayudar al pobre a salir de su estado, terminó hundiéndolo más en el lodo. La solución no estaba en darles el pescado sino en enseñarlos a pescar. La sociedad empobrecida se acostumbró a vivir del residuo que dejaban algunos subsidios, y a conformarse con ver el mundo de los ricos por televisión. La corrupción inventó métodos hasta esos entonces desconocidos. Empresas crearon formas de auto contratación, de contratos apócrifos, de pagas a nominas no existentes, de dobles o tripes sueldos, de compras nunca realizadas, y de manejos de fondos al libre antojo. El que no tenía alcance a esta clase de empresas, al gobierno, o al amigo del gobierno que le diera un chance para instalarse unos dólares en el bolsillo, no tenía otra salida que ver volar las palomas desde la plaza. Se aparentaba crear un aparataje en los programas de educación pero no se atacaba de raíz la educación del pobre y mucho menos mejorías de condiciones o accesos a servicios básicos que les permitiera sentirse parte de una sociedad en vez de escorias del mundo. Todo quedaba en una promesa por cumplir. "Pareciera que se dijera lo mismo en cada gobierno," con la diferencia que algunos son más carismáticos y más ricos que otros, y algunos también sufren la suerte o desavenencias de los aconteceres mundiales. Para los políticos, lo ideal sería gobernar cuando el precio del petróleo sube, y aspirar que el precio del petróleo haga su caída si se entrega el mandato del gobierno al partido contrario. Mientras no se desarrolle un cuerpo moral y fiscal, que a su vez sea vigilado por otros cuerpos fiscales, que imposibiliten la libre distribución de las riquezas del País al antojo de unos pocos, no habrá un sistema efectivo que pueda aplacar la pobreza, y a su vez le permita a cualquier individuo su libertad de soñar. Esto sería una especie de sueño y quizá no está dentro de ésta historia que estoy contando; ojalá mañana me toque escribir mil páginas de una nueva versión literaria, que sea renovadora de ideas, y ferviente entusiasta al mundo de los sueños, ojalá. En 5 años el gobierno de Carlos Andrés Pérez gastó más que todos los gobiernos anteriores combinados en los 143 años desde el gobierno de Páez. Claro, también hubo un excedente de ingresos y muchísimas inversiones imposibles de asumir en años anteriores pero todo así, el gobierno se encontraba con muchos más gastos que ingresos, y eso fue un grave problema por no tomar medidas que se vería reflejado en años siguientes.

Durante éste periodo con Pérez fue mucho el placer de algunos que sí pudieron sacar provecho del sistema. Francisco se hizo adepto del partido y gozó de encantados privilegios. Al mismo tiempo como otros muchos pensó que el rio de la abundancia sería para siempre y tomó para su vida las mismas medidas económicas que se aprendían de ejemplo en el gobierno: El despilfarro. No quedó un solo ser bajo la tierra que no se beneficiara de la compañía de Francisco. La casa de Carmen se equiparó de lujos que antes no existían, y todo el que quiso o necesitó de algún servicio material no dudó en contar con Francisco. La que siempre estuvo más renuente a obtener privilegiados provechos fue Cecilia, que creyó fielmente a los principios de A.D, y por supuesto admiró incansablemente a su presidente Carlos Andrés Pérez. Ella fue una de las que cayeron embobadas por su carisma, y no podía ocultar su entusiasmo y fanatismo ante cualquier circunstancia que cercara a su presidente. Este tipo de euforia se hizo más común a las vidas del venezolano, y las posibilidades de festejar el orgullo de vivir en una patria que daba petróleo con dólares para todos, pasó a ser casi una norma. El whiskey se convirtió en la bebida nacional, y Venezuela fue uno de los países con mayor consumo de whiskey en el mundo. De hecho en Escocia estimaban que en Venezuela la población era tres veces mayor debido a la cantidad del whiskey requerido en sus exportaciones. Por eso fue que Francisco nunca distorsionó su imagen más allá de lo que la realidad ameritaba, total si era hombre de negocios y se respetaba, debía consumir las exigencias de una sociedad ebria. Mientras más alto era su consumo de alcohol, mayor era el índice de negocios que contraería. Con ese cuento sólo se alimentaban los que en su momento se mantuvieron cerca de él, pero como parte contraria de la sociedad del lado de Gustavo no se alimentaba nadie, éste pasaba a ser un simple alcohólico sumergido en los bajos mundos, y próximo a convertirse en un adefesio social. Carlos Andrés Pérez despertó en muchos el modelo a seguir, su oratoria y formas gesticulantes sembraron un estilo propio en la manera de comunicarse de muchos, llegando algunos hasta a sentirse más aceptados por actuar así. Dentro de ese gobierno fue mucha la politiquería vivida día a día. Los más inteligentes o sensibles para prever que algo mal se estaba sembrando, ahogaron sus consuelos apartándose firmemente de los conceptos de la política gestante y crearon campañas muy distantes a la imagen del venezolano naciente. Por supuesto que fueron los más sufridos y los menos aceptados socialmente. El resentimiento comenzaba a fermentarse, y la única puerta abierta que claramente se veía para salir de abajo era unirse a la corrupción, o ser partícipe del grupo de los resentidos y conformarse con una vida a medias, que para algunos era preferible no vivir. Moral, idealismos, pensamientos de recogimiento, humildad, nobleza, así como empatía por el mundo quedaron relegados. El pensamiento de moda pasó a ser la individualidad del ser y el egoísmo existente. Elevar los egos sin importar los medios era el objetivo. Sólo algunos resaltaron por luz propia, algunos que no necesitaron de conexiones o unirse a la cotidianidad del sistema y simplemente fueron ellos; para éstos el país siempre les estará agradecidos pero lamentablemente no alcanzaron los mismos efectos que los políticos o empresarios amigos del sistema, y sus imágenes o modelos de persistencia social y meritoria sólo fue apreciada por sus cercanos o algún que otro interesado. Casi siempre son menos los seres de luz que nacen, y para aquellos que les cuesta ver que la luz hay que buscarla la mayoría de las veces, tienden a refugiar su oscuridad bajo la primera cobija del camino. ¿Cuántos son los vendidos infelices que gozan de privilegios materiales por un oportunismo manchado que en el fondo saben que no vale nada? Vivir bien es algo que deseamos todos, gozar de los grandes placeres que encierra el mundo entero es una constante que permanece en casi todos los sueños del individuo, pero obtener esos placeres por vías indecorosas o bajo la sombra de la dignidad, debería estar fuera de juego. Bueno, cada quien con lo suyo, así como existen personas que creen en idealismos puros sobre el buen principio de la extirpe humana, también están los que creen que en la vida la única razón de estar presentes consiste en vivir a plenitud de los gozos, y todo lo demás es bobería. Aquí no estoy yo para juzgar ni a los unos ni a los otros, pero cuando el criterio desorganizado por vivir arrastra la felicidad de otros, o peor aún, se logra gracias a la infelicidad del otro, entonces me enerva la sangre y me atrevo a juzgar sus debilidades y a rechazar algún mérito posible en cualquier acción por bien lograda que ésta haya sido. Por eso cuando la promesa de crear un mejor sistema que nos permita vivir en una sociedad más completa y creíble, que nos de la confianza de poder construir nuestros sueños sin necesidad de emigrar como pájaros que emigran protegiéndose de la intemperie climatológica, y esas promesas nunca se cumplen, lo que es mucho peor, son burladas y entregadas al vulgar precipicio de los sueños, lo que se crea es el caos sentimental de una nación, y ese resentimiento se emponzoña envenenando el alma de sus sufrientes, creando generaciones de odio que más tarde que temprano tomaran en sus manos la venganza.

El gobierno de Carlos Andrés Pérez, si bien dejó mucho dinero y una gran parte de la sociedad se aprovechó de ello, y al mismo tiempo se crearon oportunos tratados internacionales que parecían alimentar la confianza en el país, también es cierto que otra gran mayoría se sintió defraudada. Simplemente los ricos se hicieron más ricos y los pobres se sintieron más pobres al presenciar tanta riqueza y ver ante sus ojos la hambruna. El descontento pudo sentirse en las urnas de votación del siguiente quinquenio. Luis Herrera Campins ganó en las votaciones. Salió victorioso con apenas un pequeño margen pero superó las expectativas de A.D, y COPEI dominó la silla presidencial prometiendo el rescate de nuevos valores, acompañados de un recogimiento ante las evidencias de despilfarro y opulencia. Buscó crear una imagen de conciencia, y trabajar desde el fondo la crisis de la inflación y la pobreza que crecían a pasos agigantados. Apenas llegó al poder precisó que recibía un país hipotecado. Y en parte era verdad, por más que Venezuela estuviera produciendo todo aquel excedente de dinero gracias a los dólares petroleros, las grandes inversiones, la corrupción, el recurso constante para mantener ciertos programas concernientes a la economía nacional e internacional, y la demagogia, hipotecaron al país en muchos sentidos; en el sentido real e intrínseco de la palabra, y en la hipoteca del alma y pensamiento de muchos venezolanos. Cada ciudadano acostumbró a hipotecarse a sí mismo con tal de obtener aunque sea a consta de empeños la posibilidad de rozar los gozos materiales que rondaban por el país y el mundo. Así cómo Venezuela entraba en convenios a largo plazo, y daba lo que se llama "El fiado" que consiste en prestar a cambio de una promesa de pago con garantías o no, a si mismo pasaba con la sociedad y el país, y sus funcionarios servían como cabecillas de ejemplo. La moral desde esos entonces se mantuvo rodando por los suelos, y lo importante era sobrevivir, aunque sea a palo limpio o mano armada. Con Luis Herrera cambiaba el trono de dueño y las posibilidades de que se enriqueciera otro extremo de la población que no se encontraba en las mismas arcas del gobierno anterior crecían en esperanza. Era el turno ahora para los "copeyanos" (gentilicio para los adeptos del partido COPEI). Venezuela pasaría para la historia como Roma en los tiempos de Calígula. Tanto exceso, tanto derroche, tanta libertad desenfrenada sin la educación mental, espiritual, o de conciencia creó una desmoralización tan amplia de valores, que el individuo pasó a formar los últimos puestos en los rangos de prioridades, y lo verdaderamente importante pasó a ser la conquista material y social, y el mantenerse alerta para ser alguien en el mundo de los vivos. Dentro de los desencantos sociales, de tristeza y empobrecimiento en la mayoría de los extractos bajos de las barriadas del país, el germen de la desilusión, y la necesidad de encontrar la luz del túnel se hacían cada vez más presentes en los pensamientos de los afectados, que en términos de censo eran la mayoría. La promesa del nuevo presidente llevaba un enfoque social atractivo, y mantuvo estrecha relación con programas de compensación para la educación y la cultura, pero la economía a pesar de las riquezas y los grandes ingresos no encontró el contra punteo del bajo que la ayudara con la propuesta del danzón.

Para finales del gobierno de Carlos Andrés Pérez en 1978, Francisco era en si, una victima más desarrollada en los marcos políticos venezolanos, pero en ese entonces no era de los afectados sino de los del lado opresor que mantenían el control de la sociedad. La parte delicada en esa nueva estirpe creciente fue que se acostumbró a vivir su aquí y ahora, y las propuestas para el futuro no sirvieron. Por eso siempre maniobraron el poder con astucia e imprudencia para mantener su aquí y ahora cargado de frutos. Los que dejaron que se secara el árbol de los goces y detuvieron su producción, viven resentidos anhelando un pasado virtuoso, mendingando por un futuro mejor, y sufriendo un presente de vergüenzas.   Quienes a partir de ese entonces aumentaron sus agendas de trabajo y no han podido detener sus labores, por el contrario, aumentan día tras día, son los sociólogos de la nación, y su mayor enfoque es la sociopolítica.

La casa con la que tanto Carmen había soñado comenzaba a dar señas de fracturas en sus bases simientes. Su cansancio comenzó a manifestarse y una fatiga diaria por comprender los tropiezos de sus hijos se le hacía cada vez más constante. Había en ella una especie de esperanza desesperanzadora. Se esperanzaba de ver a sus hijos realizados o por realizar, de ver a sus nietos, y de festejar todos juntos algunas de las tradiciones sociales como las navidades, pero le desesperanzaba al mismo tiempo ver que el camino a seguir de algunos de los suyos no era el más indicado para conservar la alegría y el bienestar futuro. Por Gustavo sentía un orgullo muerto, una sensación de haber podido hacer más por él, y un desencanto por las preferencias que el pobre había elegido para su vida. Se cuestionaba constantemente en qué pudo haber fallado. Al principio todo parecía armonizar, y estaba muy segura que la decisión de Gustavo al dejar sus estudios por ayudar a la familia era un hecho de amor, convencimiento, y decisión muy personal, clara y satisfactoria. Jamás pensó que ese sería el mal que mañana arrastraría a Gustavo a vivir sus complejos y así marcar tanta falta de raciocinio para enfrentar parte de los obstáculos de la vida. Con Cecilia se sentía satisfecha y sabía que era su mano derecha pero nunca logró acoplarse a su amargura y a la falta de optimismo con que muchas veces sabía que Cecilia percibía de la vida; Luis Alfonso y Elías José eran buenos, casi nunca daban problemas, y sentían una gran pasión por sus estudios, de todos eran los más apasionados pero los sentía

161

rebeldes con la familia, era como si vivieran sus propios mundos y parte de sus fanatismos por salir adelante en sus carreras era adelantando la idea de salir volando de allí. A pesar de todo, ellos dos recibieron mucha ternura y fueron quizá los que sintieron un poco más de cerca el cariño y la dedicación de Carmen. Víctor José, el menor de todos pudo ser muy querido y pudo recibir por parte de todos la mayor atención pero nació con el vicio en la piel, y al parecer detestaba la realidad de la tierra como para tener que prestarle seriedad o rendirle pleitesía. Estuvo confundido de valores por mucho tiempo, sin embargo por respeto a su madre y por orgullo, culminó sus estudios Universitarios con excelentes grados y sin problema alguno. Carmen supo enseguida que su familia era privilegiada en cuanto a desarrollo mental se refiere, todos incluyendo a Gustavo eran buenos matemáticos, la vida Universitaria no fue un obstáculo para ninguno, y nunca existió un comportamiento de desprecio o sublevación de alguna inteligente ante otra, ya que todos poseían el don catedrático que les permitía sumarse a cualquier ambiente social y responder a sus exigencias. Pero Carmen también sabía que hubo algo malo desde el inicio de procreación en cada uno de ellos, quizá sería tanto alcohol por parte de José María o la pobreza de los tiempos pero existía un carácter permanente que ensombrecía todos los logros que podían obtener y los éxitos siempre quedaban a medias. Francisco parecía ser su consentido, en realidad todos lo eran pero quizá él mostró la primera entereza con qué estaban hechos los González; logró todos sus objetivos iníciales y todo fue siempre fácil para él, nunca lamentó nada, nunca se quejó de nada, sólo aprendió a resolver y no a crear obstáculos. Mantuvo una sonrisa constante para todos por igual y se alió con su madre para ayudarla en los momentos de presión, brindándole el alivio necesario cuando la percepción de las circunstancias no brindaba su cara más positiva. Francisco gracias a su carácter se convirtió en líder e inspiración de todos en la familia, a pesar que siempre fue súper tremendo y no se apartó de las situaciones riesgosas ni un solo instante de su vida. A eso precisamente Carmen le temía. Después de vieja, y con el corazón un poco lavado, se dio cuenta de que le hubiese gustado entregarles más cariño del que les entregó. Carmen siempre fue un poco tímida para dar amor, también era muy escasa en palabras. Su amor lo entregaba a través de sus ojos y desdoblaba el alma atendiéndolos. Se le iba el mundo cada vez que los veía partir a la escuela, y ellos sin saber, ella se quedaba mirándolos caminar hasta que desaparecían por completo de su alcance, mientras los colmaba de bendiciones. Sus manos estaban tan ásperas y cortadas de tanto trabajar, que le daba pena acariciar sus rostros con temor a maltratarlos y le hicieran algún desprecio empujándola por el dolor. Conversaba poco pero nunca dejó de dar la palabra de aliento en el momento indicado, jamás abandonó la responsabilidad de atenderlos.

 Ahora llegaban nietos a su vida donde podría poner en práctica algunas cosas que antes no sabía, y podía quererlos sin temor a dañarlos con su timidez o desconocimiento de entrega. Se sentía contenta de verlos crecer, y descubrió la manera de hacerse cómplice en su ardid. Cada nieto recibía clandestinamente, una pequeña dote de dinero para que compraran caramelos o los antojos que tenían pero con la condición de no decir ni una palabra a nadie en la manera de cómo recibieron el dinero. Todos los niños incluyéndome, sentíamos que éramos mayores ya que teníamos que mantener un secreto, y nuestra misión era el hacer las compras sin levantar la menor sospecha. No me puedo quejar, siempre fui uno de los más favorecidos y recibía una cantidad un poquito mas elevada que los demás, aunque muchos años después descubrí que mi hermana recibía lo mismo y que mi abuela siempre la hizo sentir única, especial, como a mi. En esos tiempos mi abuela estaba como de retiro, buscaba su paz, se quedaba dormida hablando con sus rosas, y en las siestas ya casi no soñaba. Con cada palabra que dirigía a María buscaba darle las gracias por estar siempre allí, y aprendió a querer mucho a Zorena, aunque al principio no sabía como hacer compatible sus diferencias en cuanto al carácter, poco a poco la relación logró centrarse en las cosas buenas que tenían cada una y el rio fluyó sin desbordarse en las mareadas. Con qué sus hijos y nietos fueran amados, era suficiente para abrir el cause de Carmen y navegar por sus ramificaciones; una vez rio adentro, nadie podía salirse sin haber experimentado las maravillas del camino, lo transparente de sus aguas, y lo hermoso del viaje. De hecho, durante mi investigación para poder narrarles un poco sobre este ser que conmovió mi vida, descubrí la manera cómo influenció en la vida de muchos, y también de generaciones que se beneficiaron de de su existencia, y que jamás llegó a saber cuanto entregaba.

Con la Venezuela saudita llegó a pasar algo muy similar, mientras más se indagaba en sus rincones más riquezas proveía para el país. Envidiable ante los ojos del mundo, espléndida por todos sus horizontes, cargada de bellezas sin igual y de recursos naturales jamás reunidos por ningún otro paraíso de la historia. Se dice que su nombre fue un diminutivo que los españoles dieron comparándola a Venecia por sus bellezas reinantes, pero lo que nunca imaginaron fue la magnitud de los otros atributos que encontrarían con el pasar del tiempo, y después del descubrimiento del rey de los suelos en el mundo: El petróleo. Si Venezuela se hubiese descubierto antes que Venecia, hubiese sido ésta la que llevara el nombre en diminutivo sin aludir las bellezas propias de esa región. Pero como un sino lamentable, casi todas las cosas en Venezuela llegan tarde. Cuando se descubre al corrupto ya éste lleva años luz viviendo en el exterior o ha comprado toda una maquinaria de influencias que le permiten quedar absuelto de toda culpa. Cuando se enteran que algún

164

paquete económico o inversión no funciona para los intereses del país, ya la fuga de capitales es tan grande, y los depósitos de los participantes han crecido tanto que no importa echarle tierra a los programas creados, total ya nada se puede hacer; y una vez más un grupo de etiquetados astutos se han enriquecido garantizando las cenas de los bisnietos de sus bisnietos. Todo llega tarde, las ideas llegan tarde, en las citas la mayoría de la gente llega tarde, la muerte de los sistemas implementados caducos llega tarde, el despertar de los pueblos y su disconformidad con el presente llega en pasado, o sea, tarde. La falta de luz de muchos sectores sociales, la importancia de amar y proteger su historia, y los recursos viables para mantenerla también llegan tarde, o muchas veces llega pero con mucha parsimonia como para poder crear algún cambio. ¿Será que eso pasa sólo en Venezuela o el mundo en general está retrasado? Venezuela internacionalmente es respetada en su historia, y considerada tierra de valientes, es cierto, grandes próceres de la humanidad han sido páridos en esas tierras, pero hay veces que demuestra siglos de cansancio o nobleza y se retracta de luchar, simplemente se dedica a vivir. Quizá este sea un proceso necesario antes de seguir pariendo próceres. Ojalá algún día nazca la persona que de verdad no se ensucie los bolsillos del pantalón ni las arcas de algún banco y sea honesto. Tanta sangre derramada en busca de un mundo mejor merece la pena ser respetada, y rendir honor a quien honor merece. "Tenemos que cambiar" "Tenemos que aprender a respetarnos y a actuar con dignidad." El tiempo va arrastrando con todos los gorriones del camino y el viaje cada vez está más solo. Ya casi nadie canta, y al escucharse voces se sienten sus lamentos y sus miedos al nuevo día.

Una vez más el pueblo falló. Eligió a un hombre que prometía esperanza, que hablaba de un recogimiento que nunca llegó, un hombre que apostó su palabra a la defensa de los intereses de un pueblo y terminó de re-hipotecar al país, hundiendo sus recursos en el pozo de los olvidados. Como en todos los que llegaron a la gran silla presidencial, quedaron sujetos a buenas intenciones, donde lo mas palpable que dejaron cada uno de ellos fue una silla vacía, un país endeudado, con la pobreza creciendo como monte, y una fractura inmensa en el alma de la nación. Ningún presidente fuera de Bolívar es recordado con admiración. A cada uno se le atribuye una obra dentro de su gobierno, y se señalan ciertos hechos pertenecientes a sus administraciones, "éste hizo esto, éste hizo aquello" y de esa forma pasan a la historia pero ninguno admirado. Quien gozó de más dinero y de mayor apertura al mundo es un poco más agradecido por alguna obra o infraestructura creada, pero todos, sin excepción, son catalogados de corruptos. El hombre que se pensó defendería los intereses de los ciudadanos también traicionó las pocas esperanzas y confianza que existía en las mentes cansadas y burladas que rellenaban los territorios venezolanos. Fue un golpe muy duro que dejó casi sin aliento a la mayoría de los seres que habitaban del país, cuando me refiero a la mayoría es apegado a la cruel y lamentable realidad: Los pobres. Luis Herrera formó un gobierno pobre en ideales y corrupto en piel. No quedó nadie que no hurtara en los depósitos de la nación, el que quiso metió mano, y el que la metió sacó lo suficiente para olvidarse del mundo por un buen tiempo, y para olvidar por completo que existían otros que por destino se encontraban en la miseria. Igualmente que aquel o que el otro o el siguiente, tuvo un principio de buenas intensiones, pero sus pretensiones sólo se acogieron a la norma permanente, que era robar. Escándalos diarios reflejaban la estupidez del país o la inocencia para presenciar y actuar ante el fecho ismo organizado. Venezuela se rendía ante la astucia del crimen organizado, no podía más y se retractaba ante las libertades concedidas a tan brutos dirigentes, era demasiado amor el que entregaba a cambio de tantos exabruptos. Pero la tierra era tan generosa que por un lado caía exhausta y harta de tan mal manejo y por otro lado se redimía llena de esperanza para todo aquel que quisiera empezar con un plan bueno y envuelto en fe. Estadistas creen que no ha podido existir un país con peor manejo fiscal que Venezuela. Robaron millones, y millones fueron a parar el extranjero dejando secuelas de odio e indignación en la mayoría del pueblo. La semilla del resentimiento se regaba y alimentaba con su propio veneno. Hasta el más ignorante repugnaba todo lo concerniente al gobierno y sus secuaces, y aborrecía el tener que vivir sujeto a alguna promesa hecha por algún dirigente en servicio. Poco a poco la desconfianza calaba sus límites, y la necesidad de borrar del mapa todas esas historias de abusos y desperdicios quedaban fijados en cada una de las miradas de los pobres marginados de la nación. ¡Qué increíble, ningún candidato en años llegó a cumplir sus promesas, ninguno dejó un halo de credibilidad en alguno de sus creyentes! Todo se desvanecía en el aire y muchas veces hasta el aire dejó de circular. Los vientos preferían permanecer ocultos antes de revolverse con las arenas que rondaban en cada rincón del territorio nacional. Nadie creía en el patriotismo, y por supuesto, nunca se incentivó el amor fraternal hacía el pedazo de tierra que abrió sus surcos para alimentarnos, y que cobijó los sueños de los primeros conquistadores entregando el oro y el edén. Maletas cargadas de dólares salieron del país, marcando una fuga de capitales de la nación jamás registrada en la historia, y el vil enriquecimiento de algunos fue preparando lo que sería la Venezuela del futuro. Faltando poco para el fin del gobierno de Luis Herrera Campins, explotó uno de los escándalos más grandes en corrupción contados, el boom RECADI. Supuestamente para detener la fuga de capitales y la inflación se creó RECADI, que se encargaría del control de cambio de los dólares y limitaría la compra y venta, con la finalidad de retener los deseos de la mayoría de mantener sus dineros en lugares más seguros. Otros países daban esas garantías de seguridad, Venezuela no. Pero el resultado fue catastrófico y malversados funcionarios tomaron millones de dólares y los manejaron a sus antojos, por supuesto, la mayor parte terminó en cuentas privadas. Durante ésta administración, creció la inflación, la delincuencia, el descaro, el descontrol y descontento del pueblo, y fue la caída del valor del dólar en muchos años. El país comenzó a sentir los estragos del fin de la bonanza económica.

La vida de Carmen y los suyos parecían comenzar también su declive. Presiones económicas llegaron, y aquellos años de prosperidad desvanecían ante los ojos de todas las esperanzas por no volver jamás a sufrir los improperios de la pobreza. Gustavo insistía en no tomar vuelo después de su caída, y al parecer vivía encerrado en su propio laberinto sin encontrar la salida. Cada vez que el alcohol se adueñaba de su cuerpo, una agresividad extrema lo dominaba y se le hacía casi necesario acabar con todo lo bueno que se cruzara en su camino. Vivía dentro de un maleficio del infierno que lo quemaba en vida. Cecilia sufrió mucho con todos los embarques de su hermano pero no tanto por amor, mas bien por el dolor que sabía acorralaba a su madre, y Carmen un poco ya cansada de la vida, amargaba sus fuerzas y se llenaba de un silencio absoluto que carcomía sin darse cuenta las membranas de su mente. Luis Alfonso y Elías José trabajan velozmente en sus proyectos de huida. Como locos buscaban la manera por terminar de desprenderse de una vez con cualquier conflicto que los arrastrara a caer en el desorden familiar al que una vez pertenecieron. A pesar que Carmen luchó incansablemente para hacerlos sentir orgullosos de sus raíces, y unidos como una familia funcional, al parecer los pronósticos se derrumbaban con algunos de la casa, que mantenían en sus sueños la necesidad de salir corriendo. Sin embargo, Luis y Elías pudieron mantenerse limpios de cualquier acusación y en el fondo de sus corazones, agradecían con sus almas todo el sacrificio de Carmen. Los dos comenzaron a extrañar más lo que tenían, una vez que se casaron e hicieron sus vidas, y se dieron cuenta que reunir las alegrías y los sueños de todos por igual en una familia es bastante difícil. En cuanto a Víctor José, se mantuvo una política de aceptación y tolerancia suplicando que en algún momento pudiera encontrar el control de sus actos. Poco a poco la línea de su cordura comenzó a aparecer, y Carmen con su fe ciega, guardaba sus esperanzas en la recuperación de que su hijo perdido entrara por los caminos que ella siempre le mostró. La picada se hacía más grande y más evidente para Francisco. Él siempre demostró una actitud de salida para todos los problemas, pero cada vez entregaba más su destino a la suerte que a la conciencia y preparación. Francisco rompió con todo lo que creaba una normativa de constancia que lo enmarcara dentro de los emblemas sociales, simplemente quería ser él, a su manera. Su conciencia entubo siempre cerca de los pies y la cabeza pero más allá de su cuerpo nunca salió. No fue malo, pero sus pasos dejaron de engrandecer y significar algo importante para la sociedad o el mundo. Sin embargo eso tampoco le preocupó, total él era el mundo, y si su desesperación no llegaba significaba que estaba por buen camino. Esta actitud manejada más por la arrogancia que por la inteligencia lo fue llevando a extremos que rompieron los castillos de arena que alguna vez creó. Se retiró de todos los comienzos importantes que alguna vez practicó, para salir a la casería de nuevas aventuras que lo terminaron dejando fuera del juego. Se acabó el dinero, se acabaron las grandes amistades, se acabaron las orgias bien organizadas, pero sobre todo se acabó su endiosamiento. Elena tuvo que practicar su papel de victima durante muchos años, y tragó saliva amarga de su disconformidad. Prefirió vivir del recuerdo y de la ilusión que una vez fue suya, cuando pensó en la felicidad al lado de Francisco. Gracias a los frutos no se arrepentía pero nunca calculó el precio de su escogencia. Sin embargo, hubo algo que nunca dejó de reconocer, y lo pudo comprobar años más tarde, y fue que mientras sufrió por ese hombre y mientras asumía su papel de victima fue feliz, ya que a Francisco a pesar de todo, había que amarlo.

La verdad era que Francisco se las traía, su manera de hacerse notar estaba siempre llena de misterios y aventuras. Los débiles le admiraban por su osadía y su destreza para entrar y salir del peligro, y los menos débiles le admiraban su capacidad de seducir y el convencimiento de su voz. Claro está decir, que tales encantos quizá se ensombrecieron un poco después de poner al riesgo tantos desafíos que lo llevaron a perder fortuna, pero debajo de su semblante, siempre respiró el magnetismo de su personalidad y su regia autoestima presente a cualquier circunstancia. Quizá por esas razones, Carmen podía sufrir por las caídas de su hijo pero nunca perdió la confianza. Comparaba cualquier situación embrollada por la que su hijo pudiera estar pasando con los comienzos difíciles cuando éste tenía el pecho salido por falta de calcio, pero que poco a poco cuando la vitamina entro en su cuerpo se fue normalizando. Ya su cerebro cobrará vida, y una nueva inyección de vitaminas lo empujará hacía el lado bueno otra vez, el lado donde yo lo crié, pensaba Carmen en sus noches lejanas frente a sus rosas. Llevaba días sintiéndose con una paz desconocida, a veces creía que no era ella misma y que había encarnado otra piel, quizá otro cuerpo completo. Una energía que hacía mucho la había abandonado ahora regresaba y se posaba en ella como una mariposa ante la flor dormida. Sentía ganas de hablar, de jugar, y de dedicar tiempo a cosas sencillas e ignorar responsabilidades del diario quehacer. Durante uno de esos días de luz, sintiendo que sus huesos se fortificaban y se tornaban fuertes como antes, cocinó para todos en la casa como hacía tiempo no lo hacía. Hizo tres pollos enteros, los descuartizó, y ensalzó cada una de sus partes entes de cocinarlos. Cada pollo traía lo que ella llamaba el huesito de la felicidad; consistía en un pequeño hueso entre las pechugas y las alas que formaba una especie de "V" Se decía que entre dos personas, cada una tomando una de las partes del hueso, debía formular un deseo, al estirarlo y partirlo, quién se quedara con la parte ancha del huesito se le cumpliría el pedido por obra y gracia de los dioses que protegían al pollo. Carmen, entró en ese juego, y cada vez que en su casa se hacía pollo, ella sigilosamente se encargaba de coleccionar los huesitos para repartirlos entre los nietos y formularan sus deseos. Ese día consiguió más huesitos que nunca, y reía de tan sólo imaginar las caras de sus nietos pidiendo sus deseos. Esa misma tarde, como era de costumbre, algunos de la familia nos quedamos a comer, y los huesitos fueron repartidos casi en el mismo orden con que íbamos terminando. No sé si fue un acto de preferencia pero cuando me encontró a solas me dijo, "Te guardé otros huesitos de la felicidad, no se lo digas a nadie. Pide un deseo para mi." Entre la complicidad y el entusiasmo guardé los huesitos para recogerlos a nuestro punto de partida, sentía un deseo por llegar a mi casa y pedir mis deseos a solas. La verdad era que me encontraba atravesando las encrucijadas de mi primer amor, y quería recibir señales por todos los medios posibles que me afirmaran la correspondencia de ese amor, y por supuesto ya había apartado entre los huesitos, el del deseo para mi abuela. Una vez en el carro regreso a casa me di cuenta que había olvidado el obsequio de mi abuela en un escondite secreto, donde los dejé mientras esperaba que nos fuéramos. Lloré en silencio de frustración ya que ahora no podía darme cuenta con los huesos sobre el futuro de mi relación. Mi hermana mayor fue la cómplice en mi dolor, era necesario que le confesara sobre el secreto de mi abuela, ya que los deseos había que pedirlos entre dos, y el más afortunado se llevaría el hueso grueso. Esa noche no pude dormir y dibujé un mal presagio en mis pensamientos, quizá era una señal para que me olvidase de ese amor difícil que apenas encubaba. Al día siguiente mi abuela tropezó con la bolsita cargada de deseos y esbozó una dulce sonrisa como las que siempre daba, la llevó consigo y la puso en una pequeña mesita que había en su habitación para dármelas cuando me volviera a ver y entonces pidiera un deseo por ella. El sol acarició su rostro con unos pequeños rayos que penetraban desde el ventanal de la cocina anunciándole los buenos días. Mientras tomaba el café antes que los demás despertaran escuchaba concentrada el roce de los pétalos de sus rosas al abrir; cada una se estiraba y parecían lanzar sus gracias hacía Carmen, entregaban con orgullo un aroma inigualable a frescor y alivio, y a pesar de lo caliente de esas tierras para el cultivo de las rosas, las de Carmen se fortalecían tan sólo con su mirada, y con todo el valor crecían para honorarla. María apenas despertaba se habituaba a su rutina, donde lo primera era encontrarse con su hermana frente al rosal. —Se han puesto bonitas, verdad manita. —Ellas están llenas de amor, y están siempre contentas. —Quién nos iba a decir que terminaríamos aquí frente a un rosal. — No hemos terminado, ahora es que queda camino. — Me refiero a las dos junticas como siempre lo soñamos. — Por eso hay que tener cuidado con lo que se sueña, ya que si se desea con firmeza casi siempre se convierte en realidad. Este sueño nuestro de permanecer juntas es bueno y bello, y por suerte se nos dio, pero me da miedo con el lio que tienen los sueños de los hijos míos. - ¿A qué te refieres? - ¿No te das cuenta que pareciera que todos sueñan con ser reyes o algo así, y se está perdiendo lo maravilloso que pensé era nuestra familia? - ¿Lo dices por Francisco? - ¡Lo digo por todos! Víctor José hace de las suyas, el mundo va por un lado y él por otro, Luis Alfonso y Elías pareciera que sólo existieran ellos, son insensibles ante el resto que les rodea. Cecilia está empeñada en querer mandar aquí como si yo no existiera y quiere venir a imponer todo el tiempo reglas que alejan a mis otros hijos pero quién puede con ella. Me da un miedo terrible cada vez que veo a Cecilia cerca de Gustavo, eso pareciera que se me va a salir el corazón. Quién me iba a decir que después de vieja y de haberme enfrentado a medio mundo le iba a temer a mis propios hijos. Si supieras María, que con Francisco tengo más bien cierta lástima, porque él es muy bueno pero tiene valores desviados. Quiere ser fuerte, tenaz, el centro único de atención, hacerse el que no siente, que no se enamora, pero en el fondo sé que sufre. El quiere arreglar los corazones de todo aquel que le rodea, en eso se me parece a su padre, pero muchas veces se mete en cada lio pensando que dando la cara por otros les va a arreglar la vida. Le entra como una adrenalina mientras hace algo por alguien y se convierte en su Dios, que no le importa si lo que tiene que hacer es debido o indebido con tal y él sea el héroe de la película. – Yo creo también Carmen que él heredó el mismísimo problema de la bebida que tuvo su padre y ahora también Gustavo. – Puede ser. Lo cierto es que cada uno se me va de las manos, y aunque sé que esa es la ley de la vida, me duele porque no los veo felices. – Creo que estas exagerando, tienen su carácter y sus altas y bajas pero yo los veo bien. ¡La situación del país sí es la que está jodida, no es tan fácil salir del atolladero! - ¡María, nunca te había escuchado una expresión así! Seguro son cosas que te enseña Zorena. – Nadie me enseñó esa palabra pero ante el descaro que veo con la política de éste país es lo único que se me viene a la mente, la situación que se encarece con nuestros gobernantes. – No digas nada delante de Cecilia porque ella siempre defenderá a su Carlos Andrés, no sé que le vio a ese hombre, tan feo que es. - ¡Feo y descarado, bueno descarados lo son todos, y más feo que el que le siguió imposible! – jajá...Eso si es verdad. ¡Bueno Dios mío, regálanos un día tranquilo, lleno de paz, y amor! Voy a hacer el desayuno. – Vamos yo te ayudo, murmuró María mientras salía detrás de su hermana. Toda la tarde pasó por los ojos de Carmen fragmentos de películas no terminadas; veía a sus nietos corriendo por el patio, encontraba a su hermana lavando la ropa en el lavadero, sorprendía a Zorena hablando con un par de loros que mantenían en una jaula desde hacían años y ya formaban parte de la familia. Coincidía con ella misma en el tendedero y al mismo tiempo sirviendo la comida para Cecilia, iba al baño pensando que se dirigía a la cocina, toda esa tarde se encontró casi en el limbo pero no dijo nada. No advertía que la sangre subía por sus venas a una mayor presión que la habitual, y que su cerebro daba pocas señales de supervivencia o al menos que luchaba por respirar para normalizar su ciclo. Poco antes del atardecer Francisco llegó a visitarla para cenar como en los viejos tiempos. Francisco quería probar nuevamente el pan picado por las manos de su madre, y llevarse a sus labios ese café con leche espumoso que sólo ella sabía hacer. Conversaron largo rato, y por primera vez en mucho tiempo, Francisco pudo extasiarse en el azul de sus ojos y sintió desde muy adentro unas ganas inmensas de llorar. No lo hizo por pena pero una madre sabe cuando los hijos lloran por dentro, y a penas lo vio con sus ojos le envió todo el amor que quizá no le había brindado. Lo sintió descubierto y niño a la vez. Ese ser brillante, alegre, seguro, se desvanecía ante sus pies, y pedía a gritos ahogados perdón y amor. Carmen temía que aquella fragilidad surgida entre los dos se perdiera, así que trató de no ser imprudente y provocar otra vez el encierro de los sentimientos de Francisco. Con mucha sutileza lo acarició, le dijo que todo iba a salir bien y que muy pronto estaría nuevamente en el control del barco. Francisco disimulando, y creyendo engañarla controlando la situación le dijo que nunca había dejado de ser capitán y que su barco no estaba fuera de control, que la marea era alta y casi no dejaba ver el barco pero que en cuanto bajara verían que allí estaría él, mas firme que nunca. Carmen lo beso en la frente con timidez y le sirvió un vaso con agua. Los dos rieron por largo rato, y se relajaron a la cotidianidad de la noche, no sin antes agradecer cada uno la belleza de poder tenerse. Antes de marcharse Francisco le dijo con ternura que no se preocupara por él, que estaba en buenas manos y que pronto se pondría en algo bueno. Carmen lo miró que cierto recelo pero le creyó. Yo sé mijo, yo sé, respondió cerrando el portón.

VII

¡Segundos infinitos transcurrieron mientras llegaba su cara al suelo! ¡El adalid sufría el adagio que el destino le imponía! Pide un deseo para mí, recordó en ese instante sublime mientras un dolor punzante se adueñaba de su cuerpo. Deseo que al parecer su nieto olvidó y que fue a dar a un precipicio sin flores. Los huesitos permanecían intactos en la bolsa de los deseos y eso ella lo sabía. Se visualizaba a ella misma partiendo los huesos y pidiendo deseos de felicidad. Corría por los terrenos de su bisabuelo cuando no existía más nada que libertad y donde su única responsabilidad era vivir y esquivar las órdenes de Jesusita. Se sentía pequeña, inmóvil, cuidada por el mar de su pueblo, y tomada de la mano de María. Muchas escenas pasaron sin frenar por la mente de Carmen; la primera vez que se encontró con Víctor Marcano; la primera vez que fue al cine y se impactó con la belleza de Greta Garbo; el día en que conoció a José María, el día en que se casó, la graduación de Francisco, el nacimiento de Cecilia, su vida con la tía Victoria, la muerte de su madre, las noches de angustia con José María y también sus momentos de felicidad, donde llegó a sentirse segura y pidió al reloj que detuviera su agitado tic-tac. Recordó el color de las estrellas cuando dormían sin techo, y todas las veces que amaneció rezando por la felicidad de sus hijos. Tantas otras imágenes que pasaron casi indefinidas antes de despertar con todo el peso de la vida a sus espaldas y una terrible impotencia de ver que sus mandatos eran inútiles para mover aquel cuerpo que una vez se mantuvo lleno de firmeza.

Eran las dos de la madrugada cuando Francisco recibió aquella llamada que llenó de oscuridad a la familia González. La reina del ajedrez caía implacablemente, dejando un juego débil y sin muchas vías de escape. Aquel espacio entre la realidad y la ficción parecían unirse, todo había sido tan rápido, apenas unas horas antes tomaba el café con su madre, y veía en su mirada todos ese amor que nunca había percibido, y momento después se atravesaba esa nube que no dejaba ver claro el nuevo futuro. Su madre era ahora un cuerpo inmóvil, que respiraba y sufría pero sin posibilidad para valerse por ella misma jamás. Cuando ya se creía que gozaría de sus recompensas en la vida, el destino la ponía a prueba por el cruce de un infierno antes de llegar al cielo que debía ser su única parada. Nadie pensó que una tragedia así pudiese presentarse en aquella mujer, con la cual muchos sufrieron aquel dolor como el suyo propio. Ver la luz de aquellos ojos enmudecerse era como quitarle el rojo a las rosas, y aún así se podía ver belleza. Carmen salió del hospital hecha casi un vegetal. El derrame cerebral que sufrió le dañó el lado derecho y sólo podía mover ligeramente la pierna y el brazo izquierdo. Su lengua perdió casi toda su fuerza, y vagamente arrastraba palabras indefinibles. Su ojo izquierdo todavía daba señales de vida, lo que le permitía mantenerse en contacto con el mundo, y muy de vez en cuando regalar amor. Todos sabían en la casa que sin ella nada sería lo mismo. Cada uno trató de poner de su cuenta y entregar el cariño que su madre hubiera deseado mucho tiempo atrás. Buscaron todos los mecanismos para mejorar lo que tenían como familia y normalizar las asperezas pero el mundo de cada uno sería muy diferente. El dolor inicial los amarró un largo rato a mantenerse unidos pero apenas la rutina amortiguó la enfermedad, cada quien aceleró sus pasos a sus necesidades, y Carmen pasó a ser un objeto silente en el rincón de la sala.

Afuera se vivían también aires de desesperanza. Todos los conflictos y desánimos por la corrupción en el país, creaba un desinterés popular de un principio a seguir por lo que era bueno o malo. La gente fue perdiendo importancia en todo, y la mayor preocupación del entonces era cómo subsistir ante las fuertes debacles que se sufrían día a día. Por todos lados sin saber se hacía uso del dadaísmo, nadie quería creer ya en nadie, y todo sin excepción pasaba por tela de juicio. Todo el mundo era encargado de hacer su propia parafernalia que le funcionara para salir adelante, ya que contar con las opciones que brindaban las garantías del país cada vez se hacía más escasas. Ya nadie se asumía un paralogismo de las cosas, la evidencia era demasiado clara, y había que dar un cambio necesario en el manejo de la democracia o sino todo se vendría abajo. Después de la salida de Luis Herrera Campins, Venezuela entró en un estado vegetal. Desde el famoso viernes negro que ocasionó el desplome del Bolívar frente al dólar, y que presentó la caída del circo Romano que se mantenía en Venezuela a causa de los petro-dólares, el pueblo venezolano confundió el día con la noche, y se alistó a quedarse sumergido en el tercermundismo del cual una vez soñó salir. Queriendo o suplicando alguna esperanza se eligió a la alternativa opositora al gobierno para que sacara a flote al país. Se apostaba que por lo menos con A.D. la suerte se hacía más cercana y el dinero circulaba más por las calles, así fuera robado. Una desmoralización tan grande pasó a ser la norma, que era preferible un gobierno corrupto, derrochador y enviciado, que un gobierno igual de corrupto y austero. No había otra alternativa, de igual manera dominaba la corrupción, tan sólo cambiaba de dueños con cada quinquenio. Venezuela entró en una larga enfermedad pero mantenía su corazón abierto al dolor, y sufría con cada extracto de su oro que alimentaba intereses personales y no la boca de sus hijos para la cual entregaba sus frutos. El pueblo vivía confundido pero optimista y creyendo en la posibilidad de un mejoramiento del sistema. Siempre que se enfrentaba un cambio de gobierno el optimismo crecía, pero sólo duraba a más tardar un par de años de administración. En cuanto al gobierno de Jaime Lusinchi, los venezolanos fueron más pacientes que de costumbre. Pensaban que con un poco de tolerancia las cosas se solucionarían, y que no quedaba más remedio que creer. La mayoría de la población llegó casi a un acuerdo tácito, y la paz reinó durante todo ese quinquenio. Por un periodo entero las huelgas fueron suspendidas, y cualquier manifestación opuesta fue sujeta a escrutinios fuertes, buscando crear un ambiente de optimismo y fe. Movimientos izquierdistas hacían todo lo posible por penetrar en las mentes de los venezolanos pero el pueblo se empeñaba a creer en los cambios necesarios a través de cualquier proceso democrático, y todo lo concerniente a revolución, o ideas militaristas, caudillistas, o comunistas era desechado inmediatamente por la mayoría. El disgusto no mejoraba, y se sabía que era obvia la presencia de un cambio pero no se acertaba a saber cual podía ser el más eficaz. Propuestas neoliberales se hicieron presentes, sin embargo existían dudas en cuanto a su ejecución. Si de algo se valía bien el partido de Acción Democrática era de popularizar su nombre, y de hacer ver castillos donde habían ranchos*. De una manera extraordinaria por lo general en la mayoría de las administraciones por el mencionado partido, aumentaba la confianza y simpatía general, procurando al menos un poco de paz en el agitado y tropezado camino de libertades democráticas que buscaba el país. Los primeros cambios aparentes pensando que la mejoría llegaría, fueron creando un sistema en la política económica distinta a la del anterior gobierno, proponiendo bases nuevas y ajustes necesarios para sacar (supuestamente) al país de la crisis. "Vuelvo a insistir" Puede que sus intensiones fueran buenas pero una vez en el poder éstos individuos de cuello blanco cambian tanto, que es muy difícil aceptar la cara de pendejos que nos quieren imponer. Y una vez más, los venezolanos como muñecos de trapos seguimos al rey que pareciera conjurarnos con todos los anillos en una misma mano. Bastaba que un nuevo gobierno dijese públicamente que el gobierno

179

anterior no dejó nada bueno, que la conciencia de los insensibles corruptos pasaría a la historia como la presencia de la hipocresía y todos los monstruos del infierno, y que la mano del castigo junto a la presencia de la justicia llegaba con ellos, para que todos cayéramos rendidos ante el omnipresente; pero al pasar del tiempo el gobierno acusador caía atrapado también por la misma ambición y poder de los predecesores, y toda esa fuerza del discurso promisorio se iba a los anales de la humanidad. Así como el cuento de las mil y una noches, la historia se presentaba similar a la anterior, y cada vez con menos compasión de sus verdugos. Mientras tanto la furia crecía, y Venezuela vegetativamente convulsionaba presa en su amargura, aislándose cada vez más del desarrollo prometiente de sus tierras y sus recursos. A todas estas, un grupo de militares desde lejos pero cada vez más cerca, observaban todos los aconteceres del día a día, llenando sus almas de rebelión y cansancio. Si aprendiéramos de la historia lo que nos corresponde, el rojo sería menos común en las páginas de los libros, y muchos ideales absurdos ni siquiera hubieran nacido por no existir la necesidad, pero la explotación de los males, por lo general antes de encontrar el verdadero cambio o camino para la cura, debe de pasar por un proceso de sanación que se lleva muchas vidas, muchos años, y con ellos los sueños. ¡Qué va! La economía no mejoraba y nunca iba a mejorar porque no había conciencia de mejoría. Con cada quinquenio, aumentaba un grupo de privilegiados que se enriquecían, y paralelamente un grupo triplicado se empobrecía. Poco a poco las clases sociales se convertían sólo en dos: Los de arriba y los de abajo o los ricos y los pobres. La aparente clase media o subía con el quinquenio o bajaba desde las praderas del paraíso. Lusinchi, endeudando más al país, después de alimentar sus arcas también y dejar que sus compañeros de clase hicieran lo mismo, improvisó con el tesoro sobrante y lo puso en juego del pueblo creando pequeñas infraestructuras, que sirvieron para apaciguar los descontentos de algunos. Lo cierto fue que ninguna de las políticas administrativas funcionaron. Podrán defenderse con miles de pretextos pero si un país que recibe tanto dinero gracias al aporte de sus recursos, entra en desgracia y pobreza, juntando todos los factores negativos o excusas que se puedan conseguir, tendría por lo menos que dar bienestar a la mitad de la población. No se puede justificar tanta miseria. Por suerte Venezuela tiene vida propia y enamora, seduce con el acariciar de sus amaneceres, y mantiene ardiente la llama de la esperanza con sus recursos. Así como nacen corruptos, así nacen gente de bien que se encargan de llevar en nombre del país en alto. ¡Pero, cómo suenan los que dan golpes bajos! Parecen confabular con las estrellas en su resonancia, aunque estoy seguro que al final no llegan siquiera a navegar en el espacio universal. Quizá parezca inocente, o me deje llevar por la experiencia de no haber probado el supuesto néctar de la corrupción, pero me siento libre, y con mi libertad busco quizá entenderme un poco más en medio de la complejidad de este mundo. Por eso entiendo la circunstancia vegetativa por la que atravesó la democracia en el país. Era necesario ver morir lenta y dolorosamente lo que una vez fue bello y se creyó inmortal, que humillar y hacer sangrar por la inconsciente ignorancia lo que una vez se amó tanto: La incipiente democracia.

¡Adaptarse a ver en su mecedora a la pobre Carmen partía el alma! Por un tiempo después de que todos asumieran y asimilaran lo que había ocurrido, comenzaron a independizarse de ese sentimiento maternal que los había mantenido unidos. Cada quien justificándose ante el dolor de no resistir lo que la realidad les presentaba se fue apartando. Al principio ninguno mostró su necesidad de alejarse pero poco menos de cumplir Carmen los dos años de su caída, se veía casi inminente la separación de la familia, sostenida hasta ese entonces por un evidente matriarcado que imperaba en la sociedad de esos tiempos.

Cecilia fue la que en medio de su soledad asumió el cargo de velarla y protegerla como su única misión de vida. La bañaba, la peinaba, le hablaba todo el día, le cepillaba los dientes con cuidado, y la perfumaba para que se sintiera fresquita, ella sabía lo importante que era para Carmen oler bien. Con su sonrisa de lado y temerosa, Carmen agradecía a su hija con todo el corazón. Cecilia aprendió a cambiar los pañales que nunca cambió a sus propios hijos, y que jamás pensó le tocaría ante tan difícil momento. Por suerte el tiempo es milagroso, y la rutina entró en las dos como un aire silente una mañana transparente. Cecilia se disponía ir al trabajo como era de costumbre, pero antes de irse siempre cambiaba a su madre el pañal, la cepillaba, le daba el desayuno, y la dejaba preparada en su silla acompañada de María y Zorena. María se encargaba de vigilarla y de no dejarla sola, al mismo tiempo trabaja en la cocina y en los detalles que sirvieran para mantener en pie la casa; Zorena por otro lado mantenía la sazón del día, y buscaba alegrar con sus pícaros chistes esa casa donde reinó tanta vida. Esa mañana, justo antes de salir a trabajar, Cecilia se dio cuenta que su corazón ya no lloraba, que entendía su papel, y que agradecía el poderle retribuir a su madre todo el amor que ella había brindado, y se sintió feliz con su decisión de tenerla tan cerca sin importar en la condición que fuera. Si todos se iban y las abandonaban en una situación tan severa qué importaba, las cartas fueron echadas y le tocó la espada a ella. Ese día trabajó más libre, y por primera vez después de años, sonrió. Los otros fueron reaccionando de distintas maneras, y el propio camino se encargó de ajustar con cada uno las cuentas de todo lo bueno o malo del recorrido. Gustavo al principio no faltaba, y cada mañana se presentaba dispuesto a ayudar, conversaba con su madre y con cada palabra angustiada le pedía perdón, Carmen sólo miraba a su niño, quería abrazarlo y sentir con ese abrazo lo que sintió cuando lo tuvo por primera vez. Necesitaba enseñarle que no valía la pena que se creyera culpable, total nadie esta seguro de los desenlaces de la vida. ¡Cuánto tiempo perdido! ¡Cuántas caricias sin entregar! ¡Cuántos te quiero pensados sin poder salir de los labios! ¡Cuánto cuidar! Pensaba Carmen. ¿Y Ahora qué? ¿Cómo digo esto que siento? ¿Cómo arreglo las cosas desde aquí sin poder moverme ni hablar? ¿En qué me perdí mamá? ¿Abuelo? ¿José María? Carmen terminaba con Gustavo siempre de la misma manera, con un sentimiento que le destrozaba el alma y al mismo tiempo le enfurecía la impotencia. Cuando Cecilia llegaba casi todas las tardes presenciaba el mismo cuadro, y llegó a pensar que la presencia de Gustavo era dañina, y que debía por todos los medios apartarlo de lo que quedaba de su madre. ¡Si cuando estaba bien te encargabas de amargarla con tus borracheras e inmundicia vida, no vengas a entregar ese amor de mentira y desesperar a Mamá con tus tonterías, mejor vete y no vuelvas más! Carmen no encontraba la manera de impedir la escena pero una fuerza incontrolable que surgía del carácter de sus hijos simplemente los hacía indomables. Gustavo dejó de visitarla por un tiempo y Carmen se fue quedando más sola. Francisco vivía confundido entre la realidad y el engaño, le costaba aceptar como un ser tan puro y lleno de vida pudiese estar en esas condiciones, se negaba casi a verla, evadía la realidad tratando de mantener el equilibrio y hacer una vida normal, como si la madre que estaba sentada allí ante sus ojos no sufriera ningún designio o enfermedad, y no se encontrara pidiendo más amor del acostumbrado. También como el resto de los de la casa, se apoyaron en los hombros de Cecilia, alegando que ella no tenía mayor responsabilidades con su vida, y que no existía mejor motivo para mantenerla activa que el de cuidar de su madre. En realidad cada uno fue buscando su excusa para escabullirse poco a poco de la nueva realidad que golpeaba sus vidas, y encontraron a la candidata perfecta que manejara la dificultad de las circunstancias. Sin embargo, todos adoraban a Carmen, y cada uno después de comprender y aterrizar en la pista de sus soledades, buscó ser diferente, ser un poco mejor, y dar lo que tenían a su alcance. Los que pudieron dieron más tiempo, y los que gozaban de mejores cartas económicas, aumentaron sus aportes para mantener la casa y la vida que aún sobraba en ella. En el fondo todos se sentían perdidos, y la casa comenzó su descenso al olvido. El tiempo fue uno de los que más luchó por quedarse cerca de Carmen, buscando por todos lados esconderse para no dejarla sola. Se incrustó en las paredes, y refugió su presencia en los ecos dormidos de sus hijos antes de marcharse con sus vidas. En los cuadros el tiempo guardaba sonrisas aisladas que alguna vez sintieron, y en las cortinas quedaban registradas las alegrías de las fiestas decembrinas. Carmen cerraba sus ojos y evocaba cada uno de los maravillosos momentos vívidos. Recordaba la emoción de la cara de Francisco cuando se recibió de ingeniero, y luego la fiesta que vivieron todos juntos en la casa hasta el amanecer. La música que por poco hacía estallar las paredes de los vecinos, pero nadie dijo nada porque toda la cuadra estuvo invitada a la fiesta, y la alegría fue tan grande que nadie sacó fuerzas para apagar aquella fiesta. Recordaba también las nobles discusiones en el frente de la casa donde se confrontaban todos los aconteceres políticos del momento, y donde ella escuchaba en silencio regocijándose de la inteligencia de su hija, y de la fortaleza por poder enfrentar y confrontar aquel mundo de hombres. Cómo se llenaba de orgullo al ver a sus hijos crecer sanos y fuertes, cuando ella sabía lo difícil de todas las proezas que tuvo que enfrentar para que no faltara nada o por lo menos lo necesario para salir adelante. Entonces recordaba a Gustavo, con esa humildad para ceder su puesto por el sacrificio de los suyos. Carmen siempre como madre pudo ver más allá de lo crítico, y apaciguó todo mal comentario hecho en nombre de Gustavo, porque en el fondo, ella sabía que su hijo no tuvo el apoyo de nadie, y que solito enfrentó muchas circunstancias amargas pero ya nadie se acordaba de ellas. Le conmovía tanto el verlo acabarse, el que buscara refugio en el alcohol y ella sin poder hacer nada. Muchas veces, inmersa en sus pensamientos, escuchaba el grito desde la calle de Gustavo, que aunque no entrara a la casa, se hacía sentir a lo lejos, acrecentando así su complejo por partida doble, de vivir el rechazo de su propia familia, y luego al creerse culpable de las angustias que llevaron a su madre a la silla donde se encontraba perdida. Francisco no tardó en darse cuenta de la situación, y entró una vez más como intermediario de la relación entre Cecilia y Gustavo, abriendo puertas que desde la amargada soledad y la frustrante silla, Carmen agradeció con el alma. Rogaba y pedía a gritos aunque fuera por una vez, ver la paz entre sus hijos. Luis Alfonso, Elías, y Víctor José iban y venían, con alegrías, con ciertas tristezas, con abundancias, a veces con necesidades, pero siempre se mantuvieron merodeando a su madre con algunas que otras fallas, pero esas quejas no la alcanzaban a ella. Carmen sólo sentía su gran soledad. Por las tardes, después de recoger el último plato sucio, y acobijar la jaula de los loros, María tomaba la mano de Carmen, y las dos se dormían viendo las telenovelas como si el tiempo se posara en esa quietud y no quisiera hacer ruidos por temor a despertarlas. Ya al caer la noche, Cecilia junto con la tía prima Zorena, preparaban el ambiente para ayudar a estas viejas a descansar, y así las dos llegaban juntas hasta el cuarto, Carmen en su silla y María acompañándola. Una vez en sus aposentos, Cecilia hacía su última inspección de la noche, apagaba las luces, y se encerraba en su espacio a leer, no quería pensar, su única distracción era vivir otras vidas a través de los libros, soñar a través de ellos, y llegar hasta lugares inimaginables que sabía jamás podría llegar, ya hacía mucho tiempo que había dejado de soñar. Cada día era lo mismo, una rutina que no se apartaba de su realidad. Carmen cada mañana, cerraba sus ojos y buscaba retroceder en el tiempo, por lo menos trataba de retener con fuerza lo poco que quedaba de su memoria. Se obligaba a pensar, quería entender lo que estaba viviendo, su designio, y tratar por todos los medios de ser menos carga de la que ya era. En sus momentos de reconciliación con el tiempo, se sentía feliz. La felicidad que sentía era como ella recordaba las ráfagas de luz que entraban por cualquier espacio al descuido entre los ventanales, y disfrutaba tanto de recibir los buenos días de esa manera, que con sólo recordarlo, encontraba un pedacito de su alma todavía viva. Esas ráfagas de encanto traían consigo el olor del amanecer y el color de la esperanza. Caminar toda la casa mientras recibía el día y preparaba el café, bajos los efectos de esa tenue luz, siempre la llenó de mucha paz, quizá encontraba el efecto reconciliador que traen consigo todas las mañanas del mundo, que invitan a una nueva cara de la fe, y al agradecimiento de un día más para poder conquistar las batallas contra las adversidades. Al cerrar los ojos, era casi siempre lo que más recordaba, después, su vida con las rosas. ¡Las rosas! Las había olvidado. ¿Cuánto había pasado desde su ausencia? ¿Quién se estaría encargando de ellas? ¿Por qué no las había escuchado la última vez que hablaron? ¿Será que si le advirtieron que algo así iba a pasar y no supo escucharlas? Todas esas preguntas se quedaron sin respuestas, ya que las rosas no estarían nunca más para hablar con ella. Por más que María y Zorena invertían su tiempo en regar las rosas y en conversarlas, apenas Carmen encerró su vida a su destino, éstas dejaron de florecer. Parecería que tuvieran miedo al retoño, y a sufrir nuevamente el dolor de no escuchar la voz de Carmen. Ni un solo pétalo regaló por un instante un espacio de su aroma. Las rosas resistieron desconsoladas un tiempo prudente esperando por Carmen pero al no sentirla llegar, abandonaron la casa sin regreso a otoño. Se hizo de todo para hacer crecer nuevamente ese rosal pero de nada sirvió, más nunca esas tierras fueron prósperas para siembra alguna. Un día Cecilia, harta de las quejas de María y

Zorena por hacer retoñar aquel rosal, decidió cerrar de una vez ese capítulo y mandó a cementar todo espacio donde fuese posible el nacimiento de cualquier planta, y de esa manera se olvidarían en la casa de una vez por todas de las rosas. Nadie hizo algarabía al respecto, cada quien estuvo de acuerdo en la necesidad de ir cerrando capítulos y caminar hacía adelante aunque el camino se presentara incierto. La casa dejó de ser divertida, y cada uno se iba marchando con sus responsabilidades. Una vez, el tiempo comenzó a desprenderse de las paredes y a salir de los cuadros también, anduvo vagando por todos los rincones sin ser visto, buscando alguna excusa viviente para quedarse pero ya no tenía ningún sentido, ni siquiera podía complacer a Carmen, que vivía en la profundidad de sus recuerdos, cada vez más perdidos entre la realidad y el ensueño. El tiempo no quería ser más responsable de nada de lo que quedara presente, que cada quien cuidara su memoria hasta el olvido, y que cada quien registrara de la historia de esa casa lo que recordara de ella. El tiempo se fue, y las paredes comenzaron a agrietarse con su ida, y un abandono gigante entró en todos los espacios que alguna vez estuvieron tan llenos de vida. El tiempo salió de la casa una mañana sin que nadie se diera cuenta, sólo Carmen tuvo el chance de despedirse, supo que todo estaba perdido para ella, y que no valía la pena seguir luchando para mantenerse presente, decidió más bien quedarse entre recuerdos y mantenerse ausente con ellos, al menos allí tendría un espacio para ser feliz. El tiempo voló por las calles de Venezuela, y cómo fuego huracanado se dispersó por todo el país, deteniéndose entre las sombras de los árboles, por medio de los ríos, cerca de las montañas, sobre las olas de los mares, en la canción de la noche, en la desolación del día, en las preguntas sin respuestas, y en los sueños y anhelos de muchos venezolanos por cambiar la política del país. Nada avanzaba, el crecimiento se veía en migajas que en vez de agradecerse creaba confusión, ya que llenaba de expectativas las posibles soluciones que pudieran tener. La incapacidad para ejecutar gobiernos limpios se hacía cada vez más inexistente. Así salió Lusinchi del poder donde lo único o mayormente significante de su administración fue quizá la paz lograda en su quinquenio, debido en gran parte al cansancio del pueblo por la lucha de lo que parecía imposible. Esa monótona paz trajo consigo el recibimiento para un segundo mandato al ex presidente Carlos Andrés Pérez. La consigna popular y clandestina que lo llevó a la silla presidencial fue, "El presidente que roba y deja robar." Que lamentable moral, que respuesta de supervivencia tan absurda se sembró en la mente de una gran parte de venezolanos. ¿Por qué hacernos esto? ¿Acaso se necesita de un país sólo por un día? ¿Y el futuro, y nuestros hijos, y nuestra contribución con las raíces? ¿A dónde vamos como sociedad en el creciente desarrollo mundial? Nadie quería pensar, no cuando hay hambre. Un país colapsado por la hambruna y el desajuste social, es pieza fácil de dominio, y siguen como cucarachas cualquier alusión de mejoramiento que se les presente. Ninguno de los hombres que han llegado al poder han querido al pueblo, todos se han arropada con la cobija de su propio amor que cada vez está mas sucia. Mantener a las masas en el oscurantismo es una magnifica estrategia para seguir en el poder. La incultura se asombra ante cualquier hombre más o menos pensante, por eso cae ciega mayoritariamente, y pasa a formar parte inmediata del sequito que pone su cabeza defendiendo el ideal del que logró dominarlos. No importa si estas masas caminan rodeadas de precipicios o sin tener un objetivo claro hacía donde avanzan, lo que importa es que tienen un líder al cual seguir. El mundo podría estar contra ellos pero sus mentes robotizadas no ven más allá porque ya han sido dominadas, y gracias a ese hombre de dominio encuentran aunque sea una razón de ser, así sea contraria al mundo. Los grandes líderes necesitan de ellos más que de cualquier otro grupo en las sociedades. Los que menos piensan no tienen miedo a nada porque no ven más allá, no preguntan porque sus preguntas son ya formuladas desde arriba, y no critican porque eso sería entrar en un vacio más profundo aún del que se encontraban, y para eso a veces es preferible morir. La coartada está hecha, los grandes necesitan de los de abajo, de los que no piensan, y éstos últimos necesitan de los de arriba para que les ayuden a fabricar sus esperanzas. Carlos Andrés fue llevado casi en hombros hasta su silla presidencial y sólo pudo decir, "Preferiría que me sacaran en hombros al terminar mi mandato que entrar ahora en ellos." No hubo tiempo para sus apuestas, y la mayoría de medidas que adoptó en su administración fueron rechazadas por completo. El descontento fue inmediato, y el carisma que siempre le acompañaba se vio manchado con sangre. Toda la paz que se guardó en el gobierno anterior reventó doble de furia por las calles de Venezuela. Las deudas internacionales arrastradas, el déficit interno, la inseguridad, la falta de confianza por todas las burlas recibidas, fueron sólo algunos de los motivos. También las nuevas medidas de sus programas económicos y sociales que no se adaptaban a la cultura pre-existente; y si bien algunos analistas afirman que quizá algunas de las medidas hubiesen podido funcionar para el crecimiento de la economía, lo cierto fue que las prácticas neoliberales no lograron su efecto en un país que arrastraba una gran incultura para entenderse con tales modelos económicos. El gobierno de Carlos Andrés fue interrumpido en varias ocasiones por fuertes disturbios sociales. El primero fue provocado por las primeras reformas a aplicarse en la economía. El pueblo se lanzó a las calles protestando a gritos su desencanto, y el resultado fue un gran derramamiento de sangre y el caos social. Su gobierno se vio amenazado por dos intentonas golpistas que casi lo sacan del poder, sin embargo todavía se daba el lujo de contar sus días. Lo que si lo llevó a la renuncia definitiva, fue la sombra que ya arrastraba por corrupción en su gobierno anterior, y a eso se le sumaba un nuevo caso de corrupción, al malgastar fondos de su partida secreta. Carlos Andrés fue el primer presidente de la historia de Venezuela en ser juzgado y enjuiciado antes de terminar su mandato. Le Faltaba un año para finalizar su quinquenio así que tuvo que ser asumido por Ramón J. Velásquez, hasta esperar los resultados de las siguientes elecciones que trajeron como ganador nuevamente, al ex presidente Rafael Caldera. Parecía increíble ver como una vez más se alzaba la bandera para festejar la llegaba de Caldera al poder. Sin reparo alguno sus seguidores se armaron de optimismo con la llegada del cambio, de sus cambios personales. Como todos estos viejos políticos, sabios en su andar, el nuevo y veterano presidente sabía con exactitud como ganarse a su pueblo, y como hacer lo posible para devolverle la confianza muerta.

–Hasta allí creyó que iba por buen camino- lo difícil vino después una vez asumido el control, pretendiendo comenzar de cero con un país cansado de creer. Caldera antes de ganar en las elecciones se dio cuenta de lo bajo que estaba la confianza en los partidos anteriores, los cuales habían dominado al país por 35 años, llevando las promesas de miles a la ruina, y a otros afortunados que ni siquiera se hubiesen atrevido a soñar, a la posibilidad de comprar hasta la luna si se empeñaban en ello, con el dinero de la burla del pueblo, del cansancio, de las artimañas, de la burocracia, la demagogia, y todos los factores corruptivos que empobrecen a una nación y que enriquece a unos pocos mediocres de espíritu. Rafael Caldera, ante dicha presión rompe con el pasado, y aquel partido del que una vez fuera su fundador decide dejarlo para siempre, constituyendo uno nuevo de carácter populista, y con cierto apoyo de la izquierda moderada venezolana llamado, "Convergencia." Su atrevimiento de romper con las cadenas del vicio lo convirtió en un nuevo hombre de fe. Y el tiempo, que

190

llevaba años buscando refugio, quiso salir a buscar un poco de aire. La crisis que arrastraba el país no se solucionaba con un borrón y cuenta nueva nada mas, la crisis ya no era tan sólo un problema de corrupción, era también la fuga inmensa de capitales de la nación para países extranjeros por falta de confianza que garantizara el crecimiento de las inversiones. Se sumaba el deterioro de las inversiones extranjeras al mismo tiempo, el cierre de miles de medianas y pequeñas empresas del sector privado, y lo inoperante del programa económico anterior, que llevaba sus costos en riesgo. Cierres de bancos, miles de ahorristas afectados y descontentos, control de cambio, lo que produjo el alza de los precios en todos los insumos necesarios incluyendo los de la cesta básica, trayendo como consecuencia un mayor empobrecimiento en la clase social, lo llevó a aceptar parte de la continuidad de programas anteriores como acudir al Fondo Monetario Internacional (FMI) para poder ver la luz después del túnel. Sin embargo esta salida fue acusada de ir en contra de sus promesas iníciales, las que lo llevaron a convertirse en el hombre del pueblo, ya que se ajustaban más a medidas de corte neoliberal, que el pueblo en una gran parte las rechazaba. Devaluó al bolívar frente al dólar en un 70%, todo encareció, hasta el combustible aumentó en un 800%, aunque todavía siga siendo uno de los precios más bajos del mundo. El desajuste de la economía sencillamente no encontraba la horma de sus zapatos. Nuevas manifestaciones se hicieron presentes, y las calles una vez más se prestaron de escenario para representar el dolor, la rabia, y todo el descontento que afectaba a los ciudadanos tan negativamente.

A todas estas, el propio Caldera fue el que puso en libertad por indulto a los militares que alguna vez participaron en la intentona golpista en contra del gobierno de su antecesor, Carlos Andrés Pérez, los cuales formaron un propio partido político llamado "Movimiento V República, (MVR)", dirigido nada mas y nada menos que por Hugo Chávez Frías, quién años más tarde sería el próximo presidente revolucionario de Venezuela. Caldera facilitó el caminito lleno de orquídeas para la entrada de Chávez al poder; primero crea un movimiento populista y busca apoyo en grupos de izquierda, luego derrota a los partidos históricamente populares y dominantes como lo fueron AD y COPEI, después libera al propio Chávez, el cual al salir inicia su propio movimiento (MVR), y con él gana las elecciones presidenciales del 1998. Todo estaba bien claro y perfectamente emponzoñado por las circunstancias. Venezuela se salía de las manos de la democracia, y entraba en un camino extraño de definir en un principio, pero que era amparado por la euforia popular, y con una entrada tan enigmática como rendida a todos los designios. Muchos sentimientos encontrados se hicieron presentes ante la figura de Chávez. Muchos lo creían un mesías capaz de sanear todos los rincones olvidados de aquel paraíso que llamaban Venezuela, otros miraban con escepticismo aquella euforia provocada por la fe hacía un hombre que había roto los esquemas democráticos, y que ahora se pronunciaba como el más fiel amador del pueblo. El ciudadano común quería creer, necesitaba creer nuevamente con pasión y no perder la fe en la recuperación del bienestar del país. Muchas rabias acumuladas, muchos sueños rotos, ahora parecían posibles de reconstruir con éste enigmático personaje que la historia enviaba como producto y consecuencia de una realidad rota y amargada. Era segura la necesidad de un cambio, sacar la raíz del odio y sembrar el árbol de la esperanza, buscando en sus retoños el amor perdido por un país que empujaban hacía el olvido y que vivía infestado por una de las más feroces de las plagas: La corrupción. Con el ascenso de Chávez al poder, los anales políticos de la nación llevarían otra historia a los estantes. Se marcaba el rompimiento de una época, de casi una era de dominio pero surgían al mismo tiempo muchas otras preguntas. ¿Cómo era posible que un militar rompiera con los códigos establecidos al servicio de la nación que representa, se armara y participara en un acto fallido golpista, fuese mandado a prisión y luego al exilio, después quedar en libertad, crear su propio movimiento, mandar para el carajo hasta al mismo que lo ayudó a salir del oscurantismo, y luego, rompiendo todos los esquemas se convirtiera en presidente? O los ciudadanos completos estaban locos, o el rencor y la impotencia los había llevado al borde del abismo. En realidad fueron muchos más factores lo que los llevó a una determinación tan firme y abrupta pero ahora me resaltan dos: el carácter del venezolano, siempre optimista y creyente al cambio o al que mejor cuente la historia, y el resentimiento tan marcado que muchos venían viviendo por años sin pronunciar palabra. Con Chávez, explotó el silencio dormido y todo el que quiso gritó. Allí los más prudentes escucharon lo que provenía de esos gritos, y no era más que un resentimiento indómito que con fuerza buscaba encontrar su razón de existencia. ¿Se despertará el tiempo que llevaba rato dormido en todos los rincones del país o por el contrario, decidirá perderse y desaparecer hasta caer en olvido, quedándose allí donde nada duele, donde nada se pierde? ¿Sería Chávez el hombre que el pueblo pensó? ¿Curará Chávez la plaga amarga de la corrupción? ¿Se creará un cuerpo de peso moral que ayude a las futuras generaciones a construir paz, amor, y seguridad en sus sueños con éste nuevo hombre? ¿Se enseñará a los políticos el concepto de la integra administración de las riquezas del país? ¿Se defenderá la libertad y la democracia con Chávez? ¿Reinará la paz con él para todos y no para unos cuantos adeptos a su partido e ideales? ¿Será el bienestar del pueblo, del país entero, de los ciudadanos, de las futuras generaciones, del presidente y su séquito, el principal objetivo de responsabilidad para crear un mejor lugar en el mundo donde vivir? Preguntas, preguntas, y más preguntas que no me corresponde responder en ésta historia, que la cierro en esta primera etapa con el inicio y la incertidumbre de Hugo Chávez Frías, el actual presidente de Venezuela. Me hubiese gustado continuar aquí con el desarrollo de las respuestas para algunas preguntas que ya las podría contestar pero eso es masa para un segundo libro que no tardará en aparecer, lo prometo. Lo que aquí me corresponde contar es como llegó mi abuela y Venezuela, al estado vegetativo y a la detención del tiempo después de haber entregado tanto. Me hubiese gustado apostar que las intenciones de Chávez fueron ciertas, y que su lucha comenzó sincera; que sí era el iluminado que el pueblo escogió para que sacara al país de su letargo, pensando que mañana su nombre estaría en los anales de la historia como el mejor de los males que necesitábamos o mejor dicho como el único hombre que de verdad actuó a favor del país durante el ejercicio de su poder. Pero hasta el momento en que cierro éste capítulo veo todo lo contrario, y una vez más, siento a un pueblo sufriendo, veo a un país hundido en el caos y la corrupción, y me doy cuenta que cada vez nos alejamos de salir de la oscuridad del tercer mundo. Ojalá la historia me demuestre lo contrario, y ojalá mañana levante mi cara y pueda aunque sea verle los ojos a aquel en que el pueblo puso sus manos y pueda encontrar respuestas que ahora se escapan, pero desde ya me declaro idiota por querer creer en utopías locas. Un daño no se arregla con otro, y ya la nueva presidencia sembró astutamente los escombros de la duda y el maleficio de la soberbia en una gran parte de los ciudadanos. ¿Quién dijo que para salir del daño había que sucumbir en las ruinas de ideales efímeros y caer en eclecticismos baratos? Ya el país se dividió, y un solitario pensamiento adoctrinado cabalga velozmente entre las sombras de los venezolanos. Las esperanzas se apagan, y siento que quisiera reunirme con el tiempo para refugiarme en él,   pero está escondido y no sé dónde

194

encontrarlo, algún día aparecerá, y ese día quizá camine con él, espero con paciencia poder hacerlo.

VIII

Carmen se apagaba con más fuerza día a día, su mente se perdía quien sabe por qué horizontes y parecía no encontrar regreso. Viajaba por horas que cada vez se hacían más largas y casi eternas. En su regreso mostraba una cara más serena y relajada, agradecida de los efectos del viaje astral. Recuerdo la última vez que logré ver realidad en sus ojos; Llegué a visitarla de sorpresa en un pequeño departamento que se había acondicionado para las dos viejas y Cecilia, que también entraba ya en edad. La prima Zorena, ante las circunstancias que se avecinaban, se marchó con su hija a una casita alquilada y así ser un estorbo menos. La casa entró en discusión, y por mucho tiempo intentaron venderla y repartirse entre todos la ganancia como título de herencia. El caso fue que la herencia nunca llegó de la manera planteada, y nuevas discordias se sumaron a la ya distanciada familia. Cada uno defendía su derecho a la pequeña herencia alegándose atributos. Todo fue un desastre, e igual como ocurría con los políticos, sólo unos pocos gozaron de los beneficios por la venta de la casa, y así los terrenos que cultivara el abuelo desaparecerían de una vez por todas de las manos de los González. Me senté a su lado llevando hacía mi su mano muerta, ella dormía en su silla, acostumbrada a encorvarse cada vez mas, y a adaptarse como los budistas a permanecer muchas horas en una sola posición. Se apartaba del mundo para realizar aquellos viajes que la alejaban del dolor y la impotencia. Un pequeño televisor era su único compañero, y el único que le hacía sentir que en algún lado fuera de su existencia, había vida. Ya no mantenía el control para saber lo que era realidad o fantasía, para descubrir si quien estaba a su lado era de los vivos o de los muertos. Por casi dos horas la acompañé en silencio hasta que me quedé dormido sentado a su lado. No sé si la acompañé en su sueño por mucho tiempo pero tuve la sensación de verla caminar y servirme el café con leche como lo hacía antes, después la vi sacarse de entre sus senos un pequeño billete doblado de 5 bolívares de edición antigua para que comprara lo que quisiera, su rostro se iluminó, acompañada de la complicidad de siempre mientras me señalaba que no dijera nada, luego desapreció. Dormido la buscaba por los pasillos de la casa que yo recordaba, donde me crié y jugué hasta el cansancio pero no alcanzaba a verla. De pronto sentí una mano torpe, seca, y cansada que me acariciaba el rostro con dificultad, era Carmen, mi abuela. Al parecer llevaba rato observándome y yo sin darme cuenta. Con la poca fuerza con que contaba logró llevar su mano hasta mi rostro y descubrir en ella mi presencia. Sé que le costaba reconocer con facilidad a los que la rodeaban, pero ese día me reconoció. Ella miraba mi rostro buscando robar mi imagen por última vez y llevarla con ella. Sentí con su mirada que por un instante se mantuvo pegada a la realidad, y muy contenta de tenerme a su lado y sentir también ella mi amor. Aproveché la ocasión para besar sus manos y darle gracias en un silencio eterno, acompañados sólo de la melodía de la tarde y del roleteo del ventilador de techo, que hacía más intensa la exposición. Creí ver salir una lágrima de sus hermosos ojos azules pero al parecer una arruga detuvo su rumbo, y evitó un punto más dramático de lo que ya sentía mi corazón. Después de ese momento mágico e inolvidable para mi, ella terminó de jugar con mi rostro, buscó intensamente en mi mirada un lugar especial donde dejar su paz, evitando que mi corazón se llenara de injusticia. Una pequeña y determinante sonrisa salió de su alma acompañándola al mismo tiempo de un gesto de dolor y cansancio, levantando su mano para el cielo, pidiéndole a Dios que por favor se la llevara. Todos mis sentimientos tropezaron en mi garganta, y un sudor confundido estallaba desde los pies a la cabeza, las lágrimas me reventaban los ojos por dentro pero no las dejé salir, sabía que estaba muy consciente, no podía permitir que me viera tan cargado de ese sentimiento tan triste, mas bien necesitaba colocar mi alegría a sus pies y que se bañara con ella, si es que alguna vez volvía a pisar su realidad. Apenas terminó con el gesto encorvó su cuerpo y lloró escondida pretendiendo que no la escuchara, al poco tiempo ya se encontraba fuera de su realidad, quien sabe si viajando por otros mundos. Cecilia (mi tía) llegó sin darse cuenta de lo que estaba pasando pero sirvió para cambiar el clima y el confuso sentimiento que yo estaba sintiendo. La ayudé a acostarla en su cama cerca de María, que también dormía enferma a tan solo unos pasos. María fue para muchos de nosotros una segunda abuela, siempre cariñosa y llena de amor con todos, pero quizá por la personalidad tan marcada y radiante de Carmen incluyendo la larga enfermedad que la acompañó, no ocupó el mismo lugar en nuestros corazones. María sufría en silencio de un tumor maligno que poco a poco la fue matando. Se buscó no decir nada, evitando que Carmen se tropezara con la noticia en sus pequeños acuerdos con la realidad. Lo cierto fue que poco después de dejar a mi abuela en su cama, María en voz muy baja se despidió de mi, todavía consciente de su amor por todos y también de su función cumplida en la vida. Le di un beso y le auguré un buen viaje, se lo merecía. A los pocos días, allí al lado de Carmen como toda su vida lo había hecho, María murió. Carmen la escuchó expirar la noche anterior pero no pudo hacer nada; la vio irse tan flaquita y acabada, que en sus momentos lúcidos, le pedía más a Dios por su hermana que por ella misma. Ya ella llevaba años soportándolo todo, le hubiese costado mucho marcharse dejando a su pequeña hermana indefensa. En medio de todo, las cosas se venían dando bien, ya que los deseos de María de morir al lado de Carmen se habían cumplido. Los días siguientes estuvieron empañados de una inmensa soledad para Carmen, pasaba su vida de la mecedora a la cama buscando fuerzas para ahogar sus necesidades y morirse de una vez. Un cansancio enorme se apoderaba cada vez más profundo en ella, y levantar la cabeza era ya un martirio. Cecilia desesperada buscaba reanimarla entregándole todo el cariño que estaba a su alcance. Le pintaba las uñas como si fuera una niña, la peinaba bonito y la maquillaba también. Los ojos azules de Carmen, llenos de lágrimas estancadas reposaban fijamente en Cecilia, pidiéndole a gritos que la dejara irse, que ya no podía más. ¿Cuál era el sentido de ayudarla a permanecer en ese estado? ¿Por qué no guardar lo que todavía quedaba de ella, si es que se podía rescatar algo, antes de verla caer más bajo? Se empeñaban en cuidarla y mantenerla viva pero no estaba conforme con lo que se encontraba viviendo, y mucho menos sintiendo valor por todo lo que hubo luchado alguna vez en su vida y ahora carecía de sentido. Ya no había nada; la casa la habían vendido, los hijos estaban separados, cada uno en su mundo, las rosas no existían, María su hermanita ya tampoco estaba, Zorena no portaba más a su lado, los nietos tampoco estaban cerca, nadie quería estar cerca de alguien que provocaba tanto dolor, la única que era feliz parecía ser Cecilia, que se esmeraba cuidándola, sin embargo, muchísimas veces se le escuchó protestar su suerte, y una amargura surgía inmediata como reflejo en su corazón. Carmen escuchaba las lamentaciones de su hija, al mismo tiempo que prefería ahogarse en la oscuridad de sus sueños para no tener que despertar jamás presenciando su realidad. Admitía ser la carga y la cruz que se había convertido para su hija y el mundo. Los pocos momentos que pasó consciente en los últimos años, suplicaba desaparecer de este mundo pero ni el mismo Dios escuchaba sus ruegos. 14 años de su sacrificada y gloriosa existencia se movían a su alrededor sin despertar para ella ningún sentido, sin poderse mover, sin poder hablar, sin poder dar el cariño que sentía, sin poder pedirle al destino alguna comprensible explicación. ¿Qué lugar le iba a dar Dios después de todo esto? ¿Valía la pena seguir creyendo en Dios a pesar de lo que estaba viviendo?

Un día se levantó con la conciencia entre las manos, sintiendo que era el momento de recapitular su vida, de entenderse con su circunstancia, tratando de recuperar la paz. Desde que abrió los ojos un brillo que quemaba resplandeció la habitación. Cecilia le pidió que pusiera de su parte y se dejara arreglar, y aprovechó por primera vez después de mucho tiempo y a su manera, decirle con esa fuerza en la voz que en vez de acariciar golpeaba, que la amaba, que ella era todo lo que tenía, y que si se quería morir que lo hiciera pero que alistara pronto en el cielo un espacio para ella también. Carmen pareció entenderle y balbuceó algunas palabras sin orden, ahogadas de una risa pura y fresca que la hizo mover toda. Cecilia se extrañó de la fuerza de esa risa y miró a su madre con asombro, sintiéndole una enorme mejoría. Esperó a la señora que se encargaba del cuido de su madre para poder irse a trabajar cuando un pálpito confuso la acobijó. ¡Mamá está muy alegre y bonita! ¿Será que se me va y me está despidiendo? ¡Mejor no voy a trabajar! ¡A que carajo! Nunca he sido supersticiosa y ahora me voy a poner con esas boberías. Pensó tomando su cartera pretendiendo ser feliz. La señora que cuidaba a Carmen ya se había encariñado con ella, y le hablaba todo el día para que no se sintiera sola. Carmen desde la mecedora observaba todo lo que estaba a su alcance, acariciando con la mirada una y otra vez los espacios por donde caminaba Cecilia, por donde recordaba ver la última vez a María. Veía los cuadros colgados de la pared y los dibujaba en su antigua casa, la que ahora ya no estaba pero en la que fue tan feliz. Mientras más se concentraba en los espacios, más cerca se sentía de estar viva, y sin darse cuenta se vio caminando hasta la cocina para prepararle el café con leche a Francisco antes de que se fuera a estudiar. Seguido de Francisco aparecieron Elías, Gustavo, Luis Alfonso, y Víctor José, Cecilia llegó más tarde. Todos tomaban café y picaban el pan como desesperados por llevarse algo al estomago antes de salir a enfrentar el día. Carmen se quejaba con Elías por verlo tan flaco y lo acusaba de mantenerse todo el tiempo estudiando descuidando así su salud. Elías se reía y la besaba cariñosamente. Todos reían, todos conversaban llenos de amor y vitalidad. Al irse cada uno con una gran sonrisa se fue alejando del alcance de Carmen, hasta Cecilia desapareció. Le invadió una gran tristeza pero enseguida María llegó hasta ella y la tomó del brazo, sentándola justo frente al rosal encendido para tomarse entre las dos lo que quedaba de café. Era admirable el rojo que desprendían las rosas, se hacían mucho más intensas que la luz del sol. En cada una de ellas sabía que estaban presentes José María, su madre Jesusita, su tía prima Victoria, sus viejas amistades incluyendo a Víctor Marcano, su antiguo enamorado, y por supuesto, no podía faltar la presencia de su bisabuelo Don Manuel. Todos se veían felices, todos se abrían con agradecimiento. Carmen y María contemplaron por largo rato el espectáculo de aquella alfombra roja admiradas. –Ya está todo listo María, ya no hay más nada que hacer. - No manita, no por ahora. Ven con nosotros, te vamos a cuidar. Carmen salió de su letargo cuando sintió en sus labios el sabor de la avena amarga que trataba de empujarle la señora que la cuidaba. Carmen rechazó el desayuno, el almuerzo, y la cena también, y supo que quería formar parte de ese rosal, quería brillar con ellas, quería caminar nuevamente por los lugares soñados, estaba decidida a no permanecer por mucho más tiempo en el lugar que le habían designado; su tiempo había llegado. Consiguió fuerzas para dejar de comer por varios días, ni las exigencias o ruegos de Cecilia la hacían ceder ante su determinación, Gustavo también trató de convencerla, al igual que Elías y Luis Alfonso pero igualmente fue en vano. A unos pocos días más del cumplimiento de su meta, Carmen fue internada con la mayoría de sus signos vitales en lo más bajo de sus rendimientos. El médico propuso alimentarla artificialmente, ya que el cuadro podía recuperarse una vez que se hidratara el organismo y se alimentara de nutrientes el cuerpo pero la medicina no podía obligarla a comer. Era impresionante ver como hasta en el colmo de la inconsciencia, Carmen era capaz de mantener el cumplimiento de la palabra. Su rectitud fue tal, que la promesa que le hizo a sus muertos de verlos pronto no podía hacerla a un lado, ellos la estaban esperando, ella debía partir. Un jueves 10 de junio a las 8 de la noche del año 1998, Carmen se reunió con María, y junto a ella tomadas del brazo, caminaron hasta el rosal soñado, donde todos la aguardaban sonrientes, donde todos le prometían la felicidad. Carmen se vio caminando nuevamente, y no le dolían sus piernas, no le dolía su corazón. ¡Por fin pudo encontrar paz!

ANEXO

1998 se llevó de una vez por todas el cuerpo de Carmen, junto a él se fueron sueños sin cumplir, ilusiones apagadas, alegrías dormidas, miedos, esperanzas, amor, y la creencia de ver surgir un mundo que se derrumbaba después de haber sufrido y llorado aguaceros en su construcción. Carmen se hallaba en su rosal y estaba en paz pero ninguno tuvo la certeza de ello. Lo cierto es que dejaba un vacio inmenso en las almas de la familia, y también un caos dentro de la misma que marcaba la individualidad de cada uno y la ruptura con el lazo que alguna vez los unió y los dispuso a crecer con bases fuertes dentro del sistema social familiar. Para bien o para mal eran una familia, aunque por momentos se olvidaran de eso. La abuela era el centro de todos, y era a su vez el paquete emocional que nos daba la sensación de poder contar libremente con algún tío o tía, con un primo o prima, sintiéndonos que pertenecíamos a una misma sangre, y eso nos daba orgullo. Al desaparecer ese centro, se fue apagando poco a poco ese orgullo. Ese matriarcado que reinaba en sus ojos con aquella nobleza se extinguió al desaparecer su sonrisa entre nosotros. Ninguno en la familia sintió la necesidad de volver a revivir momentos familiares, la propia fragilidad del ser salió a relucir, y lo que quedó de cada uno de los integrantes fue ráfagas de aire que apenas permitía tocarse el uno con el otro. Cada cual creó su universo y pronto pasamos todos a ser extraños. Pero la muerte de Carmen por más que cerraba caminos comenzaba a crear otros, quizá más individualistas pero nuevos, y por ser nuevos, atractivos. Carmen se fue padeciendo de un dolor inmenso, alcanzo a ver la muerte de parte de sus ilusiones, lloró a gran parte de sus muertos, sacrificó todo lo que estuvo a su alcance, gozó de muchos sinsabores, pero también bailó al ritmo del tambor. Brindó paz, amor, esperanzas, alegrías, cobijó y amparó al que lo necesito, y buscó por todos los medios que el progreso siempre reinara en las mentes y corazones de todo aquel que le rodeaba. Lamentablemente una enfermedad injusta la mantuvo en estado vegetativo por más de una década, y sin embargo no dejó de reír. No creo haber visto en sus ojos injusticia pero si cansancio, y quizá lo sintió porque sentía muchas ganas de gritar tantas cosas y esa impotencia la cansó, pero desde su silla y su limitado mundo, seguía comprendiendo, luchando, y agradeciendo la oportunidad de haber podido existir y vivir todo lo que le había tocado. 6 hijos de los cuales había recibido muchas satisfacciones en medio de alegrías y tristezas. De algunos recibió más amor que de otros pero no se quejo nunca, en el fondo entendía las limitaciones de cada uno de los suyos y sus formas de amar. Hubiera preferido morir antes de sentirse carga para ellos pero al final de sus días entendió su misión y era necesaria su tortura. Ahora que se marchaba a nuevos y desconocidos destinos, la tarea de cada uno era comenzar una nueva página sin Carmen en sus vidas. Cecilia estaba segura que pronto se encontraría con ella, ya que no encontraba sabor en nada sin su madre. Tantos años a su lado cuidándola, protegiéndola, dedicando su vida tan solo a ella, que después de su muerte le era casi imposible comenzar a vivir y construir sueños a esas alturas de su vida, cuando más bien sentía que la luz de su túnel comenzaba a morir. Estuvo durante 14 años cuidándola, había envejecido con ella, y ahora, ¿Qué podía hacer? ¿Crearse un mundo de fantasías al final del camino? No estaba preparada para eso, ya sentía cansancio y estaba de acuerdo en seguir al cuido de su madre aunque fuera en el cielo. Los demás volaron por sus rumbos, y prácticamente como familia dejaron de existir. Claro que en el fondo de cada uno de sus corazones, habita y habitará un pedacito de cada uno de ellos, así no lo reconozcan. Francisco desde ese entonces y un poquito más, se mudo al extranjero, por supuesto, vino conmigo. Desde afuera a veces se pueden ver cosas desde otra perspectiva, y quizá se puedan entender con más claridad. Fuera de aquel sacrificado pasado, y fuera del extremo individualista de cada uno de sus hermanos, Francisco entendió que tenía una misión profunda y verdadera con la felicidad, por lo tanto demuestra una entereza absoluta por encontrar su fin y poder proclamarlo. ¡Qué bonito hubiese sido para Carmen dejar este mundo sabiendo que la misión de sus hijos podría estar arduamente conectada con la felicidad! Pero, ¿Y eso no es lo que buscamos todos? Sin embargo, cuando Carmen se fue, se llevó confusión y momentos de amargura, presenció confusión en sus hijos, y cierta injusticia, que en sus pequeños momentos de lucidez, marcó decididamente su resolución final de abandonar la historia y buscar alivio.

Venezuela llegaba al borde de sus resoluciones. Por primera vez en décadas rompía el silencio y se entregaba a una nueva búsqueda que regenerara las injusticias del pasado. Venezuela le apostaba a Chávez o al cambio, a algo nuevo que trajera alguna luz dentro de aquel oscurantismo. Con la entrada de Chávez al poder, nuevos cambios se aproximaban en Venezuela. ¿Sería Chávez? ¿Se rompería con la más de una década de estado vegetativo en el país? ¡Cuántas esperanzas! No cabía duda que la transición había llegado. 1998 rompe con más allá de lo esperado. Y si el pueblo antes no sabia que rumbos tomar, ahora se encuentra en una encrucijada más abyecta, donde se juega la vida o la dignidad. Llueve y seguirá lloviendo sangre. Se aniquilan las libertades sociales y de pensamientos, se estrechan los caminos con la meta de hacer uno solo pero al cual debemos ajustarnos todos, con sentimientos a favor o en contra. Se nos va muriendo la familia, y las necesidades diarias nos obligan a galopar a ritmos distintos, otras veces a vender las almas antes del juicio final. Los amigos se van con las circunstancias y todos nos volvemos productos de nuestras fragilidades o de las fragilidades del destino. ¿Qué podemos sacar entonces de la muerte? Debería suponerse que tras la muerte la reflexión pasaría a ser la mejor aliada. El golpe de enfrentar la ausencia y lo desconocido, normalmente crea dimensiones elevadas espiritualmente, que nos permite sentir el impulso de encontrar respuestas que nos acerquen más a la felicidad terrenal, mientras compartimos este espacio que llamamos vida. Pero en Venezuela la muerte no es el mayor indicativo de elevación al cambio; pareciera que la muerte es un complemento del día a día y nadie se inmuta, a nadie le duele la muerte. Mueren ideales, mueren principios, los matamos con nuestra indiferencia, los ahogamos en el propio sudor de la ignorancia. ¿Hasta cuando seguiremos viendo nuestra tierra agonizar sin afectarnos siquiera? ¿Cuántos siglos más de sangre tendremos que derramar para aceptar la brújula de la dignidad y el camino recto? No tengo respuestas pero no es difícil ver la terrible soledad que se avecina.

El tiempo se ha llevado muchas cosas con él, Cecilia por ejemplo no esta ya. Victima de su propia soledad se fue apartando de los intereses del mundo, y se dejo consumir en silencio por una enfermedad a la cual enfrento con valentía pero sin apuro por ganar. Sentía que su madre la necesitaba más que nadie, y estaba segura que morir era el llamado más cercano de su corazón. Trató por un tiempo de complacerse y de encontrarle algún gusto a lo que le rodeaba pero su apetito se había disminuido a casi nada, y lo días los pasaba abrazada con la soledad, perdida en un espacio que hacían luces desde que no sentía sabor. Su cuerpo fue encontrado helado sobre su cama, no hubo gesto de dolor en su rostro, la cama parecía no haber destapado el peso de su cuerpo que estaba tendido boca arriba con los brazos cruzados, y una expresión casi de triunfo por llegar a su meta establecida. Otras luces también se apagaron, Gustavo partió aun más pronto que Cecilia. Acabado por un cáncer monstruoso confronto los últimos años de su vida. Como una penitencia por no haberse amado más a sí mismo y por abandonar misiones concretas en las que tuvo oportunidad de ser más feliz. Su muerte fue lenta y repugnante, quedo todo bañado de sangre y pus, y con la única satisfacción de poder morir en los brazos de Francisco, que lo hizo sentir vivo hasta en los últimos segundos de su muerte. Luis Alfonso, como un sino que persiguiera a la familia, también murió acompañado de su soledad. Por más que se trató de no dejarlo solo y de no permitir ni un segundo de distracción a todos sus sentidos vivientes golpeados por un tumor cerebral, escogió partir en el único momento de intimidad que tuvo. Su muerte fue casi sorpresiva. La veloz enfermedad le arrebato las aspiraciones de gozo por sus siembras y apenas encontró el tiempo justo para organizar su despedida. Fue un buen hombre, preocupado siempre, luchador y moralista como ninguno, y amante de los valores de la vida. Fue como un llamado urgente de los ángeles, necesitaban uno y él se encontraba de turno. Con tantas muertes seguidas, de la familia quedaron solo escombros, y una desorientación en el mapa de los afectos. De los pilares de los González solo quedan tres: Elías, Víctor José, y Francisco. Del primero se sabe poco, con todas las historias de soledades y muertes decidió probar otras suertes con su nueva familia y se alejo de todo lo relacionado con el pasado, eso incluye hasta los dos hermanos que quedaron y todo lo concerniente a ellos. Del segundo se entiende que lleva una vida más íntima, más discreta pero muy pendiente de encontrar su propia felicidad, muy a su manera. Existe, se encuentra cerca, cuando lo buscan lo encuentran, cuando lo llaman responde, pero vive inmerso en su pequeño hábitat. Y de Francisco se sabe que le temblaban las manos mientras escribía su nombre, buscando con ese acto el paso de nuevas historias, pidiendo permiso al pasado, y marcando su camino a un rumbo nuevo. Todavía no sabe muy bien a donde va, pero ha aprendido a ser mejor. Hoy le apuesta a lo bueno, a la alegría, a la esperanza. Se empeña en recodar los momentos mágicos de su pasado y en desechar lo malo, está seguro que mirar hacia delante, con fe y optimismo, es la única manera (aunque sea después de viejo) de conquistar el regocijo de su madre y de él mismo. Siempre que la recuerda siente deseos de ser mejor, y cada mañana se dice a si mismo, "hoy, es el día de mamá."

Consultas e información

http://www.tribu.cl/artes/moda/historiamoda1.html

http://198.62.751/www1/maracaibo/chinita/historia.html

http://www.venezuelatuya.com/biografias.html

http://www.lupinfo.com/country-guide-study/venezuela/venezuela16.html

http://www.lupinfo.con/country-guide-study/venezuela/venezuela17.html

http://www.historia_venezuela_frank_rodriguez.com

Panorama Periódico Maracaibo/24-09-2006. Sección 1 Pág. 2

Panorama Periódico Maracaibo/29-10-2006. Sección 1 Pág. 2

Panorama Periódico Maracaibo/12-11-2006. Sección 1 Pág. 2

Panorama Periódico Maracaibo/01-04-2007. Sección 1 Pág. 2

El Nuevo Herald

The New York Times

Datos:

Googles:

Venezuela historia caudillista.

Venezuela historia democrática.

Venezuela 1930.

Venezuela gobiernos.

Venezuela 1948.

Venezuela 1964.

Venezuela 1978.

Venezuela 1992.

Venezuela 1998.

Wikipedia, the free enciclopedia.

http://en.wikipedia.org/wiki/juan_vicente

http://en.wikipedia.org/wiki/romulo_betancout

http://en.wikipedia.org/wiki/marcos_perez_jimenez

http://en.wikipedia.org/wiki/carlos_andres_perez

http://en.wikipedia.org/wiki/rafael_caldera

http://en.wikipedia.org/wiki/hugo_rafael_chavez

La mayoría de los datos están presentados con exactitud, sin embargo uno que otro ha sido alterado a conveniencia de su adaptación dentro de la novela.

Agradezco infinitamente a todos aquellos que de una u otra forma se hicieron presentes en esta novela. Agradezco al tiempo, a Dios, a Venezuela, y a los que creyeron en la historia y por supuesto en mí.

Humberto Rossenfeld
Miami, 12-11-2007

www.ingramcontent.com/pod-product-compliance
Lightning Source LLC
Chambersburg PA
CBHW030522020726
47494CB00004B/1193